21 世纪文学之星 丛书 2018年卷

评 论 集

旦兮集

相 宜／著

作家出版社

作者简介：

相宜，本名黄相宜，1990 年生于广西南宁，壮族。2008—2018 年就读于复旦大学中文系，文学博士，哈佛大学东亚语言与文明系联合培养博士。现任职于中国社会科学院文学研究所。在《中国现代文学研究丛刊》《文艺争鸣》《小说评论》《扬子江评论》《东吴学术》《文艺报》《上海文学》《天涯》《大家》等报刊发表过文学评论。获第三届"紫金·人民文学之星"评论佳作奖，2018 年度上海市优秀毕业生。

目　录

总序 ……………………………………… 袁　鹰 1
序　90后评论的文学新星 ……………… 胡　平 1

第一辑

形式也是内容
　　——韩少功《日夜书》大陆台湾版本比较 ……3
在人生与文学的后台
　　——评韩少功《修改过程》 ……………… 19
一个文学寻索者的样本
　　——韩少功文学创作四十年访谈 ……………… 24
重建乡土中国的文学践行
　　——从韩少功的《马桥词典》和
　　　《山南水北》说起 ……………………… 39

重建乡土中国的文学践行者

　　——韩少功访谈 ……………………… 54

乡土中国与乡土文学 ……………………… 80

第二辑

此心安处是吾乡

　　——评林白《北去来辞》 ……………… 89

无根之花，风流自渡

　　——评叶弥《风流图卷》 ……………… 95

90 后的成长是漫长的瞬间 ……………… 107

走过的生活都化成了生命 ……………… 116

烟火花街，人间北京 ……………………… 123

文学的"加法" ……………………………… 131

一盏来自清水河的灯 ……………………… 139

草原母亲与人民认同

　　——试论张承志早期小说《骑手为什么

　　歌唱母亲》与《黑骏马》 …………… 146

第三辑

沈从文的文学底本

　　——试论《湘行书简》 ………………… 163

天心与人心

　　——以《川行书简》一则为例 ……… 186

像风雷与星光似的认识你

　　——读冯至《十四行集》 …………… 194

少年之死

　　——试论《少年维特之烦恼》

　　的死亡因素 ……………………… 203

小红花为谁开

　　——从《规训与惩罚》理解

　　电影《看上去很美》…………… 214

离散主题下的人性悲喜剧

　　——浅析电影《斗牛》…………… 223

在香港记忆间漫游

　　——评电影《岁月神偷》………… 234

传递所有生命能量

　　——陈思和小札………………… 246

总 序

袁 鹰

中国现代文学发轫于本世纪初叶，同我们多灾多难的民族共命运，在内忧外患，雷电风霜，刀兵血火中写下完全不同于过去的崭新篇章。现代文学继承了具有五千年文明的民族悠长丰厚的文学遗产，顺乎20世纪的历史潮流和时代需要，以全新的生命，全新的内涵和全新的文体（无论是小说、散文、诗歌、剧本以至评论）建立起全新的文学。将近一百年来，经由几代作家挥洒心血，胼手胝足，前赴后继，披荆斩棘，以艰难的实践辛勤浇灌、耕耘、开拓、奉献，文学的万里苍穹中繁星熠熠，云蒸霞蔚，名家辈出，佳作如潮，构成前所未有的世纪辉煌，并且跻身于世界文学之林。80年代以来，以改革开放为主要标志的历史新时期，推动文学又一次春潮汹涌，骏马奔腾。一大批中青年作家以自己色彩斑斓的新作，为20世纪的中国文学画廊最后增添了浓笔重彩的画卷。当此即将告别本世纪跨入新世纪之时，回首百年，不免五味杂陈，万感交集，却也从内心涌起一阵阵欣喜和自豪。我们的文学事业在历经风雨坎坷之后，终于进入呈露无限生机、无穷希望的天地，尽管它的前途未必全是铺满鲜花的康庄大道。

绿茵茵的新苗破土而出，带着满身朝露的新人崭露头角，自然是我们希冀而且高兴的景象。然而，我们也看到，由于种种未曾预料而且主要并非来自作者本身的因由，还有为数不少的年轻作者不一定都有顺利地脱颖而出的机缘。其中一个重要的原因，乃是为出书艰难所阻滞。出版渠道不顺，文化市场不善，使他们失去许多机遇。尽管他们发表过引人注目的作品，有的还获了奖，显示了自己的文学才能和创作潜力，却仍然无缘出第一本书。也许这是市场经济发展和体制转换期中不可避免的暂时缺陷，却也不能不对文学事业的健康发展产生一定程度的消极影响，因而也不能不使许多关怀文学的有志之士为之扼腕叹息，焦虑不安。固然，出第一本书时间的迟早，对一位青年作家的成长不会也不应该成为关键的或决定性的一步，大器晚成的现象也屡见不鲜，但是我们为什么不在力所能及的范围内尽力及早地跨过这一步呢？

于是，遂有这套"21世纪文学之星丛书"的设想和举措。

中华文学基金会有志于发展文学事业、为青年作者服务，已有多时。如今幸有热心人士赞助，得以圆了这个梦。瞻望21世纪，漫漫长途，上下求索，路还得一步一步地走。"21世纪文学之星丛书"，也许可以看作是文学上的"希望工程"。但它与教育方面的"希望工程"有所不同，它不是扶贫济困，也并非照顾"老少边穷"地区，而是着眼于为取得优异成绩的青年文学作者搭桥铺路，有助于他们顺利前行，在未来的岁月中写出更多的好作品，我们想起本世纪20年代和30年代期间，鲁迅先生先后编印《未名丛刊》和"奴隶丛书"，扶携一些青年小说家和翻译家登上文坛；巴金先生主持的《文学丛刊》，更是不间断地连续出了一百余本，其中相当一部分是当时青年作家的处女作，而他们在其后数十年中都成为文学大军中的中坚人物；茅盾、叶圣陶等先生，都曾为青年作者的出现和成长花费心血，不遗余力。前辈们关怀培育文坛新人为促进现代文学的繁荣所作出的业绩，是永远不能抹煞的。当年得到过他们雨露恩泽的后辈作家，直到鬖发苍苍，还深深铭记着难忘的隆情厚谊。六十年后，我们今天依然以他们为光辉的楷模，努力遵循他们的脚印往前走去。

开始为丛书定名的时候，我们再三斟酌过。我们明确地认识到这项文学事业的"希望工程"是属于未来世纪的。它也许还显稚嫩，却是前程无限。但是不是称之为"文学之星"，且是"21世纪文学之星"？不免有些踌躇。近些年来，明星太多太滥，影星、歌星、舞星、球星、棋星……无一不可称星。星光闪烁，五彩缤纷，变幻莫测，目不暇接。星空中自然不乏真星，任凭风翻云卷，光芒依旧；但也有为时不久，便黯然失色，一闪即逝，或许原本就不是星，硬是被捧起来、炒出来的。在人们心目中，明星渐渐跌价，以至成为嘲讽调侃的对象。我们这项严肃认真的事业是否还要挤进繁杂的星空去占一席之地？或者，这一批青年作家，他们真能成为名副其实的星吗？

当我们陆续读完一大批由各地作协及其他方面推荐的新人作品，反复阅读、酝酿、评议、争论，最后从中慎重遴选出丛书入选作品之后，忐忑的心终于为欣喜慰藉之情所取代，油然浮起轻快愉悦之感。"他们真能成为名副其实的星吗？"能的！我们可以肯定地、并不夸张地回答：这些作者，尽管有的目前还处在走向成熟的阶段，但他们完全可以接受文学之星的称号而无愧色。他们有的来自市井，有的来自乡村，有的来自边陲山野，有的来自城市底层。他们的笔下，荡漾着多姿多彩、云谲波诡的现实浪潮，涌动着新时期芸芸众生的喜怒哀伤，也流淌着作者自己的心灵悸动、幻梦、烦恼和憧憬。他们都不曾出过书，但是他们的生活底蕴、文学才华和写作功力，可以媲美当年"奴隶丛书"的年轻小说家和《文学丛刊》的不少青年作者，更未必在当今某些已经出书成名甚至出了不止一本两本的作者以下。

是的，他们是文学之星。这一批青年作家，同当代不少杰出的青年作家一样，都可能成为21世纪文学的启明星，升起在世纪之初。启明星，也就是金星，黎明之前在东方天空出现时，人们称它为启明星，黄昏时候在西方天空出现时，人们称它为长庚星。两者都是好名字。世人对遥远的天体赋予美好的传说，寄托绮思遐想，但对现实中的星，却是完全可以预期洞见的。本丛书将一年一套地出下去，十年二十年三十年五十年之后，一批又一批、一代又一代作家如长江潮涌，奔流不息。其中出现赶上并且超过前人的文学巨星，不也是必然的吗？

岁月悠悠，银河灿灿。仰望星空，心绪难平！

1994年初秋

序

90后评论的文学新星

胡　平

　　20世纪末创办的"21世纪文学之星丛书"工程迄今已有25年历史，功勋卓著。文坛上闪烁的许多颗新星，都经历过丛书的洗礼，出版了他们生平第一部著作。在这里，出版是来自中国作家协会的一项嘉奖，一种承认，强固着作者们毕生从事文学创作或批评的信念。今天，他们中不少人已成长为我国文学事业的中坚。

　　我不认识本书作者相宜，但了解到她是90后青年评论家，复旦大学中国现当代文学专业文学博士，师从陈思和教授；哈佛大学东亚语言与文明系访问学者，师从王德威教授。很年轻的她已在国内重要文学报刊发表过不少作品，曾获"紫金·人民文学之星"评论佳作奖。这样的经历和成绩，也预示着她将在 21 世纪有所作为。

尽管这只是她的第一部作品集，但从这些文章中，我们已能够清楚看出她的志趣、学养、眼光和前景。文章是作者素质的全面表露，文章的集合，更能将一个人的一切呈现无遗。施战军推介她这部作品，书名取复旦生涯"日月光华，旦复旦兮"之意，内容在一定程度上展现了她的学术脉络与文学成长。评价作品从较独特的视角，以文本细读的方式，打开了研究的面向，文本分析细致入微，表达流畅自然，将自己的情感体验融入到理性的话语表达之中，颇见才情。而作者具有自觉的代际意识，显示出较为成熟的学术心理。这种评价是相当中肯的。

可以感觉到，相宜成为评论家的一个重要条件，是她对文学和艺术的挚爱。她的论述涉猎较广，包括中国文学，也包括外国文学，包括当代文学，也包括现代文学，并兼及影视戏剧，她议论中不乏激情，表明了她始终在兴致勃勃地阅读和欣赏。这一点不可忽视，因为，今天的文科生，有相当部分只是出于择业的需要报考中文系，并非完全出自内心的由衷，步入职业生涯后，也可能会因此不成气候。而相宜热爱文学事业，她会前途无量。

由于出自陈思和、王德威两位名师门下，相宜的学术道路走得很正。能够看出，她于著述是很认真的，评价一部作品前，往往做足功课，使从作家生平到创作背景等皆了然于心，方才置评。譬如论及张承志的文化观念与文学创作的关系，认为他旨在通过提倡健康的人性的草原文明批判物质堕落的现代社会思潮。论及李进祥，说他作品具有温文内敛的品质，与他在日常生活中的谦逊退让相关，就都很到位，可谓知人论文。她的评论始终是研究性的，显示了不轻易立论、扎实做学问的精神，这会给她带来更长足的进步。

有些评论者只惯于发掘作品的思想内涵、社会价值、文化品位等，不善于做艺术分析，甚至缺乏艺术上可靠的判断力，乃至可以对一件平庸之作任意生发、大加赞赏，相宜不是这样。她具有从事评论工作的一种可贵品质，即富于较深入的艺术感受力，且乐于从创作实践角度剖析文本，这使她对文学现象的观察养成更开阔的视野。例如，她分析韩少功叙事策略的演变，自九十年代后采取片断式的叙事方式，不再是传统的逻辑严密、环环相扣的情节化、线性化结构。道出管虎在《斗牛》中叙事手法的探索，是采用正叙和倒叙双重叙事视角，两种叙事时间要素由通过闪回的叙事手段进行勾连。这类分析，不仅有助于受众领悟作品的艺术价值，而且对于作家掌握创作规律、提升创作水平也是有着启迪意义的。当前，我们更需要这样全面的青年批评家。

还要特别指出的是，相宜重视文学现场批评，这也是她能获得评委们首肯的原因之一。学院派批评并不全在跟踪当前创作，有些更侧重文学史立场，但现实创作是每日每时都在发展的，评论家只有保持站在文学潮流的前沿，才能够清晰辨识文学走向，对创作发生更实际有效的影响。正由于如此，作为中国作协的扶持项目，"21 世纪文学之星丛书"尤看重入选评论者对当代、当下文学课题的阐发。相宜的探索较为符合这一方向，在这部集子中，收纳有她对一批正活跃在文坛上的作家及作品的评论，这些都是亮点。对一部新近作品的准确评价，离不开与当前创作总体水平的比较，而建立这种比较又与大量阅读和思考相关，所以，评委们都希望出现更多像她这样的关注现实创作的最年轻一代评论家。

相宜还不满 30 岁，来日方长，愿她继续努力，不断有所超越，终成大器。

第一辑

形式也是内容

——韩少功《日夜书》大陆台湾版本比较

　　湖南省汨罗县天井公社茶场承载了韩少功从 1968 年至 1974 年的时光。时间中满溢着语词，一闭上眼，五光十色奔涌而来，这份沉甸甸的记忆是韩少功绕不过也忘不掉的生命历程。他为此完成了代表作《马桥词典》，着力刻画马桥人的风土民情，为一个村庄立传。时隔十七年，韩少功创作《日夜书》反身关注知青们自己的生存状态，书写了白马湖茶场的知青岁月。从天井公社出发，你可以走向"马桥弓"，看到马桥人的嬉笑怒骂；也可以走向"白马湖茶场"，感受知青一腔热血和悲壮；当然，你还可以扑通一下，跃进汨罗江畔的"八溪峒"看一看画框中的山南水北。

　　韩少功走出天井公社已经四十年了，顺着人生往前走，却总是回到记忆中的保存关卡，萦绕在生命日夜中的是知青时代挥之不去的日日夜夜。那些记忆中的日夜在同样向前推移的时间中延展开来，两个时间维度交织交错，现实与记忆相生相应，这构成了《日夜书》的内容，也成就了书名。正如陈思和所言"《日夜书》可以看作是日日夜夜永不停息的时代之书"[1]。韩少功曾说过，对待两种题材自己比较慎重，一是完

---

　　① 汪雨萌：《书写绝望的日日夜夜——韩少功〈日夜书〉研讨会综述》，《文艺争鸣》2014 年第 6 期，第 182 页。

全不熟悉的题材，二是过于熟悉的题材。他在思考中回望，多角度审视自己，在不同的距离间辨析，直到找到最合适的距离让自己能把时光中的点滴看清，找到最适合的形式着手书写知青岁月和青春伙伴们。此时的形式，可以说是文学之外一个"大内容"，结构和文体本身也在呈现意义。

《日夜书》这个"大内容"，既保持了韩少功一贯的理性叙事风格，让我们看到原来的韩少功，又看到一个不一样的韩少功。饱含感情又着力克制的平淡笔触，闪回和跳接，偶尔哲思的插入，人物横空出世，一以贯之的是他对文体探索的自觉坚持。但这种坚持是利是弊，同样在文坛激起各种声音："《日夜书》虽被作者强调：是小说。但看起来仍然恍若一个大拼盘、一堆思想的碎片。"① "《日夜书》有一种接近日常生活的样貌，因果不是那么毫厘不爽，情节不是那么环环相扣，韩少功仿佛一把扯下了小说连贯性的面具，有意让生活在断续的片段中呈现出来。"② "如果从一般以讲故事和塑造人物为主旨的小说叙述来要求的话，《日夜书》有很多思想随笔式的叙述会被认为是多余的，会被认为是有碍于故事情节逻辑发展的，但如果理解到韩少功在小说写作中往往会充当一位思想家的话，也就会发现《日夜书》的特殊文体蕴藏着作者的深意。"③

其实，在我初读《日夜书》时也有同样的困惑，困惑"片断，纷杂零散，联想式的跳跃，突如其来的沉思，与理论假

① 何英：《作家六十岁——以〈带灯〉〈日夜书〉〈牛鬼蛇神〉为例》，《南方文坛》2013 年第 5 期，第 22 页。

② 黄德海：《非此非彼——韩少功〈日夜书〉的双重面孔》，《上海文化》2013 年第 7 期，第 5 页。

③ 贺绍俊：《大家谈〈日夜书〉》，《人民日报》2013 年 11 月 20 日，第 24 版。

想敌辩论"①。这些叙述技巧并不像《马桥词典》般生机勃勃，线索满地，立体鲜活地展示一个村庄，而有一种精心设置的人为破坏感。这些如梦境般的讲述让我在阅读中积累即将奔涌的情感常常被迫切断，意犹未尽。难道讲故事的好功力真的在文体探索的路上被思想绑架了吗？

直至看到韩少功的创作谈，他提到台湾和韩国准备出版《日夜书》，"考虑到境外读者对中国当代史不是太熟悉，我将这部小说里的情节布局稍做调整，大体上以时间为序，减少一些跨越度较大的跳跃和闪回，以便境外读者更容易抓住故事发展脉络。虽与中国大陆版本的内容一样，但结构有所变化，篇幅有两三千字的削减，个别衔接性的文字也略有调整"②。于是，这就有了我手中读到的另一个版本：台湾版《日夜书》。我也在两个版本的对读中找到了解惑途径。

形式也是内容，内容也是形式，对韩少功来说，"体裁和形式只会有加法，不会有减法"③，两者相辅相成，相生相应。

一、拓展小说的边界：
从《马桥词典》到《日夜书》

80年代，韩少功的创作基本上采取的是传统小说线性叙事的方式，而90年代以后的《马桥词典》《暗示》《山南水北》三部作品则是文学形式探索的重要成果，跨越时间长达十年，都采用了片断式的叙事策略，不再是传统的逻辑严密、环

① 南帆：《记忆的抗议》，《南方文坛》2013年第6期，第72页。

② 韩少功：《同辈人的背影》，《人民日报》2013年11月20日，第24版。

③ 韩少功、刘复生：《几个50后的中国故事——关于〈日夜书〉的对话》，《南方文坛》2013年第6期，第81页。

环相扣的情节化、线性化的叙事方式，既为文本创造了丰富的内涵和表现力，又为当代中国文学提供了宝贵的文体经验。韩少功的个人化的文学立场，就是哲思与叙事的杂糅、整体与片断的贯通，或者叫"在描述中展开思考，在碎片中建立关联"（《大题小作·文化透镜》）①。这种自觉的文体意识到了《日夜书》表现得更有探索性，竟然采用不一样的剪接方式，创造了两个版本，他想通过两个版本，测试两种态度，一种是近距离，一种是远距离；一种是还原式，一种是拆解式；一种是"自然化"，一种是"间离化"。后一种对于一般大众来说当然有些冒险，他还是忍不住试一试了。感性与理性，片断与整体，对韩少功而言是有机统一的。内容决定了形式，形式也是内容。采用什么形式，其实最坚实的根据还是人的生活与思维。不一样的创作意图决定了作品的表达形式，形式的差异也让作品内容在不同的表达之间发生了奇妙的化学反应，笔下世界便有了不同相面，立体而丰富起来。

其实，自现代主义文学运动以来，形式与内容的关系已经受到审视，也曾进入大规模的文学实践，留下一批先锋文学硕果。而今，当大多先锋作家回归现实主义传统时，韩少功一如既往在传统与创新的临界点上探索，有效地拓展着小说的边界，并再次结出《日夜书》这枚奇异果。

也许读者会疑惑大陆版《日夜书》的文体，但没有人会怀疑台湾版《日夜书》是一部长篇小说。因为在大陆版本中有三个章节以词条形式表现，而台湾版本并没有独立的词条章节，而是把词条的内容融入了每个人物的叙述中，与传统的阅读经验契合。

对于韩少功来说，词条体是他在文体实验的道路上耕耘出

---

① 龚政文：《90年代以来韩少功的转型及其意义（下）》，《文学报》2010年8月19日。

的果实。

《马桥词典》是韩少功开始文体实验的第一部作品，作为长篇小说，它以一个个词条的形式松散而又相互连接结构了一个乡村的历史。"词典"这种形式，暗含了韩少功的态度，他放弃了那种以一己的观念去统摄一个世界的做法。他选择了词典这种形式，也就是选择了一种对世界的谦恭的态度。[①] 巧合了他作为一个知性作家的秉性和散点透视的思维方式。[②]

《马桥词典》主要通过"词典"的形式把文体实验的思想表现出来，一个个词条如散落的珍珠，被韩少功用一条高妙的线穿连，词条间的隐秘关联可以窥见，每个故事也相对完整，在结尾中，行走的故事在漫长的官路上又回到初入马桥的起点，这样打乱又形成回路的叙述，是韩少功开始明显进行文体探索的成果。之后的《暗示》更是在文坛的争议中继续将文体实验走到了文学与哲学、小说与理论的边界。韩少功在《暗示》中的散文化探索打碎了叙述的完整连续性，每篇文章独立成为对无边世界现实符号的思考，使得全书看上去就像是杂文随笔集，引发文坛种种争议，探讨此书文体何为。但是实际上，这种争议正是韩少功在创作的设定中就预料甚至所期望的，他的文体实验在谈论与争议中让人们意识到写作的多样性，正是他巧思之处。解读文本是有多种可能的，直面文本，不需要陷入评判的标准和文体定义之中，韩少功理解的各种符号背后的深意是他以自己的经验为基础来理解的。也许，《暗示》最大的意义就是在于给读者提供另一种思考的角度，怀疑这个世界的真实，思考语言、符号背后的所指，这只是一个角

① 张新颖：《〈马桥词典〉随笔》，《当代作家评论》1996 年第 5 期，第 20 页。

② 孔见：《韩少功评传》，河南文艺出版社，2008 年 4 月版，第 135 页。

度，而不是确切地强迫你去接受这样的世界。他在前言中提到的"文体置换"，也是希望用文学性的笔法让读者更容易地进入这个哲学、语言学命题中。在《山南水北》里，每一纸真实又奇妙的世界，给人陌生感却唤起人心最自然本真的柔软，正如那只有标题的故事——《待宰的马冲着我流泪》，一页的空白，无限遐想，文体意识在韩少功的笔触下流动贯通，冲破边界，百无禁忌。

韩少功了解文体中的玄机，并一直在此努力。

大陆版《日夜书》的第 11 章、25 章、43 章分别以词条的形式，展现在历史时代中，与人密切相关的"性""精神"与"身体"的种种特殊状态。在穿梭时空的叙述中，作者常常戛然而止，转入形而上的讨论。以词条的形式分类讨论各种生存状况，制造陌生感，给人一种新奇的角度，以此来看待生活中的不同面相，让读者思考与接近真实的生活。

郭又军之死是《日夜书》中最打动我的段落，那个光鲜亮眼憨厚的又军，在时代裂缝间生存的又军，对小安子和女儿无可奈何又关怀备至的又军，沉迷于赌博失落的又军，凝聚知青岁月的又军，他病了，也累了，却仍然选择"给这个世界一个清洁的告别式，一个不麻烦任何人的结局"。他的遗书是那么从容平静，日常的细枝末节井井有条却暗流汹涌，令人唏嘘。如果下一章节讲述的是又军组织同学会，或又军的葬礼，也许读者会潸然泪下，可是韩少功并不让这种伤感的情绪漫延。他笔锋一转引入了词条，"泄点与醉点"用理论与例子引出时代中各种各样被压抑的生理本能。作为生物的基本生理要求，当"性"在一个时代里，被压抑，被蒙蔽，被扭曲、变形，那么这个时代所遭遇的问题可想而知。当健康的生理要求得不到解决，人们只有通过其他途径来释放，词条之后的第 12 章转入荷尔蒙和肾上腺素交织交融的地下革命场景，就是特殊年代里人性宣泄的特殊途径。特殊的时代人性被压抑，或多或少便成了"准精神病"，蔡海伦、马楠、万哥、马涛等身上都有时代面向的缩影，韩少功把这些常发生在生活中的精神状态，"陌生化"地表现。当读者发现所见与预想的情况并不相同，所有的线索让人感到陌生不知所措，可在故事中又分明感受到人性露出了尾巴，于是只能开始反思生活的原貌，韩少功的构想就完成了。

　　什么是陌生化？

　　对一个事件或一个人物进行陌生化，首先很简单，把事件或人物那些不言自明的，为人熟知的和一目了然的东西剥去，使人对之产生惊讶和好奇心。①

　　这是布莱希特的"陌生化理论"（也就是"间离理论"），在他看来，间离的过程，就是人为地与熟知的东西疏远的过程。这样一来，从表面上看，这些人或事突然变得非同一般，令人吃惊和费解，自然就会引人深思，并最终获得全新的认识。间离化还有一个效果，就是"从任何一个角度都不能使观众与剧中人物在感情上完全融合为一体，无批判地陷入事件中去。表演使题材与实践经历着一个疏远而陌生化的过程"②。

　　布莱希特的戏剧理论也是韩少功所认同的。对他来说"小说是一种发现，陌生化则是发现的效果呈现"。《再提陌生化》③一文中，韩少功这样阐述：

　　　　主体陌生化是另一种，相对难度要高一些，却是

———————————

　　① 贝托尔特·布莱希特：《论实验戏剧》，《布莱希特论戏剧》，中国戏剧出版社，1990年3月版，第62页。

　　② 贝托尔特·布莱希特：《娱乐戏剧还是教育戏剧》，《布莱希特论戏剧》，中国戏剧出版社，1990年3月版，第70页。

　　③ 韩少功：《再提陌生化》，《文艺报》2012年11月26日，第6版。

新闻业高度发达以后作家们更应重视的看家本领，体现于审美重点从"说什么"向"怎么说"的位移。网上曾有一些戏作，比如同样一则刑事案报道，用琼瑶体、鲁迅体、新华体、淘宝体等多种口气来说，会说出大为异趣的效果，分泌出各自不同的言外之义，亦即隐形的"内容"。在这里，形式就是内容，"怎么说"就是"说什么"。

两者关于"陌生化"的理论有异曲同工之妙。更具体的来说，"词条体"对于完整叙述的打断，突如其来的哲思，叙述者"我"的介入，种种阅读障碍其实都是韩少功有意为"陌生化"的匠心。除了"陌生化"的叙述手法和"词条体"的文体表达，"拆解式"的叙述顺序也是大陆版《日夜书》的用心之处。

二、拆解与还原：大陆与台湾版《日夜书》比较

台湾版《日夜书》与大陆版本最主要的区别就是叙述基本以时间为序，有相对连贯的脉络，还原知青生活的原貌。大陆版本则通过拆解式的表达，还原了人类破碎的记忆原貌。所以，两个版本的叙述顺序有所不同，章节之间的过渡片段随之发生改变。

先来梳理一下两个版本不同的叙述线索。

台湾版共49章，叙述顺序：校园—白马湖茶场—姚大甲—吴天保—小安子—郭又军—丹丹—马楠—马涛—马楠—酒鬼—贺亦民—马涛—肖婷—蔡海伦—笑月—陆学文—陶小布—马涛—白马湖—郭又军—小安子—郭又军—贺亦民—笑月。

大陆版共51章，叙述顺序：姚大甲—白马湖茶场—校

园—吴天保—小安子—郭又军—丹丹—词条—马涛—马楠—词
条—肖婷—郭又军—陆学文—笑月—陶小布—马涛—白马湖—
酒鬼—贺亦民—词条—郭又军—小安子—贺亦民—笑月。

可以选择其中最有代表性的两处叙述顺序的变动来看一下，
一、开头三章的顺序；二、马楠和马涛的出场顺序和方式。

台湾版本的前三章顺序与大陆版本正好相反，只是调整
了第1章和第3章的顺序，《日夜书》便有了两个开头，两个
开头渲染的效果也完全不一样。开篇的第一句话"那一天我
记得很清楚"[①]，一下子把人带回了全国大乱之后空荡荡的校
园，韩少功的笔触是精准而动人的，他营造出一种被遗弃的
失落感，"我"独自在校园里徘徊，怀念"集体"，憧憬"远
方"，于是之后遇到看起来"光鲜亮眼"的学长红卫兵头头郭
又军，冲动做出下乡的决定，看起来再自然不过了。然而理想
与现实的差距总是残酷的，到达白马湖茶场后的艰辛和饥饿让
"我"后悔不迭。又军在我最艰难时期的帮助，让我在多年之
后得知他的死讯失声痛哭。第1章把知青时代的大环境，青年
的迷茫，一股脑倾泻而来，读者马上走进了时间长河，结尾处
引入"多少年后"的时间维度，当年的领路人的自杀也为后知
青时代笼罩了悲壮的气氛。之后第2章回忆白马湖茶场的困难
情况，我因与姚大甲打赌饭票吃人骨，第3章讲述大甲自由随
性，玩世不恭，第4章讲述老场长吴天保的故事和大甲当下作
为先锋艺术家的状态也很顺理成章。台湾版叙述的顺畅，引人
入胜地令读者的阅读感情便于积累抒发，迅速融进知青岁月，
直抵时代悲凉。

反观大陆版本一开篇，没有前因，天上掉下个姚大甲。
"多少年后，大甲在我家里落下手机，却把我家的电视遥控器

———————————————————————
[①] 韩少功：《日夜书》，台湾联经出版社，2013年11月版，第3页。

揣走，使我相信人的性格几乎同指纹一样难以改变。"①韩少功一开始用轻松的语气来塑造一个奇人形象——艺术家姚大甲。"我"因为大甲落下手机的行为回忆起当年与大甲的点滴，他的喜感，他的苦中作乐，成为当年知青岁月中一笔亮色。大陆版本接下来第2章讲述白马湖茶场与大甲打赌，"一场大雨把我打向了远方"开始了第3章回忆在校园里决定下乡那天的情况。这样的叙述顺序让我们以为占据重要位置的姚大甲是全书的第一主角，但是，在之后的行文中，姚大甲又"消失在永无定准的旅途中"，只是偶尔冒出个影子。故事在"当时"和"多少年后"来回穿梭，在游走的时间中，线索遍地。当你开始疑惑跳跃的片段和被拆解了的叙述，韩少功慧心就显现了。请注意大陆版第1章的结尾，"公用鳖！公用鳖！……我从街头孩子们的叫喊中猛醒了过来。"第2章的开头是台湾版没有的："我醒过来了，再次醒过来了，发现很多事情还得从头说起。我得防止自己像一个梦呓者那样把事情说乱。"能感受到些什么吗？就像《狂人日记》中"狂人"被禁闭时分不清现实与梦境，"我"也是如此，有了这个提示，可以猜测第1章大甲"公用鳖"的故事正是"我"做了一个知青岁月的梦境，而第2章开头"我醒过来了，再次醒过来了"的"再次"说明"我"常常会做与知青岁月相关的梦境，或者说我时常在夜里陷入知青时代的白日生活里。如今，"我"已经开始有意识地讲述这些日日夜夜了。在如此长的时间跨度中，"我"时常在日日夜夜中不息地来回穿梭于现实、记忆、梦境之间。于是这种拆解式的叙述表达不是为了还原事件的原貌，而是还原时间的、记忆的、梦境的原貌，拆解是为了重构，为了再现破碎零散的日日夜夜的交织交错。

———————————

① 韩少功：《日夜书》，上海文艺出版社，2013年3月版，第1页。

第二处顺序的变化是关于马楠和马涛。台湾版中马楠于第 12 章登场："当年小安子说过，一定要把马楠培养成一个狐狸精，不然这丫头今后怎么过？一辈子喝奶粉、玩指头、听外婆讲故事吗？一个女人不能这样对自己不负责任，就准备男人们来欺负吧？大概是不看教化，马楠与她同居一室，混了好长一段，还是活得十分迷糊，别说狐狸精，连老鼠精也不是。"① 这一章包含了大陆版 17 和 18 章的内容。而大陆版里马楠在 17 章才登场："我一定要说说她吗？说出她一心忘却的伤痛，是不是在伤口上撒盐？或者把事情说开了，相当于一种医生的导呕，能让她喷吐出一腔深藏的淤血，会稍多一点轻松？对不起，我不知道，没有任何把握。"② 两个风格完全不一样的开头引出了马楠是个活得提心吊胆像只小兔子一样的女孩。台湾版本承接了上一章又军自杀的悲剧，从小安子的两性态度来说，马楠无疑是与小安子完全相反的人，以此来比较两个女性截然不同的人生。大陆版隐约暗示了马楠生命中的伤痛，承接的是 W 县的一场特大暴雨中失去生命的五位女知青，其中风云人物阎小梅如今成了永远的黑边空框。无论是为了突出与小安子的差异，还是为了与知青时代的悲剧女性发生共鸣，马楠在《日夜书》中的形象与其他人相比都相对模糊，与那些个性奇异的伙伴们相比，马楠太善良太隐忍太甘于奉献了，她遭遇了太多不公平，但是善意却常被人利用和误解，无论是她从知青时期的懵懵懂懂，还是后知青时期略带些神经质的生活状态，韩少功对她的描写总是注入同情的理解。

在台湾版中，马楠的提前出场是为了引出另一位重要角色——哥哥马涛。马涛无疑是《日夜书》中最有深度的人物，在台湾版中，他的出场是比较平淡的，第 13 章马涛出场："因

---

① 韩少功：《日夜书》，台湾联经出版社，2013 年 11 月版，第 79 页。
② 韩少功：《日夜书》，上海文艺出版社，2013 年 3 月版，第 112 页。

为马楠的关系，我认识了她哥马涛。"在这一章节的前半段作者已经通过描写跟郭又军比试的种种，交代了马涛争强好胜的真实性格。之后再说马涛是知青时代的青年领袖和启蒙者，就让读者有了警觉。因为有了之前的铺垫，马涛当年耀眼的吸引力被削弱了，之后引出马涛在监狱中自私冷血地对家庭、对自己妹妹、对友人的利用和盘剥，震撼力也就没那么强烈了。台版的叙述的线索是清晰的，还原事件原貌的，但因为流畅完整的铺垫，所以马涛在狱中、在国外、归国后的自私自利显得顺理成章，对比效果就没那么强烈了。

看看大陆版，第 12 章大幕拉来，是激动人心的"地下革命"场景："一伙少年男女偷偷纠合成群，神色青春而凝重，嚼过一点炒蚕豆或冷锅巴，一张嘴，一放言，就是面对中国和世界，就是今后三十年乃至百年。""地下革命便是愤怒青年的美酒。"① 让人热血澎湃的知青时代不就是这样吗？青年们苦中作乐，抱团取暖，失落了便让精神满溢，不然如何在贫瘠的年代活下去？马涛在这种大格局中只是其中具有代表性的闪耀过的符号记忆。看看他的名字是如何出现，并在之后反复被提起的："这一天夜里，我躺在拖拉机货厢上，怀揣一封来自马涛的信，信中关于国内革命形势的分析让我无法入眠。"因为信中描绘的星火燎原，让我神驰万里，甚至遭遇翻车。可见，马涛给我的影响。第 13 章，我的朋友罗同学"同我说起了马涛，一个他无比崇拜却无缘得见的思想大侠，知青江湖中名声日盛的影子人物，承担某红卫兵小报的主笔"。这就是马涛在当时知青圈里的名声。这样的间接描写让读者对马涛这个人物的好奇又增添了几分，接下来"我"回忆马涛的日常，沉浸在自己世界中的木讷和过目不忘的聪明，对"真理"不顾旁

---

① 韩少功：《日夜书》，上海文艺出版社，2013 年 3 月版，第 112 页。

人的沉迷，让马涛这个人物还没有正式出场就已经成为了一个
传说，这时"我"再添一笔"他是第一个划火柴的人，点燃
了茫茫暗夜里我窗口的油灯，照亮了我的整个少年时代"，让
读者简直心生崇拜，之后他被捕入狱，简直化身为时代英雄。
而韩少功笔锋一转，到了19章，马涛用大民族符号来盘剥自
己妹妹时的冷血，25章回想起马涛与郭又军比赛的争强好胜，
出狱平反之后的偏执自负，出国之后的无知落寞，接踵而来的
事件还原了马涛这个时代特有符号的真面目。这个木讷、自
私、好胜的马涛竟是暗淡岁月里白马湖最有思想的人，无数的
崇拜者聚拢在他的周围，盲目狂热地抒发自己对当下的政议，
对未来的畅想，他如同一盏明灯点亮了"地下革命"的希望。
韩少功精心设计的拆解式叙述，让马涛这个人物从神坛跌落，
出色地描述了一个知青启蒙主义的时代英雄在新时代的自我膨
胀，颇具象征意义和批判性。同时，对知青岁月盲目的"革命
热血"和时代思想精英的反思也达到了制高点。马涛成为韩少
功为当代文学人物画廊贡献的又一个新形象。

　　此外，台湾版中还增加了一节"再补记"①，叙述者"我"
提出了一种可能和暗示，马涛与贺亦民狱中居于一室，贺亦民
坦诚自己是告密者。自负的马涛继续扮演着受害者与迫害者角
色，贺亦民帮马涛抢饭和打架，马涛教他打桥牌、标点符号，
"告密者"身份得到了解答和强调。反观大陆版中"谁是告密
者"一直是小说一条若隐若现的内在线索，反复被提及，人人
都有可能，郭又军、阎小梅等等，究竟是谁作者并没有给出答
案，这一笔十分犀利，直指告密行径是那个时代的国民性。

　　经过对比可以看到，台湾版主要通过：1.叙述顺序，2.增
加了情节之间的过渡与解释性语句，3.取消了词条的文体形

———————————

　　①　韩少功：《日夜书》，台湾联经出版社，2013年11月版，第312页。

式，词条中的内容融入情节推进之中，4. 增加与删改某些片段。
这四个方面的调整，让故事连贯，情节相对集中，人物有因有
果，整个故事便于阅读，完全是一个打动人心的好作品。

两个版本同样出自韩少功之手，那么为什么他没有直接选
择这样更讨喜的连贯的表达呢？唯一的解释只能是韩少功刻意
为之，故意设置了"陌生化"的阅读阻碍。

内容决定形式，形式也是内容。

三、形式也是内容：知青岁月的记忆还原

《日夜书》讲述的是知青一代的故事，知青岁月发生在中
国的土壤上，这个概念十分沉重、背负了太多的形容词，这一
代人也成为中国特殊时期的产物。韩少功对知青岁月的打捞
首先是对"人"的发现。《日夜书》还原了知青一代人的真面
目，展现了他们以及时代的精神史。知青不是一个空洞的符
号，而是有血有肉，五光十色的，有个性的每一个人，他们是
大甲，是小安子，是郭又军，是贺亦民，是陶小布，是马楠，
也是马涛……韩少功把他们从历史的泥沼中打捞出来，还原人
性本真，同时还原命运悲壮。

这是一个以"我"——是陶小布也是韩少功的意识来讲述
的故事，几代人的故事在超越时空的记忆中交织交错。知青岁
月的日日夜夜，在漫长的人生日夜中翻涌，这种记忆的样貌固
然是混乱而琐碎的。于是，韩少功直接把陶小布的意识记录下
来，其中有人物的成长，有对知青时代的回顾与反思，有对当
下生活的无奈迷惑，同时也有抽离之后的理性思考。"生活真
是一张严重磨损的黑胶碟片，其中很多信息已无法读取，不知
是否还有还原的可能。"于是，有自觉文体意识的韩少功选择
了我们现在看到的，他认为最适合还原意识原貌的形式来讲述

这个关于漫长时间的故事。所以我们看到跳跃的联想式的片段，正是韩少功为了营造一种梦境、时光、记忆不连贯性的氛围。我之前的困惑正是韩少功有意为之的笔力，而且人物刻画的戛然而止和笔锋一转，突然出现的理性哲思也暗含韩少功对知青时代清醒的态度，他希望读者能保持一段距离，以一种抽离的、克制的、理性的态度来回望这段时光，不让伤感、怀旧、批判的情绪过多停留，他示其所是，希望还原时空现场。

因此从这个角度理解，也许台湾版表达更流畅，情感更容易积累与深入，大陆版的更曲折，但是也更能体现作者真正的意图。因为这次对读，才更理解了韩少功精心的叙述结构，有了理解，才重新在阅读之中，收获了在一次次曲折中抵达文学现场的感动和愉悦。"陌生化是对任何流行说法的不信任，来自揭秘者的勇敢和勤劳。"韩少功就是这样一个富有智慧的揭秘者。韩少功在表达形式上的所有追求都是听从他的内心，都是为了更好地表现内容，所有的细节都支撑着小说的框架。也就是说，采用什么形式，其实最坚实的根据还是人的生活与思维，形式也是内容，内容也是形式，对韩少功来说，两者相辅相成，相生相应。

他曾经这样解释《日夜书》的形式与内容的关系：

> 生物学领域普遍的"对称结构"，比方树木一干多枝的状态；还有人类视觉、听觉、嗅觉、触觉、味觉的"焦点结构"，所谓"一心不能二用"的现象，都为这种小说提供了审美的自然基础。换句话说，单焦的对称结构，是人类内在的审美需求所在。我只是觉得"散文化"或"后散文"的小说是可能的增加项，因为社会生活自身的形式，人类思维自身的形式，往往是散漫的、游走的、缺损的、拼贴的，甚

至混乱的，其中不乏局部的"戏剧"，但更多时候倒是接近"散文"。这构成了另一种小说审美的自然根据。我在这本书里说"也许上帝是不读小说的"，就是这个意思。当我们在夜深人静时，似乎最接近"上帝"时，脑子里哪有那么多起承转合？哪有那么多戏剧化的一幕一幕？如果我们只有一种单焦模式，只是袭用旧的单焦模式，会不会构成对生活与思维的某种遮蔽？①

也许有些人认为，韩少功太理性，距离生活太遥远，对这个时代已经没有热情只剩下深深的绝望。可是，当你读到这段情感饱满而犀利，犹如激流般有力的智性文思时，当你真正走进韩少功的文学世界，就能感受到，通透深邃的历史眼界，不拘一格的文体自觉，对时代社会的担当精神，再加上出色的才思笔力，正是韩少功之所以成为韩少功的原因。韩少功如同千千万万个托尔斯泰般的寻找者，身体力行、坚持不懈，寻找刻在"小绿棒"上"能让世界上不再有贫穷、残疾、屈辱以及仇恨，让所有的人都过上幸福生活"②的方法。寻找便是希望，形式也是内容，他的探索与实践通过文字也在一个维度上改变着世界，这种对人类世界深沉而积极的人生态度，让我在韩少功的笔下看到了小绿棒的希望。

本文原载于《中国现代文学研究丛刊》2014 年第 12 期

----

① 韩少功、刘复生：《几个 50 后的中国故事——关于〈日夜书〉的对话》，《南方文坛》2013 年第 6 期，第 81—82 页。

② 韩少功：《革命后记》，牛津大学出版社，2013 年 12 月版，第 234 页。

在人生与文学的后台

——评韩少功《修改过程》

2017年10月，韩少功在"创作四十周年汨罗乡亲见面会"上，红着眼框、忆着往事、说着方言："五十年前我是来到汨罗，四十年前我是离开汨罗，时间过得非常快，我现在六十多岁已经是一个老人一个老兵，做不了太多事情。一个老兵不是战死沙场就是回到故乡。经过我四十多年的离开，也经历了我们国家最为翻天覆地，也是大风大雨的变化时期，回到了这里。山水变化不大，人有变化，但是我相信回去以后，脑子里出现的印象还是你们四十多年前的印象，一丝一毫还是定格在那个时候，永远记住我们大家共同度过的岁月。"1978年3月，韩少功从下乡插队生活了十年的湘西汨罗回到长沙，成为全国恢复高考后的第一批"七七级"大学生；1988年2月，他渡海南行到海口筹划《海南纪实》；2000年5月，回归湖南汨罗八景乡定居，至今保持着候鸟般南来北往各半年的生活。韩少功在时空里又回到人生和文学创作的原乡，他的语词一直在不断打开时代记忆沉甸甸的关卡：《马桥词典》在漫漫官路上走完了知青们感知的乡村百态；《日夜书》还原了热血与悲壮纠缠不清的知青与后知青生活；在新作长篇小说《修改过程》中，他把文学的笔触在人生的时间线上向后推移，重构了一群知识青年——"七七级"大学生，在宏阔的时代之门重新开启时，戏剧化的人生种种。

现实与创作的人生就这样汇合成一个回路，在回归的同时，其思想与艺术追求却是一往无前的探索姿态，执着又决绝。韩少功在理性反思中不断修正自己的人生记忆，用文体探索的方式不断给予读者认知人生的机会，同时也在笔下人生被修改过程的展示中，锻炼着读者对世界先见认知的怀疑能力。此次的文学实验所想讨论的文学与人生、真实与虚构之关系，是通过主人公肖鹏创作并修改网络连载小说来展开并达成的。

时隔四十年的回望，一代人的青春既被怀恋定格出温情鲜活的一丝一毫，却也不可避免地在记忆的画板上，被警醒地审视、嬉笑地调侃、严肃地追问，有意无意中被放大缩小扭曲变形。小说开幕如《日夜书》的第一节，一个脱胎于现实的荒谬梦境惊醒了主人公，随之打开下文呓语般的记忆，不同的是在《修改过程》中，韩少功开章明义交代了创作主旨之一：肖鹏与其创造的笔下人物陆一尘产生的矛盾，即文学在人生的后台上何种程度表现或修改了人物的真实生活，而作为脱胎于现实原型的虚拟人物，又应该如何审视文学人生与现实生活的关系。人物从人生的后台跳出来，又回到小说的前台上，他太想找到小说中没有的东西，重新观察周遭的世界，以痛感来确认自己的真实，于是觉得小说不仅是文字，有硬度和重量，也会切实对人生产生影响，发生作用。

小说诞生于肖鹏对身心在生活中衰退的发现，他开始闭关进行自我拯救，以期找回自己的"天才"。这番寻索，便从打捞被遗忘的记忆，书写"七七级"同窗故事开始了。

1978年，一批背景各异、来路不明、思想复杂、面目粗糙的"野生动物"汇集于北麓山下高校的中文系，成为韩少功笔下的主人公肖鹏创作的网络小说里的人物，他们的人生不仅在时代生活的浪潮中被修改，还在肖鹏的文学创作的后台上被修改着。陆一尘带着现实生活中"牌桌上认识的那个记者"和"老婆那个业余合唱团里的欧阳老师"的影子被塑造成最合适的上下铺同学关系。他顶着天然卷和一口白牙风流倜傥纵横校园和社会，成为抗议校园"八禁"、呼唤爱与自由的活动领袖，毕业后成为报社副总，在文学风流介入现实日常引起骚乱时，愤怒得难以释怀，陷入一地鸡毛。陆哥集结了几个老同学，约律师前来 KTV 商议肖鹏名誉造谣，赵小娟来到混乱的现场时，却看到醉醺醺的马湘南和被资本侵袭的文化只剩下一大片空空的座位。马湘南出身高干，当兵三年本想为了吃喝报考食品加工系或畜牧业，迫于母亲意见误打误撞进入虚无缥缈的中文系。他骨子里的世俗精明尤为擅长舞弊、贿赂、坑蒙拐骗与投机倒把，从校园至商场杀出一条成功之路，堂堂董事长并不在意被印象模糊的老同学，以网络方块字塑造出的虚拟形象，更不把文学当回事，他关注的只有现世实际之利益，"只要他不举报老子走私和逃税，他爱谁谁"。最后却因为后代生活荒谬毫无指望，他从卫生间窄小的窗户一跃而下，归于自由。

　　小说角色与人物原型相互串联，生活真实素材与虚构经历杂糅缠绕，一并聚下构成了故事，"这种写法，时而像前台演出，时而像后台揭秘"。韩少功借肖鹏之口点明："德国剧作家布莱希特，意大利剧作家皮兰德娄，在舞台上也有类似尝试，你们看多了就会习惯的。"发表于 1994 年的文章《在小说的后台》中，韩少功早已阐释过同样的观点，布莱希特的"疏异化"，就是喜欢往后台看，把前台、后台之间的界限打破。皮兰德娄让他笔下的人物寻找他们的叙述者，写下所谓"后设小说"，即关于小说的小说，也就是将小说的后台示众。在此意义上来说，无论是韩少功还是肖鹏，其创作野心之二便是实践这种观点，展现文学作品背后创作、融合、连接修改的一切。他放弃了小说的拟真追求，而试图把文学与人生的错综复杂相互参照，把虚构的过程，即在文学的后台修改人生的过程呈现出来。

文中大量精心设置的线索都指向作者的创作追求，最明显的便是第 12 章与第 20 章，AB 两个版本"难以取舍，不妨把两稿都上挂，比较一下不同写法的效果"供读者选择。小说有自己的惯性，人物走在人生的岔路口会生长出自己应该的模样，楼开富与史纤的不同结局就像是平行宇宙中不同的人生呈现。而小说的附录更是作者试图展示小说人物的人生后台的体现。附录一《1977：青春之约》的末尾，名字带着黑框的马湘南分明是从小说的后台向观众招手，提醒各位"世界上有真的我，而我也是真的死了"。附录二（花城出版社版新增片段），点明了第 1 章肖鹏在与陆一尘的论理噩梦中，把待发表的涉及陆哥真爱小莲的一章删除了。而现实生活中，退役的举重运动员小莲其实是肖鹏的护士。导演韩少功再次提醒观众，"那个附录的脚本，是我借用了一个表妹那里的，只是做了点手脚，把我的几个人物塞了进去。这种偷梁换柱的事，子虚乌有的事，在我们这一行里常有……"如果读者仅看过《花城》杂志刊登的《修改过程》，那么毋庸置疑会把附录的班会献礼视频提纲，看作是肖鹏小说的真实补充素材，虚实参照以期全面解读时代的另一种向度。而在单行本中，你又会重新对这一部分产生质疑，原来记录了时代深情的所有同期、片花、配音的视频提纲文稿，也未必真实，或说，这种真实是为了进一步解释人生与文学的虚构。正如我们对人生、社会和历史的认识，往往也经过不同程度的"修改"，如何让读者意识到另一种世界存在的可能，又如何获取认识艺术真实与生活真实的思维途径，是韩少功在文学创作之路上不懈求索的目标。

小说的第二章提到，"有些室友讥讽肖鹏是叶公好龙，好自由又怕自由，想革命又反革命，不过是鲁迅先生笔下那谁谁谁"。韩少功在接受笔者刊登于《大家》杂志的访谈时，也曾如此阐释对这段已逝又永恒的特殊岁月的书写："这一代人是即将翻过去的一页，没什么大不了。但他们的人生经验和对经验的自我读解，是人类精神传薪的一部分，身上肯定有前人和后人的影子，可能永远是你那隔壁的谁谁谁。这些隔壁的人，很可能就是化了妆的人类史。"文学与人生相互照耀，真实与虚构的相互穿透，韩少功在《修改过程》中的所有努力，就是把人生与小说的前台与后台相互参照，打通并置，"对于作家来说，这既是作家走出层层无限的后台，展示自己的过程；也是读者超过层层无限的前台，理解作家的过程。每一次智巧的会意，每一次同情的共振，每一次心灵的怦然悸动，便是真实迎面走来"（《在小说的后台》）。

知青和老三届的经历是中国一代人的精神症结，萦绕在无数亲历者人生记忆永不忘怀的日夜中，这群"野生动物"的面目一丝一毫还是定格在那个时候。正因为有人回忆、有人书写、有人寻索，这些平凡的故事就变得不再平凡，记忆不再是原来的记忆，生活也不再是原来的生活。历史记忆长河里的某某某，被赤诚的导演从社会的碎片和生活的缝隙中打捞出来，辅以妆容篡改与技术指导，终于，成群结队穿越了无限的人生后台，登上文学的前台奋力表演。而这后台与前台的共同演出究竟是不是一出好戏，还得由时间和观众评判了。

本文原载于《文艺报》2019 年 1 月 14 日

一个文学寻索者的样本

——韩少功文学创作四十年访谈

一

相宜：韩爹好！还记得 2011 年夏天在湖南汨罗八景峒的小院里与您聊天，一转眼竟然 7 年过去了！今年是中国改革开放 40 周年，您的生活和创作见证了中国天翻地覆的变化。从 1977 年 10 月在《人民文学》发表短篇小说《七月洪峰》，您一直在文学之路上探寻思索，回望 40 年创作旅程，有没有什么可以分享的感触？

韩少功：没有什么感触，只是有时吃惊，发现自己头发少了，眼睛花了，腿脚也不那么灵便有力。这 40 年让人眼花缭乱，很多时候都来不及感触就过去了，轻舟已过万重山。

相宜：哪部或哪些作品对您而言有特别的意义呢？

韩少功：不同阶段有不同的难点和兴奋点。就叙事作品而言，《西望茅草地》《归去来》《爸爸爸》《马桥词典》《山南水北》都对我有较大的挑战性。在编辑、理论、翻译方面也各有艰难时刻。

相宜：去年 4 月 1 日，北京师范大学举行了您作为驻校作家的入校仪式和创作研讨会，您在会上说："作者只完成文学的一半，解读者在完成另外一半，所以你们对我的解读，对我的想象，对我的评价，其实是你们一种新的创造。"您如何看待这种解读者的新创造与作家作品之间的关系？

韩少功：作品都是人们理解中的作品，即 N 种各不相同的理解版本，即一千个读者那里的"一千个哈姆雷特"。所谓见仁见智，人言人殊，作者没有统一所有大脑的神通，只能任各种解读漂流和变形，其实是很无奈的。在这个意义上，谋事在人，成事在天。写成什么样在于作者，读成什么样在于读者，在于读者们千差万别的意愿、兴趣、知识、风尚、利益制约等，在于各种因素交织之下形成的总体合力。读者其实是没有留下痕迹的一些篡改者，文学史是程度不同的偏读史、浅读史和误读史——即便这些误读有时也有积极意义。

相宜：去年还有一件特别有意思的事，10 月 15 日，湖南汨罗市罗江镇群英村举行了"今有韩大爹"——韩少功创作 40 周年汨罗乡亲见面会。我在网上看了活动视频，真是非常感人，作品里的原型人物们一下子有血有肉，说着方言共忆往事。您在现场说"一个老兵不是战死沙场就是回到故乡"，经过 40 年，您又回到了精神与文学原乡，与青春友人在一起。能谈谈这个活动的起因和现场的情况吗？他们为什么叫您"韩花"？很可爱！

韩少功：前面提到的那个北师大研讨会，汨罗市作协主席小潘正好在北京学习，也参加了。他说：你在汨罗生活了几十年，我们应该也办一个会。我说：开会太费钱，你们不必重复了。他就想了个主意，说找一些老乡来见面，不花什么钱。这倒是很让我期待和开心的一件事。那天是在我下乡当知青的那个乡，来了两百多人，其中有一些争着认领小说里的人物原型，一个个要对号入座，完全不顾及小说的虚构性质，也十分有趣。他们笑，我也笑。他们流泪，我也流泪。他们像家人一样欢迎我回来，我也用小说惦记和想象了他们40多年。其中有些人只知道我当年叫"韩花"，可能是我那时很邋遢，一身黑花花；也可能是我大腿上有枪伤，一道花花的"文革"伤疤。我不知是谁最先叫出来这个绰号，叫出了"娘炮"味儿。

相宜：您每年在海南都市和湖南乡下两地生活，偶尔飞来飞去参加学术界的会议活动。就像刚才提到的两个风格完全不一样的创作40周年活动，身处两种社会生活圈子，您的体验感受是怎样的呢？

韩少功：知识圈里有高人，让我十分敬重。但圈外的农民、商人、基层干部，甚至小蟊贼和黑社会，是我更重要的知识来源，至少是我检验和激活人文知识的重要工具。他们不懂多少数理化和文史哲，但他们的经验是从土地里冒出来的，最鲜活和最原创的，少一些包装和扭曲。早在两千多年前，庄子就借一个车轮匠的故事说过："可言论者，物之粗也。可以意致者，物之精也。言所不能论，意所不能致者，不期精粗焉。"这就是提醒我们，须对书本之外浩瀚的实践经验心怀敬畏。在另一方面，底层民众不势利，因为他们觉得自己的地位低无可低，在地板以下了，所以同他们交道很轻松，无须都市交际场里那种小心翼翼。这一点很温暖。

相宜：您自80年代"寻根"和90年代"下海"之后，从2000年迁居于此也将近20年了，这些年里，您的乡野生活发生了什么明显的变化吗？

韩少功：我2000年刚来的时候，路不通，只能坐船，而且当时还经常停电，看电视就靠自己支卫星"锅"，支了三口，搞得像个情报站。现在这些条件都大大改善，光纤宽带都入户了。但农民富起来以后也有难题。比如以前各家用水，靠自己引泉水或打井，谁也没话说。现在国家资助改水改厕，有受益的，但没受益的人就闹：凭什么我喝水就要自己掏钱？有些地方，越补贴越抱怨，越撒钱越撂荒。有的人连病死一只鸡也要找政府赔偿。

相宜： 中国进入 21 世纪之后，城市飞速发展，生产要素不断向城市集中，被城市吸纳，乡村的建设的确十分重要但又困难重重，您刚才也提到了乡村生活条件的改变，能再谈谈乡村建设近年来最主要的问题与进展吗？

韩少功： 农业总体上受补贴的状态，低附加值的状态，不足以吸引大规模人才回流。没有足够的人气和人才，农村的产业升级、公序良俗、组织化等方面就活血不足。高效农业有，但普及并不容易。大家都高效了，进入重复和过剩，高效本身就可能降为低效。搞农家乐民俗游，赚一点城里人的"乡愁"钱，只能给不到 10% 的乡村增收，温铁军、贺雪峰等在这方面都有调查。但跳出农村来看，农村有大大惠及城市的社会效益。比如提供了廉价劳动力，包括父母们勒紧裤带养大的很多大学生。又比如经济周期震荡，工厂订单减少，农民工回乡还能活，还能打麻将，不会给城市增加"贫民窟"，与印度、巴西的景观大为不同。在这个意义上，农村是中国城市高速发展巨大的减震器和蓄电池，军功章至少有它的一半。

相宜： 您理解乡村生存理念并以行动帮助建设这片土地以及在此生活的人们，参与乡村生活，身处其间。之前乡友农人时常来串门与您聊天，村里或乡里开会有时也会请您参加，咨询"文化人"的建议。乡村是一个"熟人"的社会，当你们对彼此的新奇消失，您渐渐进入了这种由礼俗建立的规矩，成为群落中的一分子，您与乡民邻里的相处还如从前一样吗？是否与他们建立起新的生活或精神上的联系呢？

韩少功：我同农民的关系至今很好，这几年，几乎不用买肉买鱼，都是他们杀猪后割一块，钓鱼后送两条。我也曾帮他们想办法修桥修路修水渠。但这并不意味着我事事都要顺着他们，或者他们事事都尊重我。比如我要他们不要买"码"，就是私彩，用简单的数学来揭穿骗局，但他们都不信，喊了几百遍的"韩老师"到了关键时刻就不顶用。

相宜：哈哈，农村的"智慧"确实也自成体系。我觉得您选择到乡村生活是偶然又是必然。您之前在文章中说过不喜欢热闹的生活，而心仪青山绿水的自由自在，早在 1985 年 10 月 18 日，您太太在为您第一本小说集《诱惑》而作的序言中说到："我理解他，他的生命，他的文学，都是根植于那远方的土地上的。到乡村的大自然中去，是他的心愿，也是我的心愿。我们还悄悄约定要办一件事，一件很好很好的事，在将来的那一天。请允许我暂时不说，我盼望着那一天早点到来。"这件事指的就是要回到乡村生活吧？而最终选择八景峒又碰巧因为 90 年代在海南遇到乡领导把您"招"回来了。当然，我觉得最重要一个原因是您作为知青下乡，就在距离这里二十多公里的天井公社（今为罗江镇的一部分）生活过 6 年，加上在县城生活的 4 年，对这儿很熟悉且有革命感情，语言也相通。

韩少功：乡下以前最大的毛病，无非是穷。当我另有生存能力之后，为什么不选择赏心悦目的山水之间呢？每天同动物和植物打打交道，离阳光和月光更近，当然比钢铁水泥世界里的日子更爽，没有流水线和写字楼的单调。

二

相宜："故乡存留了我们的童年，或者还有青年和壮年，也就成了我们生命的一部分，成了我们自己。"（韩少功：《我心归去》）故乡凝结了生命记忆，凝结了传统文化，您的创作生命也根植于此。"寻根"是您文学创作生涯的关键词，也是改革开放以来中国文学极为重要的文学思潮。"寻根文学"虽然并不是在 1984 年 12 月的杭州会议上提出来的，但是两者之间确实存在着某种关联。据很多与会者的文章回忆，杭州会议并没有预设确切的议题，青年作家和批评家们聚集在西湖边的陆军疗养院，就自己所关心的文坛新现象、写作新想法等，展开自由讨论，寻找中国文学未来的方向，"大家聊啊聊啊，无拘无束，每个人的心胸都仿佛被打开了，会上很投入地参与对话，会后还继续聊着会上的话题"（陈思和：《杭州会议和寻根文学》）。作家与批评家之间常常不谋而合，一聊就是整整 6 天，我们现在是难以想象的。

韩少功：那时候的知识不够成熟，但有足够的单纯。大家只关心"对不对"的问题，不大关心"有不有用"的问题，特别是对自己有多少好处的问题，不会去算计版税、评奖、C 刊、评职称、面子、话语权等等。前一种是理想主义，后一种是现实主义甚至庸俗现实主义。90 年代后的全球性的市场化和物质化，在相当程度上污染了知识，很多会议都成了政治上、商业上心照不宣的生意。

相宜：在众多问题中，"寻根"是大家不约而同讨论的话题之一。蔡翔的《有关"杭州会议"的前后》提到，在这个"神仙会"上"北京作家谈得最兴起的是京城文化乃至北方文化，韩少功则谈楚文化，看得出他对文化和文学的思考由来已久并胸有成竹，李杭育则谈他的吴越文化，而由地域文化则引申至文化和文学的关系"。所以，在这之前您已经意识到作家创作与民族文化资源的关系了吗？

韩少功："文革"时期的"横扫四旧"，与改革开放时代的"全盘西化"，其实是同名不同姓，穿了不同的政治团队马甲，文化虚无和文化激进的态度却是一脉相承，都是要给中国文化整体上换血——这既不可能，其实也无道理。西化和复古，都是照搬和复制他人，都是懒汉思维。我对这一点确实不以为然。

相宜：在这些文章里，我还注意到两个与您有关的细节。一个是李杭育《我的1984年（之三）》中提到：

> 印象最深的，是私下里和韩少功的一番对话，大致如下：
>
> 我说：我很早就知道你，读过你的《风吹唢呐声》，这回才算见着你真人。
>
> 少功有时有些腼腆，不愿谈论自己：你写得不错，我也看了。
>
> 我又说：好像有一阵子没见你有新作了。
>
> 少功狡黠地一笑：不好写呀！
>
> 我有点不信：怎么会呢？
>
> 少功正经起来，而且胸有成竹：你已经写出了"渔佬儿"，好比跳高，我面前横着你这道标杆，我要越过它才行！
>
> 我明白了，他已经写出了好东西，或许就在等着发表呢。几个月后我知道那是《爸爸爸》。

　　还有一处是今年 8 月凤凰网文化发表的许子东和李陀的对谈，许子东回忆到杭州会议一个细节：

　　　　开完会以后，晚上去外面吃饭，吃完饭到西湖边上走，一贯做主角的韩少功在会上一直沉默，整个这个会对他构成了一个巨大的压力，因为他是一个很有理性，对文学思潮很有想法的人。但是我记得他在西湖边上跟我说了一句话，他说，说了那么多，我回去拿点真货给你们看看。……之后他就写了一篇《文学的"根"》，现在文学史上记载《文学的"根"》，寻根文学，是从他那开始的，其实是受了那个会上阿城这一帮人的刺激写出来的，而之前韩少功写的是红卫兵知青情节的，反思"文革"的作品，不是这样的作品。那是一个小细节，对我印象很深，我觉得对文学史很有影响。

　　您还记得这两个片段吗？杭州会议与您当时的创作有什么关系？

　　韩少功：杭州会议是我印象中为数不多的高质量思想会餐之一，但我对这些细节真没什么印象了。

　　相宜："寻根文学"这个名称最早源于 1985 年您在《作家》发表的文章《文学的"根"》，之后郑万隆《我的根》，李杭育《理一理我们的"根"》，阿城《文化制约着人类》等文章的发表，让"寻根文学"一下子成为席卷文坛的思潮。现在怎么看待"寻根"这个词成为当时这股文化思潮的命名？觉得准确吗？

韩少功：处在那样一个东西方文化大交融大撞击的节点，对于很多作家来说，这个话题迟早是要碰触的。一种中国与西方的对话关系，迟早是要展开和绷紧的。至于"根"，只是一种比喻，说不上精准，只能大致意会。我说过，我们谈了"根"，也得谈枝，谈叶，谈花，谈果。文学以及文化的创造牵涉到太多因素，没有什么可包治百病。"寻根"也不是灵丹妙药。如果这个符号被媒体放大了，我们也只能任其自然，接受社会大势的潮涌。但我们心里得清楚：它并不是一切，只是很多问题中的一个。

相宜：1985 年开始，随着王安忆的《小鲍庄》、您的《爸爸爸》《女女女》、莫言的《透明的红萝卜》《红高粱》、张炜的《古船》等作品的发表，延续了自 1983 年贾平凹的《商州初录》、张承志的《北方的河》、阿城的《棋王》、李杭育的《最后一个渔佬儿》等作品酝酿不自觉的写作风格。知青作家成为这一文学浪潮的主体，你们把历史、地理、民俗的文化资源融汇到写作中，一改之前伤痕、反思文学等为政治服务的原则，在文学寻根中不断构建新的美学样貌，自发沉潜于日常的、民间的、审美的写作中，这个思潮到 90 年代成为民间写作的主流，并延续至今。而这批涌现的作家，像您、贾平凹、莫言、余华、王安忆、张炜、阎连科都是如今文坛最优秀最成熟的作家，而之前涌现的其他思潮都已慢慢衰落。是不是从某种意义上说，"寻根文学"最贴近文学，当作家找到了一个合适的文学创作路径之后，这个文化土壤会不停地涌现新的能量资源给予启发？

韩少功：可能言之过早。再看看吧，至少等三十年再看。这样说吧，19 世纪是"文学即人学"的高峰，不过那时的思想框架是人道主义，是善／恶模式。到 20 世纪，"人学"大体分化为两脉，一是从俄国普希金的"人民性"到中国鲁迅等作家的"普罗文学"，可说是人民路线，其主要思想支点是阶级论；另一脉是从爱尔兰的乔伊斯到捷克的卡夫卡，可说是自我路线，其主要思想支点是个人、潜意识等。从某种意义上说，中国新时期文学既是这两条路线的重新接棒，也是力图对它们兼收并蓄——至于做到了何种程度，另说。我不知道同行们还能走多远，下一步会怎么样，因为20世纪晚期以后，"人民"也好，"自我"也好，都发生了很多新的变化，需要人们重新感受和表达。

三

相宜：正如您在《文学寻根与文化苏醒》文中所提到的，这批作家有一个大体的特点，即"泛知青群体"，其大多数不是下乡知青，就是回乡知青。这个群体的作家身上带着农村生活经验和都市生活经验，在两种文明的碰撞、交会与融合中体味到一些特殊的感受。作家们站在自己文学领地，书写着各自的生命体验。您怎么看待知青插队和高考77级这两段特殊的经验对您创作的影响？

韩少功：中国有深厚的农耕文明，至今也还有将近一半人口在乡村，因此对城乡两种生活都有直接体会的作家，肯定多一些感受资源和观察视角。在人文领域表现出这种特点，也有较大概率。你说的"知青"和"77级"，是两相交叠的群体，是其中有些人的前后履历。他们做数理化可能耽误了光阴，但在一个农业国、半农业国的最底层摸爬滚打过，读过生活这本大书，再做史学、哲学、社会学、文学等，相对而言，容易接地气一些吧。

相宜：您说过对待两种题材自己比较慎重，一是完全不熟悉的题材，二是过于熟悉的题材。90年代以来您很少在小说中触及知青经验，《马桥词典》中的知青经历也是主要关注于乡民与乡村。2013年，您创作《日夜书》书写了知青时代与后知青时代，是什么原因使您开始直接表达知青记忆？

韩少功：时隔30年，大概是拉开了一个较为合适的观察距离，既不是远景，也不是近景，对这一代人的可贵和可疑之处都可能看得更清楚。我不赞成把他们妖魔化，也不喜欢他们的自恋或自夸，因此下笔得慎重，等待合适的时机和情绪的温度。

相宜：今年《花城》第六期发表您的长篇小说新作《修改过程》，它讲述的是1977级恢复高考后首届大学生的故事。您在1977年12月参加高考，1978年3月入学湖南师范学院中文系，新作再次书写了您这代人在特殊时代的生活。可以谈谈为什么选择这些对象与这段记忆吗？

韩少功：我一直不信任鲁迅批评的那种自以为丰富的胡编滥造，主张虚构最好能以原型为依托，有一种立言的诚实，一种细节质感的逼真入微——特别是小说构架处于大变形、超现实的时候，尤其得这样。77级是我亲历的一段生活，自然是丢不下的。20多年前我就写过8万字，但这次完全另起炉灶，是因为跳出庐山看庐山，才找到了新的可能性和新的表达冲动。

相宜：新作塑造了一批包括各路大龄青年和应届娃娃生的77级中文系学生：肖鹏、陆一尘、马湘南、毛小武、楼开富、史纤等人。为什么您的长篇小说基本上没有绝对的主角，都是塑造一批形貌各异的人物群像？

韩少功：画群像还是画主角，得看材料而定。也许将来我会碰到一个值得读者读上几百页的什么主角，也说不准。

相宜：我听过有一句话这样形容老三届："该长身体时，我们挨饿；该上学时，我们停课；该就业时，我们下乡；该养家时，我们下岗！"您怎么看待这种描述？

韩少功：就多数人而言，这种抱怨真实可信。

相宜：在《日夜书》中，您打破了我们对知青生活的固有思维，看到在苦难中那个时代也是有各种色彩的，对知青生活的描写充满诗意，而对"文革"之后的描写却是苦涩的。《修改过程》中对大学时光的描述也是新奇生动的，毕业之后的生活则各自有荒谬和不如意。这种书写是否蕴含着对青春时代的美化与追忆？

韩少功：相对于时下的一般生活而言，人类几千年下来，大多数人在大多数处境里不都是苦巴巴的吗？不都是饱受贫困、压迫、战乱、肮脏吗？但那时候也有美，也有文学，唐诗宋词也有诗情画意和丰富多彩。一个外国作家说过，童年有贫穷的也有富足的，但童年都是美好的。对青春岁月也可作如是观。不过，美好并不妨碍伤痛和疑点，反过来说也是这样。人们后来的各种人格的困境甚至悲剧，不是从天上掉下来的，内因根子恰恰在以前。小说里77级的几乎个个如此。如果他们后来被生活痛加"修改"，他们就更没理由美化过去，更该明白作者调侃语气里的诸多伏笔，各种严肃的追问。

相宜：在《修改过程》中您写到一个片段，毕业时10个同学在赵小娟家聚会，大家相约10年后同月同日再相见，而10年过去之后，只有林欣一人穿越千山万水赶赴其他同学都已忘却的约定。这个故事是您的真实经历吧？您毕业时在家里聚会，约好5年之后再汇合，而只有一位名叫杨晓萍的同学远从南方来赴约。

韩少功：这也是有原型依托的虚构，中文系的同学们肯定都能理解。

相宜：您曾说把《日夜书》暗暗当成回忆录来写，所以写作的时候会产生压力，为了更真实地接轨自己的人生经验，会更多地思考如何表达内心的记忆资源，创作心态会决定创作方法和技术的使用，例如为了还原记忆的混乱而打散小说的线性叙事。在《修改过程》中，同样也不是线性叙事，小说套小说，小说套记忆，真实与虚构相互纠缠，有时候我也分不清楚文中哪些是肖鹏的小说片段，哪些是大学生活的原貌。

韩少功：把各种"穿帮"当作正常演出，把舞台延伸到后台甚至剧场外，打破小说内与外的界限，是一种并不稀罕的样式设计，用我小说里的话来说，在曲艺传统里尤其多见。这种并置大虚／大实、大疑／大信的样式，是想引导读者认知生活，同时对认识本身给予认知，相当于我们通过镜片看风景，同时得知道镜片是怎么回事，对镜片中的风景，同时保持谨慎的信任和谨慎的怀疑。这大概是一种有趣的游戏，双重监控自己的游戏，也是一份哲学上的艰难。

相宜：比如，我觉得陆一尘和肖鹏是同学，可是文中又说肖鹏把两人写成同学关系是为了便于展开故事。那么他俩究竟是什么关系啊？

韩少功：我不想让读者轻易地一目了然。如果读者不太习惯这种似此似彼的两难，破"实"又破"虚"的读法，我只能抱歉。

相宜：从 90 年代以来，您一直自觉地拓展文体的边界，《马桥词典》《暗示》《山南水北》《日夜书》《修改过程》都不是传统意义上单一文体的作品，带有文本探索性质，每次又有一些新的尝试。您坚持把小说与非小说因素相融合，进行文体形式实验的原因是什么呢？

韩少功：在电脑上可以编软件，也可以写文本，即用同一种软件写出众多文本。我的野心常常是同时写文本也编软件，至于没做好，那是才力不济，不能证明软件只能一成不变，不能多样化。

相宜：这一次，您在文中两处使用了大段符号"□□□"来指代省略的文字，让人想起贾平凹《废都》的著名段落。

韩少功：各有各的用法吧。

相宜：《日夜书》的结尾，回到了人类生命的混沌状态描写，非常缥缈而有诗意。《修改过程》的结尾出现了 3 个史纤，也比较隐晦。可以谈谈两个小说的结尾吗？

韩少功：苏东坡说：行于所当行，止于所不可不止。很多时候作者只是尽兴而已，没太多道理可讲，写到哪里是哪里，觉得还不错，那就是它了。这两个结尾都是兴之所至，在意味上照应和补充前文。

相宜：结尾之后与《暗示》《革命后记》一样，也采用了附录的形式，以 M 大学 77 级 2 班 40 周年聚会"1977：青春之约"的视频提纲为内容。如果说正文展现的是典型人物们不寻常的校园生活，那么附录中的【同期】【配音】片段则以一种比较全面又正式的方式，从各方面勾勒出时代与恢复高考后一代人的生活原貌。所谓"附录"起到补充前文的作用，共同构成了作品的完整。您为何如此设计，而且以两种角度来叙述同样一些事，创作心理有何不同？

韩少功：这个附录脚本意在拉开视野广角，提供更多背景和外围故事的线索，也是仿新闻体，能加强真实感，进一步掩盖虚构的手脚，把它们尽可能都"合理化"和"逼真化"。但因为前面已多次有意"穿帮"，多次自曝"修改过程"中的言实分离，那么这里可能就是愈实愈虚和愈虚愈实，让虚／实二者的关系进一步紧张。人类对社会和历史的认知，其实都不同程度经过了"修改"——对这些认知我们该怎么办？我们常常只能接受它们，需要接受它们，但我们也必须知道，它们一直处于动态过程，还会不断地被再"修改"。这意味着我们需要一种重要的读法。

相宜：40 年来您以一个文学寻索者的姿态，一直立于时代潮头，关注乡土中国与社会变迁，反思技术革命对文学的冲击，尤其文学本体的"变"与"不变"，为时代提供最新最前沿的文学思想。您不断重启自己人生重要的记忆关卡，书写特殊时代中特殊人群的特殊经历，而在当时，这些故事往往再平常不过。您说过"写作应该回应人类某种精神的难题"，其中知青和老三届的经历是中国一代人的精神症结，正因为有人回忆、有人书写、有人寻索，这些平凡的故事就变得不再平凡，记忆不再是原来的记忆，生活也不再是原来的生活。

韩少功：这一代人是即将翻过去的一页，没什么大不了。但他们的人生经验和对经验的自我读解，是人类精神传薪的一部分，身上肯定有前人和后人的影子，可能永远是你那隔壁的谁谁谁。这些隔壁的人，很可能就是化了妆的人类史。

本文原载于《大家》2018 年第 6 期

重建乡土中国的文学践行

——从韩少功的《马桥词典》和
《山南水北》说起

 从 1968 年下乡插队到 1977 年被湖南师范学院录取，再从 2000 年移居八景乡至今，加起来，韩少功在农村生活已经 20 年了。时间这只大兽在四季逃窜，有意或无意，在沉甸甸的乡土上留下深深浅浅的脚印，这些脚印记录了韩少功与乡土的关系。从《马桥词典》初入"马桥村"时，行走在官路上，似乎永远到不了的焦虑与陌生，到《山南水北》行舟悠然山水中，一头扑进画框里的恬静和熟悉。批评家陈晓明曾经说："这个人在乡村待了近十年，他从那里走出来，他的写作又不得不回到那里。那是他的生命和文学扎根的地方。"[①] 1996 年，韩少功前往汨罗市为安居选址，2000 年正式开始乡居生活，让这种说法得到证实，他不仅写作回去了，人和家也一并回去了，并且写作不再是"不得不"的被动回想，而是身处其间的主动回归，感性与理性的思考也更自在自觉。从此，韩少功的生命真正扎根在乡土中国里，他的文学在山光水色中生长、在肥泥瘦土中深掘，繁茂出了一个独特的丰赡的精神世界。

————————

 ① 陈晓明：《个人记忆与历史背景——关于韩少功和寻根的断想》，《文艺争鸣》1994 年第 5 期。

韩少功构建的文学世界正是对当下乡土中国的再现以及重建。乡土中国发展至今，原来的安土重迁到如今的离乡打工，城与乡的这种社会变革，一如 20 世纪初中国社会现状的再现，以致费孝通 1948 年提出的论断"中国都市的发达似乎并没有促进乡村的繁荣。相反的，都市的兴起和乡村衰落在近百年来像是一件事的两面"① 依然如新。当下，处于社会转型期的乡土充满生机，更面临越来越多的困境。韩少功以行动与乡土与写作相会，这种生活及写作的姿态，不仅走在时代与文学的前沿，更是代表着这个时代文学对乡土思考所抵达的高度。韩少功的每一个转身都牵引着一系列连锁反应，文学内容和文体探索正是由于文本背后的个人经验所导致的，本文试从 3 个方面的转变浅析韩少功的文学实践。

一、个人精神意识的转变

因为个人的经历积累，年岁的增长，生活方式的改变（对都市生活的厌倦，对乡土中国的忧患，移居乡村开始田园生活）……韩少功对乡土的态度不断发生迁移，与乡土的距离也在不断拉近。他的视觉从一个知识分子高高在上的审视变成了一个"乡民"情理相融的关照。韩少功一改从前《月兰》中为民请命的拯救者形象，一改《爸爸爸》《女女女》中对民族文化劣根性的批判和启蒙，90 年代之后，开始有意识地以"词典体"松散的表达方式避免全知全能的叙述视角，变成《马桥词典》中客观记录马桥村故事的冷静旁观；然后是《山南水北》，以亲历者的心灵报告，以散文的体式直面乡村生活；再到 2009 年中篇小说《赶马的老三》中，耐人寻味的"老三"

① 费孝通：《乡土重建·乡村·市镇·都会》，《乡土中国》，上海人民出版社，2006 年 4 月版，第 126 页。

所映现出韩少功对乡村伦理、乡村生活与乡村精神的透视，并发出对现代社会若隐若现的质疑，字里行间隐现他的身影。

2000 年，韩少功移居八景乡，他与这些质朴善良而又愚昧不争的村民生活在一汪江水边，同呼吸，共荣辱，尽自己的心力重建乌托邦的画境——乡村本该是衣锦荣归的去处。韩少功穿着布衣，脚踩解放鞋，带上草帽，开始乡居生活，与这片宁静丰茂的土地融为一体，这成就了他的生活和文学实践。在之后与乡土的应答中，他的姿态不断放低，直至匍匐于大地。

作为智者，他十分清楚地看到中国的社会问题关键在于乡土，乡土的困境必须解决；作为仁者，他理解乡村生存理念并愿意用一己之力帮助这片土地以及在此生活的人们；作为作者，他以行动参与乡村生活，纸笔是他最好的工具，一如"老三""以一种万能的笑脸广结善缘"，看到愚昧会会心，看到智慧会会意，看到来自外部世界的冲击则装装傻，大智若愚。文学视界里的乡土中国，愚昧、落后依然存在，只是韩少功精到幽默的嘲讽背后有理解和包容；无奈、失望依然存在，只是冷静评判的同时还蕴含深切的期待。鲁迅对于乡土世界的叙述核心在于"破"，他是一把利刃，锋芒毕露，直指国民劣根性，哀其不幸更怒其不争；而韩少功则是破中有立，他愿意给予乡土理解与希望，因而他以喜剧化的叙事理解对方并希望对方也理解自己，并提出改善、重建的方式，既哀其不幸但助其所争。

1984 年，韩少功开始倡导"寻根文学"。韩少功的"寻根"是一个过程，是写作者在面对外来文化时立足于本民族文化，找寻自己对生活的发现，找寻自己对生活的思考，并在表达中找寻属于自己创作风格的过程。韩少功用他的创作告诉我们，这个寻找过程还在进行中，远未完结。韩少功不断在变，精神意识和生活方式的变化导致文学创作的一系列变化，例如创作内容、文体、叙述方式等等，在不断的变化中，始终不变的是他对乡土社会的关注，以及寻找自己风格的追求。韩少功用他的笔触表达对乡村的思考，这些思考和表达在一次次的转变中不断成熟，这也构成他创作的主要内容。

二、创作内容的转变

20 世纪 90 年代之后，韩少功的转型作品尤为出色，长篇随笔体的小说形式承载的核心还是来源于他生根的中国乡土大地。1996 年，韩少功在《小说界》发表《马桥词典》，以词典体的方式为一个乡村存史立传，世相百态丛生。韩少功下乡插队的"马桥弓"的原型天井乡和《山南水北》中"八溪峒"的原型八景乡距离只有 20 多公里，在地理位置上都属于汨罗地区，汨罗江也就是楚文化的发源地，安居于此的韩少功以身心继续他 80 年代的文学寻根，继续追问五彩斑斓的楚文化，追问傲然挺立的湘楚精神，追问屈原用爱和忧患的泪水形成的人文渊流哪里去了？马桥和八溪峒在水边，这片好山好水便成了韩少功的精神原乡。一如鲁迅的绍兴、沈从文的湘西、张爱玲的上海、赛珍珠的江浙……胡风曾说过，作家的起点就在他们脚下。一方水土养一方人，专属于这片山水的风情、风俗、风貌，成为作家的精神原乡，以及创作的土壤。无论是《马桥词典》中"马桥的水流入罗江，村子距江边有小半天的步行路程"，还是《山南水北》更为具体精确的"地处东经约 113.5 度，北纬约 29 度"，韩少功叙述的开篇几章总是首先确定描述对象的地理位置，然后会从历史上探索村庄的来路。无论是特有方言词汇的史书出处、沿革资料记载，还是断壁残碑的只言片语，巴人的两次迁徙、莲匪之乱、农民革命等等这些点滴的事件总能让他把乡村的历史位置确定下来，更打捞出这片热土不屈精神的历史背景。这是创作的基石，也是一个精神坐标，把这个微点与整个纵横的世界串联起来，这片乡土便不是封闭的空泛而贫瘠的虚妄想象，而是敞开的悠远而厚实的真实存在。再加上一砖一瓦，一草一木，一人一事，马桥村和八溪峒的形象就搭建出来了，万事万物从韩少功的纸笔间跃然而生。

韩少功对乡土的发现，首先是对生活在乡土上的"人"的发现。小说家的任务就是要表现人，表现人的心灵。韩少功通过自己的经历和践行想要探索和展现乡村的百态，这些人物形象个性的罗列与浓缩，生活与行动背后的动力，以及更深层的中国乡村千年的伦常。他对这片曾经待了近20年的土地饱含感情，为创作积累资料的田野考察和知青经历，纠缠在一起，生动的人物与生冷的词条相融合，散落在乡村处处的珠子，被韩少功以一种极为巧妙而隐秘的关系串成一线，霎时鸢飞鱼跃，生意盎然。

在《马桥词典》中，没有特定的主角，或者说人人都是主角，其中的各种人物就是中国农民群体的缩影，乡土中国浓缩为一个"马桥弓"，正如鲁迅笔下的"未庄"，以浮世绘的形式写活了一个百态乡村。《马桥词典》中，让我印象最深的人物是盐早和盐午兄弟，他们是"汉奸"茂公的儿子，祖娘是个人人都怕的蛊婆。哥哥盐早是背着"汉奸之子"罪名的脚踏实地的典型农民，任劳任怨，固执认理，在一次众人帮忙修复他家茅屋，又因害怕蛊婆而不在他家吃饭之后：

> 盐早挨门挨户再次来央求大家去吃饭，他气呼呼地抢先扑通跪下，先砸出咚咚咚三个清脆的叩头。"你们是要我投河么？是要我吊颈么？三皇五帝到如

今，没有白做事不吃饭的规矩。"①

　　这个本来就饱受身份缺陷折磨的老实农民，认准了知恩图报，这也正是费孝通所阐释的乡土社会中的礼治秩序，"礼是社会公认合适的行为规范，合于礼的就是说这些行为是做得对的。维持礼这种规范的是传统。传统是社会所累积的经验"②。盐早所说的规矩就是这样的传统，是他行为的内因，也是乡土社会的特色。而弟弟盐午则与哥哥的形象完全不同，是马桥最"怪器"（方言：本领高强的人）的人。他会唱京戏样板戏、会下棋、做过漆匠，教过书，学过中医、画像和刻字，是马桥村的骄傲，又是对传统乡村伦理的冲击。在外流窜的盐午在这样一个封闭的村庄是极为特殊的，他聪明、世故，滑头，善于和领导搞好关系，以致后来办工厂发家致富，还建造了"天安门"式的庭院住宅。就像现在越来越远离乡村的进城务工者，他们抛下父母和孩子，抛下日渐荒凉的田地，前赴后继，来到城市，只留下背后乡村荒芜而沉重的叹息。乡村文明的失落，远离土地又魂牵土地，是中国农民的纠结，一如赛珍珠《大地》的王龙，也是韩少功重建乡土的动因。

　　多年之后，"我"回到马桥，来到盐早黑洞似的家里，盐早不在，给了主妇20块钱。"我"想："二十块做什么呢？与其说是对盐早的同情，不如说是支付我的某种思念，赎回我的某种歉疚，买来心里的平静和满足，也买回自己的高尚感。"可是没想到，晚上，盐早跟了10多里路来到"我"的客房，以一筒圆木来"回报我对他的同情和惦记"，临走时，"眼角里突然闪耀出一滴泪"，然后渐行渐远。如果说作者这个马桥

　　① 韩少功：《马桥词典》，作家出版社，1996年版，第144页。
　　② 费孝通：《乡土中国》，凤凰出版传媒集团/江苏文艺出版社，2007年4月版，第54页。

生活的旁观者"我"的形象，一直游离在乡村生活外，观察人和事，对于盐早这个人物的情感仅限于知青时代的回忆，20块钱对于"我"来说只是对过去回忆的粉饰和慰藉，而对盐早来说，则是从来没有得到过的同情和惦记。这份厚重的馈赠，让自己10多里路的沉默追随，或许献上全家最值钱的圆木也无法报答，"我"的高姿态在那滴饱含深意的无言的眼泪前轰然倒塌。马桥村中，自愿走出人境独居神仙府的马鸣、尊重妇女爱唱歌的万玉、流传在歌谣里的明启、幽暗的地道中房英那一声声遥远又亲近"嗯"……每一次触动和感动，让这些人和事的原型与韩少功的生命轻轻地交织在一起，连同那滴眼泪，使他不再满足于旁观者的身份，而全身心参与到这片乡土中来。6年"隐居"生活之后，长篇散文记录山野自然与底层生活的心灵报告《山南水北》出版，呈现了一个更宽厚、更深邃、更真切的韩少功，他的思与力为文学的表达提供了更多的可能性和更开放的空间，同时也在真实地改变着一方水土。

韩少功的开荒生活在村民的挑剔和帮助中过得有滋有味，这种平淡的悠闲，更让他以一种理解和包容的态度看待周遭的人事，包括自己。在这样一个有天有地、有山有水的开放的空间里，处处有灵，遍地应答。面对新的生活，30年前的乡下回忆涌上心头，熟悉的土地唤醒韩少功生理连同心理上的归属感：

> 就像太强的光亮曾经令人目盲，但只要有一段足够的黑暗，光明会重新让人怀念。当知青时代的强制与绝望逐渐消解，当我身边的幸福正在追踪腐败，对不起，劳动就成了一个火热的词，重新发射出的光芒，唤醒我沉睡的肌肉。[1]

———————————

[1] 韩少功：《山南水北》，作家出版社，2006年版，第36页。

在寻根的文学践行中，他首先要重建属于他自己的乡土世界。这种对乡土创造方式的深深的认同与反思，在一定程度上，消泯了韩少功与乡土的距离，泥土蒸腾的青涩与汗水焦灼的腥酸、阳光熏烤的温热浑浊在一起的气息挣脱了外界的束缚，把现实与记忆中的无畏青春接连在一起，连成耀眼光幕。光幕上有层叠的青山翠岱，有远去的湖水、连绵的蛙声和美好的人的生命。在灼热的日光之后，月夜的微凉与明晰让韩少功喷涌的血液又得到安宁：

> 我熬过了漫长而严重的缺月症，因此把家里的凉台设计得特别大，像一只巨大的托盘，把一片片月光贪婪地收揽和积蓄，然后供我有一下没一下地扑打着蒲扇，躺在竹床上随着光浪浮游。就像我有一本书里说过的，我伸出双手，看见每一道静脉里月光的流动。
>
> 我突然明白了，所谓城市，无非是逃避上帝的地方，是没有上帝召见和盘问的地方。[①]

作为乡村的徽章，"禾苗上飘摇的月光，溪流上跳动的月光，树林剪影里随着你前行而同步轻移的月光"，成有别于都市狭窄天空中的浑浊光亮。它清澈地流淌在乡村的生息间，流淌在血脉里，那淡淡的凉意唤起的是人类对广阔宇宙的无知，以及面对"上帝"审视的慎独，韩少功在乡村的月夜里静思。思考的深度和广度也随之流淌在文字里。

乡居生活除了亲近自然的深意还有乐享农耕的快意，韩少

---

① 韩少功：《山南水北》，作家出版社，2006年版，第47页。

功开始有模有样地总结出治虫要点，记录收获时节的农产品收成表，按照乡亲的方法用心伺候瓜果，用土药草治毒疮，贴红纸条赶鸡入坶……这些本该在都市人眼中不屑一顾的乡下土方，竟然在韩少功的惊异中奇妙地发生作用。韩少功身处中国乡土的智慧和愚昧中，应接不暇，反刍有加。

"中国乡土社会是差序格局，乡村里的人口附着在泥土上，一代一代地传承，像石子一般投入水中，像水的波纹一般，一圈圈推出去，每个人都是他社会影响所推出去的圈子的中心，被圈子的波纹所推及的就发生关系。"[①] 好事的村民把新奇的事物以一种神秘的方式流传，"他们似乎有一种通过风声和鸟语来洞察这个世界每个角落的能力"。在中国乡土这样的人治和礼治社会，法度之外，"山民们心目中自有一套更为重要的潜规则"。邻村的两个后生触电，众人归罪于无辜的供电公司，如此的解决方法，令韩少功开始理解这种不成文的法外之"法"，理解乡村伦理，并重新思考法度在乡村的合理性。乡民自发修路遇到难题时，又无法负担路桥设计队的高昂费用，就请见过世面的"韩主席"来决定遇岭的道路应该修左还是修右，韩少功理解乡民的难处，只能赶鸭子上架，促成工程的完成。"如果久拖不决，如果空谈坐等，等有了大钱以后再找设计院按部就班——那我们什么也干不成。"这些同情的理解和无私的支持，便是韩少功融入其中又出乎其外，以纸笔治国平乡村的文学践行，也是他哀其不幸、助其所争，从而重建乡土中国的践行。

这样的践行还在于韩少功对农民及农村社会心理和传统的不断挖掘。韩少功的每次转身，都看到乡土生活的不同侧面，虽处其间，平视众生，却以思力透视事物，透视乡村人物缘起

---

① 费孝通：《乡土中国》，凤凰出版传媒集团 / 江苏文艺出版社，2007年4月版，27页。

的精神胜利法。于是，韩少功笔下的乡民多以自我解嘲的方式消泯自己与外界的矛盾。例如《马桥词典》中长居神仙庙的马鸣，自认胸纳山川，腹吞古今，只吃昆虫果菜，认为"猪肉伤才思，牛肉折灵机，羊肉易损胆魄。都不是什么好东西"，不去井边打水，自己提着木桶去两三里路的溪边，面对村民的同情只用"多劳多得，少劳少得"或"溪里的水甜"来肯定自己；《山南水北》中的贤爹是个"诗人"，他爱吟诗，摇头晃脑之后还要借点书看，书看不懂，便说"怪事，怪事。都是娘肚子里生的，未必他们脑壳里不是脑浆子，是灌了青霉素和敌敌畏？"；《赶马的老三》中的老三，聪明而狡猾、仗义而固执，他常以笑脸答非所问或说以特有的狡黠和自嘲来化解矛盾，抵抗外部世界的冲击，亦正亦邪也大智若愚，老三式的性格和形象在中国文学中绵延不断，无论是鲁迅的阿Q，还是萧红笔下呼兰河那位跌倒雪地又被偷了馒头的自嘲老头或是有二伯等等。韩少功的洞见在于，他把这种形象的内在结构有力地呈现出来。[①]用喜剧化的笔触叙述，这个维持乡村和谐伦常的农民智者显得尤为可气可爱，富有生机，乃至我们可以在"老三"广结善缘的笑脸看到一抹韩少功会心的智慧与忧虑。在不断变化的越来越贴近乡土的叙述中韩少功关注的内容与质疑投射在文本中，发出微弱的光芒，平实沉静、博大深邃。

三、文体意识的转变

韩少功在贴近乡土的创作中，发现并思考生活，在表达中找寻到属于自己创作的艺术风格。80年代，韩少功的创作基本上采取的是传统小说线性叙事的方式，而90年代以后的

---

① 《编者留言》，《人民文学》2009年第11期。

《马桥词典》《暗示》《山南水北》三部长篇作品，却都采用了片断式的叙事策略，不再是传统的逻辑严密、环环相扣的情节化、线性化的叙事方式。这不仅是文体的探索和艺术创造力，更是世界观和思维方式的转变。

韩少功创作发生的变化集中体现在文体和叙事手法的变化上。《马桥词典》是韩少功开始文体实验的第一部作品，作为长篇小说，它以一个个词条的形式松散而又相互连接结构了一个乡村的历史。词典这种形式，暗含了韩少功的态度，他放弃了那种以一己的观念去统摄一个世界的做法。他选择了词典这种形式，也就是选择了一种对世界的谦恭的态度。[①] 巧合了他作为一个知性作家的秉性和散点透视的思维方式。[②] 他在《马桥词典·枫鬼》中这样解释：

> 主导性人物，主导性情节，主导性情绪，一手遮天地独霸了作者和读者的视野，让人们无法旁顾。……实际生活不是这样，不符合这种主线因果导控的模式。我的记忆和想象，不是专门为传统准备的。我经常希望旁顾一些似乎毫无意义的事物。[③]

韩少功放弃全知全能的叙述视角，保持叙述态度的谦卑，不把连续曲折的故事强加给读者，而是把故事的细枝末节散落在各处，以一个平等的敞开的方式，给读者一些思考的空间。从《马桥词典》到《暗示》再到《山南水北》，体现探索成果

---

① 张新颖：《〈马桥词典〉随笔》，《当代作家评论》1996 年第 5 期，第 20 页。

② 孔见：《韩少功评传》，河南文艺出版社，2008 年 4 月版，第 135 页。

③ 韩少功：《马桥词典》，作家出版社，1996 年版，第 69 页。

的 3 部重要作品，跨越时间长达 10 年。《山南水北》之后的一些作品，仍然体现出这种探索的势头。这种文体探索，其主要特点是跨界、杂糅与片断化文体。用韩少功自己的话说，这种文体，是"在描述中展开思考，在碎片中建立关联"(《大题小作·文化透镜》)①，感性与理性，片断与整体，是有机统一的。

《马桥词典》主要通过"词典"的形式把文体实验的思想表现出来，一个个散落的词条被韩少功用一条高妙隐秘的线穿连，但词条间的隐秘连贯还是可以窥见的，每个故事也相对完整，在结尾中，行走的故事在漫长的官路上又回到初入马桥的起点，这样打乱又形成回路的叙述，是韩少功开始明显进行文体探索的成果。之后的《暗示》更是在文坛的争议中继续将文体实验走到了文学与哲学、小说与理论的边界。韩少功在《暗示》的前言中这样阐释：

> 《马桥词典》是一本关于词语的书，需要剖示这些词语的生活内蕴，写着写着就成了小说。而这是一本关于具象的书，需要提取这些具象的意义成分，构建这些具象的读解框架，写着写着就有点像理论了。
>
> 还是在我看来，克服危机（知识危机）将也许需要偶尔打破某种文体习惯。……这也就是说，我们有时需要来一点文体置换：把文学写成理论，把理论写成文学。
>
> 对于这一种文体破坏，我请师生们暂时谅解。②

---

① 龚政文：《90 年代以来韩少功的转型及其意义（下）》,《文学报》2010 年 8 月 19 日。

② 韩少功：《暗示（修订版）》，人民文学出版社，2008 年版，第 1—2 页。

　　韩少功在《暗示》中的散文化探索，果然激烈，他打碎了叙述的完整连续性，每篇文章独立成为对无边世界现实显现的思考，使得全书看上去就像是杂文随笔集，于是引出了文坛种种争议，探讨此书文体何为。但是实际上，这种争议正是韩少功在创作的设定中就预料甚至所期望的，从一方面可以说，他的文体实验在谈论与争议中也许能获得更大的价值，让人们意识到写作的多样性，正是他所思之处。我觉得解读文本还是有多种可能的，直面文本，不需要有陷入评判的标准和文体定义之中，韩少功理解的各种符号背后的深意是他以自己的经验为基础来理解的。我认为《暗示》最大的意义就是在于给读者提供另一种思考的角度，怀疑这个世界的真实，思考语言背后，符号背后的所指，这只是一个角度，而不是确切地告诉你强迫你去接受这样的世界。他在前言中提到的"文体置换"，就是也是希望用文学性的笔法让读者更容易地进入这个哲学、语言学命题中。我认为，韩少功愿意尝试，并且愿意与读者平等交流分享关于生活中符号的也许还是不成熟的思考，也是一种努力。

　　作为一个具有高超的文学素养和清醒的反省意识的作家，韩少功很快认识到《暗示》所存在的问题，他在访谈中也提到其实这是他哲学上的思考，只是没有被大家接受和重视。之后的创作中，他去掉了文学创作中过重的理论意味和说教色彩，重新回到人、回到感性、回到乡土上来。其成果，便是出版于2006年的散文集《山南水北》。每一纸真实又奇妙的世界，陌生却撼动人心最自然本真的柔软，正如那只有标题的故事——《待宰的马冲着我流泪》，一页的空白，无限遐想，无限感伤，这算是散文？还是诗歌呢？文体意识在韩少功的笔触下相互贯通，冲破边界，所写所想，百无禁忌。《山南水北》的散文体式消泯了外界与乡土的距离，让读者通过韩少功的眼睛看待，用体温感受这样一个一直在身旁却从未留心的乡土。《山南水北·再版后记》中，韩少功再次呼唤：

> 这本也许很快就会被读者忘记的书，不过是想拒绝一种偏视——既然那一片山南水北与我们同处这个世界，既然那一切是如此广阔和如此坚硬地存在，那它们就不应该被轻易地删除，不应该被当作遥远的仙境或鬼域视而不见。①

《马桥词典》偏向于让世界中没有逻辑因果关系的人物、事件、场景、物象以"是其所是"的方式呈现出来，敞开世界的丰富性，而《暗示》则偏向于或者从不同的视角对不同的人物、事件、场景、物象进行真诚的感受与自由的阐释，或者从不同的视角对相同的人物、事件、场景、物象进行真诚的感受与自由的阐释，敞开作者思想的丰富性。《山南水北》中，叙述者明确为作者本人，把"我"融入所感所思的世界里，把"自己"与"乡土"真诚地展现在创作中，直接把生活的山水和对乡土对世界的思考通过打通了的文体传递给读者。

从"启蒙者"到"旁观者"再到"隐居者"，叙述视角的变化和自我意识的迁移几乎同时发生。② 与之相随的是韩少功对文体独特的突破，突破文体边界的可能性，《马桥词典》《暗示》乃至《山南水北》的文体界限模糊，可当小说读，也可作为故事看，还可当散文来品。叙事结构越来越松散，他有意识地从传统随笔和笔记中吸取营养，保持又远又近的叙事观

---

① 韩少功：《山南水北》，作家出版社，2008年版，第312页。
② 杨庆祥：《韩少功的文化焦虑和文化宿命——以〈山南水北〉为讨论起点》，《扬子江评论》2009年第6期。

察角度，处处显示出一个富有艺术创造力和特立独行的韩少功。而在词典体的表现形式中，韩少功以其写实的自然、素朴、充满生机的语言描绘人化的自然，让万物有灵，阅读间仿佛身处其境，与作者同喜悲，以至于阅读韩少功的作品，往往是轻松愉快的享受。在会心会意中，我们看到乡亲乡土之间，笑容温和的韩少功目光深邃，忧患无限，希望无限。

抛弃固有叙事的束缚，人人都是主角，景景皆为点睛，真诚地与外界平等交流，敞开神秘的乡土，拒绝挽歌式的伤感，点燃对乡土的希望之光，他把对乡土中国的理解和期待通过文学作品表达给读者，这是韩少功重建乡土中国的文学践行。

本文原载于《小说评论》2011 年第 3 期

重建乡土中国的文学践行者

——韩少功访谈

一

相宜: 您还记得儿时读的第一本书吗? 能说说读得最有意思的书和最为独特的读书经历吗?

韩少功: 我当时特别迷收音机, 初一时, 省下伙食费买了本《怎么装收音机》, 再买二极管、三极管、电容、电阻, 自己动手装。还买过《趣味数学》。初一时就把初三的数学也学完了, 对理工科比较感兴趣。到了"文革", 大学不招生了, 你的理工科没法往下学。学校有个图书馆, 不知被什么人挖了一个洞。学校为了保护书籍, 决定把所有的书转移, 安排我们学生义务劳动。转移过程中, 我和朋友们发现了很多以前没见过的书, 自己就偷偷打主意, 暗中"踩点"。后来, 我们就经常去那个藏书的地方, 用课桌课椅搭成梯子, 挖了个洞上天花板, 再从天花板上进入书库的上方, 再挖个洞下去, 呵呵, 开始不断地偷书。

相宜: 我以前采访过几个与您同一时代的老师, 他们儿时也都有偷书的经历呢, 这真有趣。

韩少功: 是啊, 那是时代的问题。很多书不合法, 没法买，也没法借，当然只能偷了。我就是从那时起开始接触文学作品。

相宜：一开始读的是什么书呢？

韩少功：当时读书不在意作者的名字，读了多少年之后，听到别人说，这本书很好噢，海明威的，我才发现，哈，这本是我读过的。我一般都是事后才知道自己读过了高尔基、契诃夫等等，还有中国的四大古典名著。

相宜：是不是当时的偷书、读书行为让您开始对文学感兴趣了？

韩少功：那个年代，文学书籍不是太多，倒是物以稀为贵，对刚刚涉世的青少年当然很有吸引力。读书让人长见识，增加你对人情世故、世间百态的了解，激动你的情绪，提供思想的自由，简直是青年人的精神节日。有些小说中描写爱情的几页，总是被翻黑了，翻毛了，这也是那个人性禁锢年代很特殊的青春现象。

相宜：哪些书是您印象比较深的？

韩少功：我当时比较喜欢俄国文学和法国文学。最初收藏的书，是一本普希金选本，好像是一半诗歌一半小说。后来还有鲁迅、李白、契诃夫、托尔斯泰、雨果，等等。有些书甚至可以一段段背下来。有好书，大家借着读，轮流看，比着背，还可以交换出更大的阅读范围呢。例如设计特别的毛主席像章，奇货可居，一个可以换五本书。一双回力牌球鞋，是当时最时尚的东西，相当于现在的LV包，大概可以换二三十本书。

相宜：从初中到现在，您的读书风格是如何转变的？

韩少功：读大学时就得对自己要求严格一些了，常常觉得自己来到这个世界，对这个世界上有很多东西一无所知，不是很亏吗？我读的是文科，对文学经典当然得有所了解，还有与文学相关的史学、哲学、心理学、社会学等，也必须尽可能多知道一些。但活到了四五十岁，我发现自己有些底子还是太薄了，大学时代前后读的那点实在是杯水车薪。这就再想办法有针对性地补一补，比方读一些包括亚里士多德、柏拉图的西学英文原版书。还有中国的四书五经一类也很重要。它们构成了人类文明起源的部分，是一些基础性工程。还有一些极有才华的书，例如索绪尔的《普通语言学教程》，与我们做文学的有密切关系。这个人是结构主义、现代语言哲学奠基式的人物。他所在的瑞士，是多语种国家，仅官方语言就有四种。大概这样的地方不出语言学家也不行。（笑）

相宜：我太喜欢您现在不时植种收获的乡村生活了，当然读书写作还是您的生活常态，那现在大多选择读什么书呢？

韩少功：读了这么多年，口味会越来越刁。其实胃口好的时候不多了，是一件很痛苦的事。与此同时，商业化的出版越来越滥，你去很多书店看一眼，那里可能百分之九十是泡沫，成功书、励志书、生意书、戏说书，东拼西凑乱七八糟的书占了很大比重。有个技术专家告诉我，现在连技术类的书都灌水了，因为要保护专利秘密呵，要互相防着呵，所以不像以前，要紧的技术环节都不会再往书里写。有时候抱回一大堆，你最想知道的就是没法知道。

相宜：是啊，现在什么书都有。

韩少功：当下，如何筛选书是个很重要的问题。有效的读书，需要找到好的情报渠道和排除方法，否则开卷不一定有益，而且可能有害。从更大的方面说，我们这个时代，不仅是中国，全世界的文化创造力好像正在进入一个不是很旺盛的疲乏阶段和停滞阶段，没有某些历史时期的那种文化井喷，比如公元前五世纪左右，比如公元十六世纪以后。

相宜：是不是因为生活太安逸了？

韩少功：这是一个原因。一个安康的社会一般都是平庸的社会。很多年轻人，你不能怪他们不读书，因为他们生活中没那么多问题迫使他们去寻找真理。有吃有喝，赚钱花钱，有小苦但没有大难，有小烦但没有大悲，生活就这么回事，实在没钱了就去"啃老"，那么还能有多少读书的动力？

相宜：应该读到老，学到老。

韩少功：思想跟刀一样，不能说把刀磨好就可以砍一辈子柴，其实还是需要反复磨砺的。人在变化，阅历在变化，所以每一次读书都会有不同效果，所谓见仁见智，对于一个人来说也是这样的，可能今天读出了这本书的"仁"，明天读出了这本书的"智"，一本书其实是 N 多本书，这要看你如何去读，能否以实践阅历增强自己的对话能力。我最近读法国哲学家阿兰·巴蒂乌、英国批评家特里·伊格尔顿，也是因为他们谈的和我的关心比较重叠，这才有了对话的基础。

相宜：中国现代作家大多都有很深的学养，比如鲁迅、胡适、周作人、老舍、穆旦等等，他们不仅精通古今，还学贯东西，会多国语言。在这个意义上，当代作家就显得先天不足了，当然这有历史与时代的原因，然而，您不仅能读外国文学原版，还能翻译，就很厉害。您怎么做到的，能谈一下您学习英语、翻译作品的经历吗？

韩少功：进大学前我是想学好外语的，当时只是想多一些谋生技能，写不出的时候还可以教书，可以翻译。但是大学期间创作活动太多，家务事也多，英语就没学好。毕业后才觉得应该补一补，于是先跟我姐学，然后回母校去外语系旁听，再到武汉大学英文系进修。我认为多掌握一些外语还是很有好处的，因为在不同的语言，实际上凝聚着不同的思维方式和生活经验。举个简单的例子，中文词"国家"的"国"为何要与"家"联系在一起？相应的英文词有 state、country、nation，他们为什么会分得那么细？人就是人吧，英文中的 human being 为什么要多出一个 being？什么意思呵？什么来历呵？这就得仔细琢磨。

相宜：学英语的过程中有没有一些有意思的事？

韩少功：国内英语教学有一个很普遍的弊端，就是对语法细节的要求太苛，常常吓得学生不敢开口，不敢动笔。其实学语言就像小孩子学说话，父母得多鼓励，多表扬，对方说错了也没关系。过多指责和挑剔就会扼杀学生们的兴趣。我们对外国人说中文会这样挑剔吗？英国人对中国人说英语会这样挑剔吗？恐怕都不会，反倒会很惊喜。其实日常语言中的语法都不是很严格的，我们如果都照着课本说话，也会太辛苦。我在武汉大学的时候，开始时基本上是个哑巴，到进修结束时倒是很多同学都聊不过我，因为我年纪大，书读得多一些。可见学语言不能成为学语法和考语法，还得尽可能充实自己的知识储备，否则当个译员都不够格，稍稍谈深一点就会乱成一团。这是我在后来很多文化交流场合常见的事情。

相宜：上世纪 80 年代您就开始陆续翻译威廉·毛姆、多丽丝·莱辛、雷蒙德·卡弗等人的作品，又是最早把昆德拉介绍给中国读者的人，翻译《生命中不可承受之轻》以及《惶然录》，尤其多丽丝·莱辛 2007 年获诺贝尔文学奖，人们才发现您早就熟知她的作品了。

韩少功：我翻译的那几个作家，其语言都不是很偏僻的、翻译难度不是太大，不像译福克纳或者乔伊斯。翻译，像前人说过的，对于原作来说是 reproduction，是戴着镣铐跳舞，虽有原本的依托，但不会有一对一的词语精确对应关系。因此你必须选择、权衡、变通，必须总体把握，在兼顾信、达、雅的过程中不断地取舍。

相宜：我们现在已经很难查阅到您翻译多丽丝的作品了。

韩少功：那是我在 1984 年前后带有练笔性质的翻译，有些在杂志上发表，有些收进某个集子，发表得比较分散。

相宜：读您的译作能感知您的文学语言和文学感悟，我想知道面对外国陌生文化时，您是否也会产生如在《马桥词典》中所提到的"面对难以言说的陌生文化时产生的恐惧感"？您觉得您是"边际人"吗？

韩少功：当你进入一种新的文化之后，肯定也是一个"边际人"，轮不到你来当主人。不过，还是孔子的话比较管用，人是"性相近而习相远"。所谓"性"，我翻译为 nature，自然本性；"习"，我翻译为 culture，文化习俗。人类在文化上有陌生感，但在自然本性上是人同此心和心同此理，比如喜怒哀乐、生老病死，基本的价值观是没有什么陌生的。美国人赞赏勇敢，难道中国人就不赞赏勇敢吗？翻译工作，就是要善于把握不同后面的相同，即异态文化后面的普遍人性。这样，外国文学就是我们陌生中的熟悉，是我们远方的邻居。

相宜：那您的翻译过程其实就是把西方文化破译给中国读者看，转化为中国人可以接受的言词，那么，在中西两种文化下，您是如何把握两者的表述差异，如何融汇、消泯两者的文化边界？

韩少功：有时候要像鲁迅说的"硬译"，强调外国文化的原貌，保持它对于中国人的距离感。有时候又要巧译，找到一种中国人比较能够接受、容易理解的方式。这种随机把握不会有一定之规。比方说昆德拉这本书的书名中有个"being"（《*Unbearable Lightness of Being*》）。将其译成"生命"不是很准确。另一个译者许钧就有这样的看法，但他最终也没办法，还是只能译成"生命"。Being 有很多含义，比如 human being，它"硬译"应该是"是为人者"或者"作为人的那个东西"，这样翻译就太啰嗦了。考虑到中国读者的接受习惯，我们通常将其简化为"人"或者"生命"。梁实秋翻译的莎士比亚的 to be or not to be，也是把这个 be 译为"活着"。

相宜：您自己站在中国读者的角度理解，把密码破译过来。

韩少功：文化和文化之间只有近似值，译者的任务就是找到和扩大近似值，包括使不可通约的部分逐渐变得可以通约，可以相互理解，这就是搭一座桥，让大家有个沟通的方便。同时，译者也有必要提醒读者，翻译永远是个遗憾的过程，千万不要把译著当原著。有些人只读了几本译著，就大谈西方，谈西方文学的风格，太勇敢了啊。所以最好还是读原版。当然，读原版还不行，要真正读懂西方原著，还得去当一个西方人，在他们的语境里生活十年、二十年，你才能深入地了解对方。但这样谈何容易？有多少人能够做到这一点？所以翻译永远都是一种有限的理解和表达。

　　相宜：您消除恐惧感的关键就是保持理解的态度吧？

　　韩少功：不同文化之间的隔膜和距离是肯定的，但是这样的距离并不那么可怕。广义的翻译不仅是中外之间的问题，其实中国文化内部也有翻译问题，方言变成普通话，文言文变成现代语，也都是翻译。甚至自己和自己也有翻译问题啊，脑子想的和手下写的就不一样。是不是？这样一想，你就可以知道翻译不是什么特殊的困难，而是在生活之间时时刻刻存在的寻常，我们完全可以平常心对待它。

　　相宜：赛珍珠作为一个黄头发、蓝眼睛、白皮肤的"中国人"也同样扎根于中国写出了《大地》这样好的作品，中西两种文化的差异在她的血脉与情感中碰撞，您怎样看待这样从小生活在中国的外国人写出的发生在中国大地上的作品呢？这种文化差异的交融会很有意思吧？

　　韩少功：赛珍珠的作品我没怎么看过，所以不是很清楚。

　　相宜：是吗？那我真的强力推荐呢，在功利主义盛行的时代，娱乐化快餐化严重影响了读书的庄重与快乐，尤其爱读书的青年人已不多了。

　　韩少功：可能不光是读书的问题，而是生活方式和价值观本身出现了问题。现在一个是社会机制弱了，每个人都过分关注自我，所谓碎片化和原子化。第二就是物质层面过于膨胀，而精神萎缩了，所谓价值单向度化，所谓"利克义者为乱世"。这样的问题不是读书就能够解决的。如果有些青年都"宁愿在宝马车上哭，不愿意在自行车上笑"，那么他们读《简爱》也好，《安娜·卡列尼娜》也好，都是没有用的，读了也白读。你已经心不在焉，所有的经典都会无效。

　　相宜：您对当下青年的读书有何建议？应该读哪一类的书？

　　韩少功：只有对自己的生活提出问题的人，才需要读书，如果他觉得自己的生活毫无问题，那与读书就会处于一种绝缘状态。就书而言，大体可分为两类。有一类是讲小道理的，比方说如何交朋友，如何求职，如何做 IT，讲的都是"How to"，这是有关"术"的书。还有一类是有关"道"的书，追究大道理，引导你思考人生和思考社会，解答一个个重大的"Why"。我们提倡道术兼济，既不要当赚钱机器，也不要当空想家，心中想大事，手上做小事。当下，不仅是青年，大多读者都是比较功利化的，重术而不重道，似乎人生就是赚钱，社会就是大家争相赚钱，生活没有改变的可能也不需大的改变。但是近十年来，我国的忧郁症、焦虑症的人数翻了一倍，难道这样的问题还不严重？犯罪率和自杀率急剧升高，恐怖暴力和安全事故杀人如麻，为什么你会觉得这样的社会和人生很正常？只有发现了病，才会有对药的需求。书就是药。

二

　　相宜：1985 年，您在《作家》发表了《文学的"根"》，什么促使您倡导"寻根文学"？

　　韩少功：所谓文学的"根"是一种比喻的说法。第一，也许它不是单数，而是复数，即文学可以有很多"根"。第二，它不是一个结果，而是过程，一种永远处于进行时的过程。这是一些非西方国家在接受西方文化的强势冲击和挑战时都会产生的问题。由于经济和社会的落差，非西方国家现代化，必然意味着大规模学习西方，这一条非常必要。不过学习是一种复制，还是一种杂交过程中的创造？或者说如何实现这种创造？

80 年代，中国作家处于强烈的文化自卑，既包括"横扫四旧"式的红色版自卑，也包括"全盘西化"式的白色版自卑。这种对自己的盲视，其实也是学习西方的重大障碍，就像我们不知道男人，其实也很难了解女人。

相宜：再加上当时马尔克斯的《百年孤独》引起拉美文学浪潮，对中国当代文学的刺激很大。

韩少功：拉美文学是西方文学的一种延伸，用一位荷兰学者的说法，是一种西方文学的"地方文学"。但它对拉美本土文化资源的利用，对中国作家是有启发性的。中国在历史上没有拉美的殖民化过程，而且具有五千年几乎没有中断的文明传承，因此可资利用的本土资源应该说更丰富、更深厚，也更另类。

相宜：把西方的东西和我们自身的文化融合在一起？

韩少功：这是一个要素重组的过程，可以有各种各样的方式，比方形似神异，或神似形异，比方中西互补，或中西相克，都是可以尝试的。不管怎么做，重要的一条是不要相信复制。切换一种文明，在历史上至今没有成功例子。比如说非洲某些国家就是在西方文化的强势切换之下，教育、宗教、语言、文学等等都西方化了，已接近于中国"五四"时期某些知识精英的理想设计，但结果怎么样呢？其中有些国家甚至没有自己的大学，精英们拿的是清一色西方文凭，但他们给非洲带来了多少成功？

相宜：就是说，你说的"文学的'根'"也不一定根植于乡土，而是根植于中国文化的大地，对吧？

韩少功：当然。资源分析有小单元也有大单元，是很多个同心圆组成的。有时候，你甚至要慎用"中国"或"西方"这些概念。公务员制度似乎是西方的，但它最早的源头又是中国的科举制。因此具体问题要具体分析，下判断要慎之又慎。

相宜：之前看到一个您在上世纪90年代的访谈，又谈到"文化寻根"这个问题时，您再度表明"我确实在80年代写过一篇文章谈到这个问题，文化传统只是我当时所关注的其中一个问题，并不是全部"。您当时还在考量其他的一些什么问题呢？

韩少功：80年代，有打破政治禁区的问题，也有吸收西方哲学和美学的问题，还有宗教与科学的关系问题等等，都是我感兴趣的。比如现实主义是我们长时期的审美正统，艺术上的抽象、变形、夸张等不可接受，因此朦胧诗在当时一再遭受政治打压。我就此也发表过很多意见，为异端现象辩护。只是当时有关"寻根"的讨论太火爆，将其他声音淹没，我也没办法啊。（笑）

相宜：您说过"文学的根应深植于民族传说文化的土壤里"，"不是地壳而是地下的岩浆，更值得作家注意"，可谓经典语录。您现在还这么看吗？

韩少功：这两句话单独地看也没什么问题，但它不是全称条件式的表述。说"文学的根植于民族文化的土壤"，这当然很对。说我们也需要对全人类的成果有更广泛吸收的视野，当然也很对。不过这是另一句话了。我们只有一张嘴，只能一句一句地说，不可能在一句话里把所有意思都说完。

相宜：您当年影响了几代人，今天通过自己的知和行，找寻到自己的文学之根了吗？

韩少功：影响了几代人吗？这样说可能太夸张。寻根是一个过程，远未完结的过程。就像我们说要认识这只杯子，也永远是一个过程。没人敢拍胸脯说我已经认识这个杯子了，因为杯子在亚原子层面以外还有未知的纵深。

相宜：过程永远要比结果更重要吧。

韩少功：过程本身也是一种结果，是各种相对性结果的累积。而且按照钱穆的说法，中西文化的比较要到什么时候才能比较心平气和、深思熟虑呢？要等到中西方经济发展到大致相同水准的时候。在此之前，有一个经济落差的情况下，这种讨论总会是不正常的，总会被情绪化的因素所扭曲。我想钱先生的看法是有道理的，比如中国国民生产总值超过美国的时候，废除中文的声音可能就不会再有了吧？文化从来不是一个孤立事态。我们讨论文化，总是受制于国家综合国力的背景。

相宜：像鲁迅一开始学医，而后从文，都是以拯救国民作为起点，立人，从而立国，那像你在三十二岁时就提出了"文化寻根"，那是不是您之后做的一切都是在那个起点上开始延伸的呢？

韩少功：也许这是我的重要兴奋点之一，但是也不是全部。不过，任何作家对自己的判断都没有权威性，也没有一再自我鉴定的义务。读者完全有权表示不同的意见。

相宜：《马桥词典》以现代眼光、小说笔法来解读、清理地方词汇的差异和歧义，尤其这些概念在历史上的形成和变异（形态确立与演化之间有互动的关系），概念的形成和变异其实也就是乡村生活的演变，您是通过从本质上把握、描述代表他们生活现状与生活经验的词汇的演变过程，借以反思和清理乡村历史与现实的吧？

　　韩少功：我在青年时代经历了好几个方言区，对语言问题比较有兴趣。比方说我下放的那个地方，"他"和"渠"都是第三人称代词，"他"是远指的他，"渠"是近指的他。这些我后来都写进了《马桥词典》。对语言的研究其实就是对生活、历史、思维的研究。20世纪西方出现一个"语言学转向"的思潮，即发现语言不仅是工具，而是哲学本身的基础和起点。维特根斯坦有一句名言："对我们不能发言的东西，我们只能保持沉默。"在他看来，有时候我们以为在讨论问题，其实都是在瞎掰，是在语言本身陷阱和囚笼里的徒劳。从维特根斯坦以后，所有的哲学家都变成了半个语言学家，大家不但用语言来思考，而且力图检测语言本身是如何影响了我们的思考。

　　相宜：先研究清楚语言的真相是什么，才能从而深入到哲学。

　　韩少功：有些物理学家也说，用我们现在日常的语言无法讨论像量子力学这样的问题。那么能不能有一种新的语言？或者说任何语言都是陷阱和囚笼？我们不知道。但从那个时候开始，语言就成为了哲学的核心问题。这就是"语言学转向"。我不是哲学家，对此一知半解，但我有兴趣从自己的感觉经验出发，揭示语言和生活之间某种互相塑造、互相生产的关系。有时候是生活创造语言，比如我们生产了一个水杯，哦，就给它一个概念好了，叫"水杯"吧。还有时候是先有语言再有生活，甚至是"无中生有"，比方说"文革"的时候，本来没有那么多阶级敌人，但我们制造了假想敌，斗来斗去，还真斗出仇恨来了。

相宜：有这样的想法也是因为您读了很多哲学作品吧？

韩少功：当然与我的阅读有关系。不过把一个想法变成作品，必须有很多的感性经验的支持。

相宜：的确，历史就是在这样的互动中进化的。另外，您翻译的《生命中不可承受之轻》中有一部分也是以词典方式叙述的。

韩少功：对，这种词典体对我有启发。当时首先感受到这样的写法很自由，跳出了情节的起承转合，可以把一些小说元素和非小说元素结合得很好。

相宜：《马桥词典》中"马桥"的原型是您以前知青插队的地方，是哪里呢？

韩少功：距离这里二十多公里，那时候叫天井公社，现在叫天井乡。

相宜：鲁迅笔下的"未庄"就是中国乡村的缩影，《马桥词典》的创作也算是给一个南方乡村的典型立传存史吧？

韩少功：是的，也不完全是纪实，有很多提炼、集中、概括、虚构掺杂其中。"晕街"这个词条就是我杜撰的，后来不少读者觉得这个词好，甚至在一定范围还流传开了，成了一种日常习语，让我觉得比较有意思。书中有一些人物是有原型的，像盐早的原型至今还活着，前年我还见到过他。

相宜：是吗？我特别喜欢他。真希望他之后能跟盐午一起过上好日子。您在《马桥词典》中提到，您认为传统小说全知全能的视角不好，我看到书中，没有主人公但其实每个人又都是主人公，他们的故事把整个村庄都充实了，每个人每段故事的组合把语言与村庄的历史相连接了，您认为这样多角度的叙述更贴近生活，所以才用这样很开阔的闲笔似的写法，可以这样理解么？

韩少功：全知全能的写作就会有一个神的态度，传达的意思是："生活就是这样，你们必须相信我所说的一切。"我觉得作者倒是需要谦卑一点，不要以为自己无所不知。为什么要在叙事时锁定一个个角色的视角？为什么在心理描写要节制和慎重？为什么该留空白的地方就不要写满？……这都不完全是技巧，而是要保持叙述态度的谦卑，不强加给读者。作者不过是一孔之见，时时提醒读者这一点。

相宜：像您的语言也越来越朴素平实，也越来越生动鲜活，是一种白描式的叙述。之前魔幻现实主义性质的《爸爸爸》，语言就生僻拗口许多，您的创作语言是如何出现这种转变的？

韩少功：对于一个作者来说，他有多种尝试的自由。如果是一个木匠，就可以今天做一个椅子，明天做一个桌子，慢慢找到一种最合适自己的方式，这里有一个过程。

相宜：打破传统文体的界限、开拓文体的疆域，是不是可以体现您心中的叛逆与求新的一面？

韩少功：我这个人喜新厌旧，用过一种手法之后就不想再用了，尽量不再用了。批量生产这样的事情没多大意思。这也可以说是不断挑战自己吧。

相宜：《马桥词典》《暗示》《山南水北》都可以说是释义风格，带有挑战传统单一文体意识的作品，你对这三个作品各有什么评价？文体的处理又有什么因素？

韩少功：这三本书从文体意义上说，《马桥词典》更接近小说，《山南水北》更接近散文，《暗示》更接近理论，甚至是一种带有文学色彩的理论读本。对于我来说，这三个作品都是我的文体尝试，在小说与非小说之间寻找新的可能。

相宜：它们之间也是有共通点的，这是不是您找到的适合您的创作方式？

韩少功：我只能说，这些尝试都让我得到过写作的快感，至于是不是成功，真是天晓得。照传统的说法，小说最主要的功能是讲故事。其实人类讲故事，经历过好几个阶段。这是一位外国专家的看法：最初的故事，像古代的很多神话和传说，都是民间流传过程中的集体创作。后来的阶段，是作者出现了，比如中国的四大名著，由此形成了文学的高峰。再后来的阶段，故事的主要载体不是文学，新闻媒体主导了最主要的故事生产，比作家们讲得更多、更快、更丰富，也更惊心动魄。这当然会带来一个问题：这时候的文学该如何办？

相宜：其实生活就是故事。

韩少功：还出现了电视连续剧这样庞大而有力量的故事载体。现在无论是哪个长篇小说家，想在讲故事这一方面赢过电视连续剧，都是比较困难的。（笑）电视剧动辄几十集、上百集，还有视觉演绎，哪个长篇小说可以与之比规模、比手段、比受众面？所以说，文化生态已经变化了，小说也许不再是讲故事的最佳手段。这样说，并不是说小说已经成为了一个夕阳产业，但我们也许必须做出调整，在小说和非小说的边缘寻找新的可能性，开拓新的叙事空间。

相宜：那在创作这样结构松散作品的过程中，您获取了与之前的传统类型小说不同的经验和感受吧？能谈一下吗？

韩少功：谈经验还为时过早，我也不觉得这些尝试有多了不起。再说一个作者的经验很可能对另一个作者无效，所以我从来对创作经验这一类话题能躲就躲。这三个作品，在读者那里的反应是比较极端的两极，比如有的人特别喜欢《暗示》，有的人会非常不喜欢。还有的人更奇怪，说他非常喜欢读《马桥词典》，但是说你还是写一个真正的长篇小说吧？这好比说他今天吃得非常好，但还没有吃饭啊。

相宜：《马桥词典》是对语词义的探源，故事性较强，描述语言衍生出故事，《暗示》是对具体意境的阐释，正如您所说，试图解释言词未曾抵达的地方，揭破语言的真相，故事结构更松散，也更为理性。在您意识并发现到由于社会和人心相互作用下，与经验不同了的暗示义，在这个过程中，您对语言与生活的关系的认识有没有矛盾与冲突或是说新的认识？如果有，您又是怎样处理的？

韩少功：我觉得自己的语言观有一个变化的过程。在写《马桥词典》时，较多地受西方现代语言哲学的影响，包括我刚才说到的索绪尔、维特根斯坦等。但写完了之后，我又产生了怀疑：可能他们的说法也不太对啊。比如说，动物的语言是怎么回事？孩子、聋哑人、无文字族群的语言是怎么回事？在语言文字之外有没有信息的传达？人们只是通过语言文字来进行思维活动的吗？服装、表情、肢体、场景等等是否也介入了人们的意识活动？……这样一想，对很多西方人那种语言/存在的两元模式就不大满意了，我要加进第三极，即"具象"。这就是《暗示》的缘起。"暗"者，非明言也，指的是非语言信息。

相宜：就是符号本身。

韩少功：具象也是一种交流符号，更直观的符号。这包括物象，比方一个苹果，也包括媒象，比方一个画出来的苹果。对于这种非语言符号在认识活动中的功能和地位，需要一个大的系统性研究。这就是我在《暗示》中所要做的事，当然我是以一个作家的方式，而不是以一个哲学家的方式，来参与这种讨论。

相宜：那么完成这部作品后，您是否认为《暗示》更能表现出您个人对于语言与生活关系的认知呢？

韩少功：我怎么认为并不重要，重要的是看它对读者是否有益。至今为止，很多中国的和外国的读者与我私下兴致勃勃地讨论过这本书，而且似乎没有出现强有力的反对意见。但这本书在国外还只有一个译本，或者一些片断的译介，反应不是很热烈。也许这个话题还是太冷僻了。那就顺其自然吧，我不在乎。

相宜：一般的读者可能就看不懂了。

韩少功：倒是有一个老太太，说我写的《爸爸爸》那样的小说她看不懂，但《暗示》对于她来说很容易懂。这也是一种反应。

相宜：《暗示》的单篇文章结构更加完整，但是连接起来又比《马桥词典》更松散。在读《马桥词典》的过程中，我一直很好奇，这些片段式的故事是以什么样的顺序才让它们相互独立又紧密地联系在一起形成一个完整的文本？

韩少功：具体的方法？我也说不清。有些是先有事，再有感。有些是先有感，再说事。怎样顺手就怎样写吧。你可以把读者想象成坐在你面前的人，你觉得怎样聊天比较有意思，就怎样聊下去，不要考虑什么结构呵，技巧呵，批评家的看法呵，这样你就比较自由了。现在用电脑写作还特别方便修改，你可以试着把一块块的文字调过来又调过去，像搭积木一样，像玩魔方一样，反复比较一下效果，觉得怎样顺眼就怎样定稿。

相宜：那是如何选择词汇的？写作的过程是怎么样的？

韩少功：你是说《马桥词典》的词条？这当然需要有一点准备，比方拉一个单子，把一些你有故事、有思考、有感觉的词筛选出来，列成一个目录或者提纲，然后再进入写作的构想。要把词义分析与生活故事糅合在一起，就像揉面一样，不断地揉，揉到后来就揉熟了。我的写作习惯是有提纲，但决不依赖提纲。一般情况是这样，如果我在作品完成时发现大部分提纲被废弃了，或者被修改了，被破坏了，我就很高兴。这证明我的写作超出了预想，感觉得到了较好的自由释放。这就像球员上场，当然会有一个大体的策略构思，但只有打出了神来之球，打得连自己都莫名其妙了，才是更好的状态。

相宜：您笔下的万物似乎都是有生命和灵性的，我感受到您对世间生命充满了仁义之心和敬畏之情，例如枫鬼、三毛。这种尊重从何而来？您又是怎样发现实体背后的抽象所指和隐喻？

韩少功：处理所谓神秘现象，我觉得应该有两个层面的问题。其一，世界上本身就存在我们人类认识边界之外的某些东西，我们得承认这种也许暂时性的认识盲区与理性黑洞。我们不能太自信，不要以为自己什么都懂，以为科学能解释一切。其二，人类对很多自然之物赋予情感，赋予想象，赋予灵性，是人类正常的精神活动和文化权益，需要得到尊重和理解。诗人们最喜欢红叶，觉得它非常美，其实叶红是缺水的表现，意味着植物最痛苦的时候，将要枯槁的时候，哪有那么多诗意呢？可见科学与艺术不是一回事，也没必要变成一回事。如果我们能接受林黛玉葬花，那么为什么不能接受有些农民相信树神树鬼？这都是不那么"科学"的，但它们是人类生活与精神的真实，没有理由被文学回避。林小姐有"迷信"的权利，农民就没有同等的权利？就值得读者们大惊小怪吗？

相宜：《山南水北》其实是您真实乡村生活的感受记录，散文一般是以抒情为主的，《山南水北》是以叙事为主，白描的笔调叙述您在八景峒的生活，像老马流泪、树木需要哄才结果……这些就是您的真实生活，其中虚构成分少很多，但是您又选择虚构地名、人名，比如把八景峒变为"八溪峒"等等，让整个记录的存在又带上了一种虚幻的色彩。在这部散文作品中，您消泯了真实与虚幻的界限，为什么要这么处理？

韩少功：虚化地名有好处，主要就是避免人们对号入座。（笑）

相宜：陈思和先生这样说："《马桥词典》所作出的努力，不仅仅是小说的形式探索，他通过词典形态的叙事方式写小说，对语言如何摆脱文学的工具形态、弥合语言与世界、词与物的分离现象，以及构筑起'语言—存在'一体化等进行了一系列的实验，我们从中不难看到本世纪以来世界性的思想学术走向和文学的实验性趋势。"您还会继续这种实验性吧？

韩少功：看机缘吧，如果有新的体会积累才会做有新的写作，否则就会再等一等。

相宜：您其实一直都在进行各种实验创造。《爸爸爸》是寻根文学的代表，其中的魔幻主义的色彩被之后的先锋文学所借鉴，《圣战与游戏》的概念在当下都还是新鲜词汇，《马桥词典》《暗示》《山南水北》等等都进行了文体的实验，是什么样的敏锐与触觉让您不断探索，总是立于文学的前沿或说走在时代的前面？

韩少功：（笑）这个问题没法答，大概我也不是走在时代的前面。我不过是一直在思考，在感受，冷不丁地冲动起来，就会写一点什么。

相宜：只是您想到的，别人正好都没想到而已。（笑）

韩少功：……（笑）

三

相宜：中国素来有隐士传统，您选择半年在海口工作、半年在八景峒写作兼农耕，身心穿越于城乡之中，除了文化自觉外，知青的生活经历是否对此生活方式起了重要的影响？

韩少功：选择下乡，一是因为这儿环境很好，让我有条件接近自然和了解底层；二就是因为我熟悉这里，以前在这附近插队，来这里买过树，买过炭，买过竹子；三是我想摆脱一下在城市的应酬和会议，给自己节约一些时间。知青生活给了开了一扇认识乡土中国的窗口，但即便没有这个窗口，我可能也会要主动开一扇的。从性格上说，我比较能接受乡村的自由、散漫、宁静、简朴——虽然你在这里要多一些不便和艰苦。有一次打雷烧掉了我家五件电器，就是我下乡的代价之一。

相宜：可以说是您的精神原乡了。那么，当时您作为知青体验到的乡村人事与如今体验到的有根本性区别吗？

韩少功：根本性区别？没有。以前有善恶，现在还有。以前有贫富，现在也还有。乡下很多文化元素还是很传统，所谓"礼失求诸野"，在城市中已经消失了的东西，没想到在乡村还坚固地存在。比方这里的农民常说的一个词："毋庸"。这个很古老、很典雅的词依然如故，可能延续了几千年。当然，三十年的时间差，前后会有很多不同。器物层面的变化最大，比如草鞋换成了皮鞋，电话减少了奔走。制度层面变化也很大，集体所有制变成了家庭责任制，等等，不是一两句话可以说完的。

相宜：您怎么看待城市的繁荣与乡村的衰落？尤其今天的中国土地的野生化、乡村精神的荒芜化至今走不出费孝通先生上世纪初的断言"中国都市的发达似乎并没有促进乡村的繁荣。相反的，都市的兴起和乡村的衰落在近百年来像是一件事的两面"（费孝通《乡土重建》）。

韩少功：费孝通说的是完全正确的。城市的繁荣是以削弱、剥夺、损害乡村为前提的，用学术语言包装一下，就是各种生产要素向城市集中为前提的。它把乡村优秀的人才吸引了，那乡村怎么发展啊？农村的父母花了很多钱，把孩子培养到了高中毕业，然后孩子就去城里了，农村的投入变成了对城市的回报。这就是现象之一。其实这种现象也不光出现在城乡之间，也出现在我国东西部之间，出现在国际上富国与穷国之间。光有市场自由，结果肯定是两极分化。像欧盟，为什么德国越来越好？为什么希腊、葡萄牙、爱尔兰形势很糟糕？我在希腊问过一个司机。他笑着说：聪明的人都跑到德国去了，留下我们这些笨蛋在这里，这样经济怎么搞得好呢？他说出了很多经济学家忽略了的一个真相。

相宜：像全中国的人才也大多跑去那三个大城市。

韩少功：政府采取的办法只能从财政拿钱，反哺农村，调节分配，尽量地减少或者缓解这种不平衡。在这个意义上，欧盟现在只有欧盟市场，没有欧盟财政，没有财政反哺措施，那么欧盟前景如何实难预料。

相宜：在这样的恶性循环与边缘化中，您认为中国乡土重建的难度是什么？

韩少功：财政反哺只能治标，政府拿钱来支持乡村的教育、医疗、交通、水利、生产，只是对两极分化的有限弥补，虽然很重要，也会有效果，但并不能使农业迅速变成朝阳产业，不能成为农村发展的内生动力。要做到这一点，要有综合条件的配合，比如说有新的技术革命出现，用新的生物技术什么的，使农业的附加值突然变高，使各种生产要素向农村流入。又比如说新的制度改革出现，改变了全球物产定价系统，使农业产品变得利丰，而工业产品变得利薄，那么农村就可以翻开新的一页了。可以肯定，在这些情况出现以前，在一张芯片仍然可以换几吨粮食的情况下，"三农"仍然是一个难题，欧美日在这方面也没有太多高招，基本上就是靠大量国家补贴加以维持。当然，世界上没有一成不变的事物。未来将如何，很难说。

相宜：有论者以中国乡村传统以及您为例，提出今天乡土的重建需要的是乡绅这样的人物，乡村需要乡绅们的启蒙、凝聚与引领，恢复与重建乡村的伦理，从而改善土地荒芜、精神荒芜的现状。您已经做了大量这样的工作，实际上您就是重建乡土中国的文学践行者，您认同这样的观点吗？

韩少功: 乡绅在中国历史上的一个特殊现象,那时候行政体制太弱,县以下基本上是无政府或弱政府状态,国家财政无法支持乡、保、甲的组织成本,所以你说的乡绅,或者说乡村知识精英,就成了底层自治的核心力量。再加上一点家族体制,加上一点宗教体制,乡村的日常管理就这样凑合了。但现在不一样,我国的行政体制非常强大,一直延伸到基层的任何角落,因此乡绅的作用大大减少。乡村的知识精英也大多进城了,难以留下足够的人力资源。至于我,是一个很特殊的情况,住在乡下这件事完全不具备普遍性,虽然也会力所能及地为他们做一些事,但既不"乡"也非"绅",只是一个冒牌货。

相宜: 像刚才来送信的村民也会跟您聊聊天。
韩少功: 那倒是。他们村里开会或乡里开会有时候也请我去参加。有时会请我讲讲课,会上门来商量一些事,但我介入的深度有限。比如农民"买码"的时候,就是热火朝天买私彩的时候,我劝阻多少次啊,但没人听我的。(笑)

相宜: 那您认为您是乡绅,或者说希望成为乡绅吗?
韩少功: 当一个好乡绅也不错吧?但实际上我当不了的。

相宜: 黄子平等人曾言,启蒙的基本任务和政治实践的时代中心环节,规定了20世纪中国文学以"改造民族的灵魂"为自己的总主题,其中又有两个相反相成的分主题。一个是沿着否定的方向以鲁迅式的批判精神,在文学中实施"文明批评"和"社会批评",深刻而尖锐地抨击由长期的封建统治造成的愚昧、落后、怯懦、麻木、自私、保守。另一个是沿着肯定的方向,以满腔的热忱挖掘"中国人的脊梁",呼唤一代新人的出现，或者塑造出理想化的英雄来作为全社会效法的楷模。（黄子平、陈平原、钱理群：《论"二十世纪中国文学"》）我感到你以前者居多，但比鲁迅式的批判有更多的仁义与谐趣，您笔下的乡村书写，在嘲讽批判这个世界的荒谬诡异的同时，有自己内心的悲凉、悲悯与重建的努力。您是如何看待这种观点的？

韩少功：我觉得这两个主题并不是完全对立的，因为实际生活太复杂，有时候很难黑白两分。比方说中国人最讲人情，你说这是好还是不好？西方人一家人吃饭有时候也是 AA 制，但是在中国，有些人下岗了，没饭吃了，可以回去找父母，可以找兄弟姐妹，还可以找七大姑八大姨，这时候的人情关系就有正面的意义。但是因为人情而办事不公，拉关系，走后门，裙裙带带，就有负面效应了。从总的方面来说，一种文明肯定是有糟粕也有精华，而且这两者都有各自的配套条件，当配套条件改变，相关事物的性能也会改变。比如专制体制削弱以后，"孔家店"就不一定需要打倒了。比如法制管理强化以后，人情传统也不见得是一件坏事了。这就像配中药，要看哪一些药配在一起，要看我们是治哪种病，不能一概而论。"五四"时期的文化人有一些简单化，我们现在应该比他们做得更好。

相宜：您的文化敏感点关注在哪？

韩少功：作家都会关注所谓"人性"，想知道人是怎么回事。这是一个有无限答案的谜。因为人是一种文化生物和社会生物，所以作家一般来说也会关注文化与社会，关注这些事物的历史演变。我只能大体这么说，可能让你很不满意。其实我真不知道自己明天会关注什么，因为我不知道生活会怎样与我碰撞。

相宜：有没有盲点呢？

韩少功：当然有啊，我读了这么多又写了这么多，肯定还是井底之蛙和瞎子摸象。像你们 80 后、90 后的生活经验，我根本就不知道。这不是盲点吗？还有很多行业、很多事物、很多经验，我也并不了解。

相宜：当下，您有没有为新的创作做准备？有没有新的设想方向？

韩少功：等孩子生下来之后，才能知道是个什么。我不习惯经常预告节目。（笑）

本文原载于《上海文学》2011 年 5 月

乡土中国与乡土文学

一个偶然，我被吸引在《遗爱大瑶山——费孝通·王同惠》的专题电视里，感动？震撼？或是痛惜？我无法形容。电视悠扬而哀婉的旋律，拂动了窗帘，拂起了心绪，拂落了眼泪。我对妈妈说："今年夏天，我们去大瑶山吧。"

广西金秀，大瑶山交通不便，连绵的丛林，陡峭的悬崖，蜿蜒的溪水，苍茫的群峰，真的无法想象新婚燕尔的费孝通与王同惠是怎样穿越山林，深入山旮旯间的瑶家小寨。夜幕中，费孝通身陷捕虎的陷阱，勇敢的王同惠搬开他身上的石块后，执意下山寻人救援竟失足山涧。这对新婚才一百零八天的夫妻从此分离，天上，人间。1935 年，寒冬。正是这感人的岁月指引着我从电视画面、从教室走进大瑶山，亲身感受费孝通和王同惠的人生传奇，感受他们留在这瑶乡世界的精神传奇，感受中国乡村的泥土、瑶寨民风的醇厚和物质生活的落后；走进大瑶山，不仅追忆费孝通和王同惠当年的足迹，记住历史的真实，更获得了对《乡土中国》与乡土文学浅识的视角。

理想是悬壶济世的青年费孝通，却在东吴大学读医学预科时意识到：人最痛苦的不是疾病，而是来自社会造成的贫穷。为此，两年之后他转入燕京大学学习社会学，要治病救人，就得先治理社会。"就是这种关心中国社会的民族情绪和企图减轻中国人民痛苦的愿望，促使费孝通学习社会学。而他研究中国农民从某种意义上说，是企图填平由于他受西方教育所产生的他同广大中国人民之间的鸿沟。"大卫·阿古什的论断在《乡土中国·乡土本色》开篇中得到印证，费孝通说："从基层上看去，中国社会是乡土性的。"我们国家大部分人口是农民。他认为，他的重点是中国，是如何更好地了解他自己的社会，以便改进它。想要使中国得到发展，人民的生活得到改善，就必须把研究与调查深入到中国乡土。

于是，费孝通穷毕生的努力，一边学习西方社会科学，一边走出图书馆进入社会，从而发现真理。他的实证始于中国乡土，他研究的根系也深植于中国的乡土。单单广西，他就五上大瑶山，尤其初次的"蒙难大瑶山"，痛失新婚妻子王同惠。在江苏，回到老家开弦弓村。在云南，"魁阁"的条件十分简陋，禄村、易村的日子更是艰苦……正是这些困难而充实、实证而严密的田野考察让费孝通真正深入中国乡土，深入乡土中深厚坚固的乡村伦理。尤其他独具一格的治学方法使他的著述不同于其他社会学书籍那般深奥冷僻，他善于从累积的丰富材料里提炼出理论性的精华，清晰而形象的概念、结构，《乡土中国》就是通过生动幽默、通俗浅明的论述，引领着"学生们"一面探讨一面深入。一个个课题像细线串成的珠子，剔透灵动地滑落，激起共鸣与顿悟。如今的学术研究常常脱离现实天马行空，也许就是缺乏费孝通这样向社会生活问学与治学的精神吧？

是的，中国社会是乡土性的。乡土对于国人的概念不仅仅是记录着一串串脚步的印泥，也不只是远洋国外，家中老人在行李中包裹的一抔乡土。封建农业国家的思想影响至今，在国人身上根深蒂固，以至于中国人的乡土性是流淌在血脉中的神圣感，这是中国的根系，也是中国文学的根系。为此，中国乡土文学之树蔚然成荫，生生不息。

　　"乡土文学"之名源于鲁迅先生的《中国新文学大系·小说二集序》。20世纪早期，鲁迅等一批客居北京的中国现代文学的开拓者，以笔回望故乡。鲁迅认为他们的写作"凡在北京用笔写出他的胸臆来的人们，无论他自称为用主观或客观，其实往往是乡土文学"。鲁迅的《故乡》《祝福》《阿Q正传》，茅盾的《春蚕》，沈从文的《边城》等等，不同的角度，不同的笔触，把旧时代中国乡土尖锐的弊端与质朴的醇美展现在读者眼前，他们的精神之树根植于乡土，发芽、茂盛，中国的乡土文学便成长起来了。之后，赵树理、孙犁分别代表的"山药蛋派""荷花淀派"以浓郁的乡土性真正使文学大众化；而当代的路遥、汪曾祺、韩少功、贾平凹们又以各自的笔力对时代趋势与乡土性进行了深邃的重审和新的阐析，他们都以广阔的乡土作各自的文化场景，书写父老乡亲的生存困难，寻觅使农民真正幸福的方法。这些"为人生"而艺术的作家，最终发现：解决中国的问题必须从乡土性中寻找答案。

　　由此可知，文学与社会学其实都是"人学"。

　　不同于作家的形象化，学者费孝通是这样论述乡土社会特性的：乡村里的人口附着在土地上，一代一代地传承，从而形成人与人彼此熟悉的安稳且自私的礼俗社会，乡村生活富于地方性，这种人和人在空间排列的静止就是生活孤立和隔膜。而中国几千年来，由自给自足的自然经济发育而成的乡土社会，其基本结构特性也正是"以'己'为中心，像石子一般投入水中，像水的波纹一般，一圈圈推出去，愈推愈远，也愈推愈薄"。我们的祖父辈，甚至我们，就生活在这样的中国社会里。即使祖国正以飞速的脚步发展，改革开放、现代化建设、全民奔小康、可持续发展……但是中国百分之六十左右的人口依然是农民，大多数乡村依然闭塞落后。我曾多次到乡村，小学毕业前参加联合国儿童基金会"广西儿童发展状况考察夏令营",看到今天乡村许多拔地而起的砖楼,也看到聚赌暴力和土地的荒凉,看到不少我的同龄人艰苦的学习生活,有的甚至成为留守少年。其实,费孝通早就对乡村社会的孩子们有过解读:"孩子碰着的不是一个为他方便而设下的世界,而是一个为成人们方便所布置下的园地。他闯入进来,并没有带着创立新秩序的力量。可是又没有服从旧秩序的心愿。"在成人忙着挣钱的时代,他们无奈,只有服从成人世界。从过去无钱失学,到今天留守土地甚至被拐卖,他们服从父母,服从所有的成人,服从土地。鲁迅"救救孩子"的呼唤至今仍回响我们耳边。

针对城与乡的这种社会变革,费孝通早在 1948 年就敏锐指出:"中国都市的发达似乎并没有促进乡村的繁荣。相反的,都市的兴起和乡村衰落在近百年来像是一件事的两面。"正如今天社会转型期,城市的现代化与乡村的荒原化,越来越多城市的霓彩喧闹,越来越多乡村的泥土叹息。乡土中国在历史巨变中是一种无可挽回的沉落,历史总在轮回。当农民们放下了祖祖辈辈紧握着的锄犁,告别了家中年迈的父母和幼小的儿女,离开了血脉曾经深深依赖的土地,一批接着一批,走进梦寐中的城市,即使干的是最苦最脏最累的活。"土气"成为城里人的骂词,"乡"也不再是衣锦荣归的去处了。这是中国的无奈,乡土的尴尬。费孝通六十年前的论断颇具现实意义。

也为此,我才明白了,为什么"中国社会是乡土性的",费孝通向我们解析说:是因为中国基层社会受到很深的乡土传统的影响;明白了"闰土"会与"我"生分,是因为生活孤立、荒漠和隔膜;明白了老通宝虔诚地用蒜头占卜,整个村落因为"收蚕"紧张又兴奋的心情,是因为依赖地方性经济得以生存的本能;明白了"三仙姑""二诸葛"装神弄鬼,是利用了中国乡村民间信仰中的实用和功利;明白了孙犁为何重笔描写农村妇女，是因为乡土社会男女有别，家族以同性关系为主轴，她们常常被忽视；明白了《平凡的世界》里，主人公对土地既矛盾又割舍不了的复杂情感，韩少功《山南水北》里浓浓的乡土情结，因为乡土社会的核心在于人与土地的关系……乡土文学真的是"为人生"的文学。

乡土社会的文化是依赖象征体系和个人的记忆而维护着的社会共同经验。好的乡土文学，在于以乡土性融汇到作品里，在乎的是发自乡土深处的生命的脉动。鲁迅的意义在于直面乡土里的国民性，他自己也说过，他笔下的人物是拼凑起来的，就是说有中国农民的通性：阿Q的精神胜利法、祥林嫂背负的阴阳两界的悲苦、闰土无法更改的麻木无奈……无不体现出鲁迅哀其不幸、怒其不争的痛惜；茅盾的"悯农"在《春蚕》的"谷贱伤农"中，明明白白地告诉我们：农民真正的出路，需要在丰收之外寻找；沈从文展现的理想化的乡土生活，那浓郁的地方色彩、乡村人性特有的风韵与神采，充满了对人生的隐忧和对生命的哲学思考；赵树理以其活脱脱的农民语言，通俗幽默地塑造了一系列富有个性的乡村进步青年和落后长辈形象；孙犁则以自然的语言、明丽流畅的笔调刻画了众多劳动者，尤其是农村青年妇女的美好形象，形成了素朴深沉、优美淡雅的文风；而路遥把心贴近乡土，真心感受并记住农民的劳累与伤痛，《平凡的世界》在当下的意义也就不平凡了；汪曾祺继承了沈从文的风格，以文雅而清新的语言慢慢道出家乡的点点滴滴；韩少功的乡土回归、贾平凹的乡村白描都切切实实地从中国的乡土性出发，创造了一个个乡土性与现代性相结合的乡土世界。

乡土社会是安土重迁的，生于斯、长于斯、死于斯的社会。时代的发展与变迁，让"城"与"乡"彼此映照。乡土重建面临的难度在于乡村的空置与寂寞，老弱病残无法负担被青壮年们遗落在乡土上的重任。费孝通的意义重新燃亮了乡土和乡土文学。文学之流溢满了这样的乡土，今天本土的河床，流的已是现代文明的水，起的是现代文化的浪花。我生命的十七岁，因费孝通而流连在乡土中国里。他们催生了我的精神成长。

本文原载于《天涯》2009 年 06 期

第二辑

此心安处是吾乡

——评林白《北去来辞》

　　林白的新著《北去来辞》(北京出版社 2013 年 1 月版) 把新与旧的时间隧道打通，以涓细的血和奔腾的情，倾注在饱满的生活细节里，丝丝缕缕交织出南北三代女性的命运，凝心汇成了这 42 万字的长篇佳作。《北去来辞》一扫林白曾经不食人间烟火的喃喃臆想，从容地走进生活，融汇了以往所有个人与创作的经验。主人公柳海红敏感、封闭、向往自由、充满理想，带着《一个人的战争》里多米和林白自己的影子，自我寻找的过程带着鲜明的"个人化写作"与"女性写作"印记；乡村妇女银禾生气洋洋，把《万物花开》《妇女闲聊录》里湖北王榨村遍地应答的灵性挥洒在《北去来辞》里；故事中对中国百态的纵横展示，对"时间"支流的精神感知——带着《致一九七五》似的狂想，正如林白所说："在我的文学经历中，这是一部具有总结意义的长篇小说。"

　　情节丰富，细节缜密，人物繁多，时空跨度等因素并没有让林白的叙述显得急躁、粗疏、杂乱。她的语言一如既往充满想象力与生命力，犹如亚热带的植物葱茏茂盛，字里行间有水流过，花儿盛开。这源于林白诗人的笔力，大量的顶针，句与句，段落与段落，章节与章节，顶针使故事、逻辑、语势、情境，起承转合既条理分明又密不可分，语感优美又势不可挡，从容又有张力地诱导着读者走进她创造的笔下世界。

林白怀着热情，悠扬地说："往北方去吧。"

寻找归宿是这个作品的主题。"背井离乡的时代，村庄破碎裂成好几瓣，人人尘埃般四散。像尘埃，越飘越远，有些人永远不再返回。"那些从各地一往无前来到北京的人们，他们是谁，他们从何处来，他们为什么而来，他们最终走向何处，这些故事有谁知道？首都北京凝聚着来自各处的希望，同时也将一些希望埋葬，漫游在北方的生命们，把根从故乡拔出来，然后渴望能朝着故乡的方向深植北京。林白呈现的是不同时代背景不同人物寻找归宿的精神世界。《北去来辞》的人物都在寻找生活的意义与灵魂归宿，不仅是柳海红，包括史道良、银禾、雨喜、春泱、陈青铜，包括故乡的章慕芳、柳青林、柳海豆、柳海燕……他们以各自的方法找到灵魂的栖息之所，有的抵达，有的失落。他们一往无前地寻找那高于故乡的辽远的梦想，一往无前地北去，然后一往无前地归来。前者北去是海红与银禾母女们为了改变个人的外部世界与俗世生活，空间大格局是狭小感伤的。后者归来是海红为了寻找生活的意义而走出个人时空，是精神的回归，空间小格局却阔达明亮。

林白藏在笔下的人物中，思考着他们的思考，生活着他们的生活。人物的鲜明个性应运而生，其中林白着力塑造的女性角色主要是柳海红、史春泱母女和史银禾、王雨喜母女，这两对女性代表了北漂的其中两种境况，知识分子迁移和农民进城务工。先说说母亲。主人公青年知识女性柳海红热烈而偏执，敏感又封闭，为了丢弃颓废复杂的过去，巧合遇上从北京来开会的50多岁单身文人史道良，这是她开启北上新生活的钥匙。热烈潮湿的南方遇上厚重保守的北方，迸溅的生活溢满了故事，于是落地生根，枝繁叶茂。然而海红渴望热烈爱情、成功事业的心愿在凛冽的北方现实中支离破碎，她焦虑、压抑、忧郁，"名存实亡"的婚姻生活挤压得海红喘不过气。她要寻找爱情，于是有了心灵相惜又一直错过的陈青铜，有了天崩地裂的瞿湛洋；她寻找自己，北上南下，追寻父亲柳青林、弟弟柳海豆精神失常的真相，又亲身感受乡村生活，她兜兜转转都是为了找到自己心灵的归宿。海红在梦想与现实的割裂中寻找自己的痛苦过程，对于从乡村初入都市的银禾来说却是愉快又新奇的。因为她是银禾，所以带着乡土落地生根的活力，在新环境自由自在地生活，她代替妹妹美禾来到细叔史道良家做保姆。她健康、有趣、开朗，满肚子里都是城里人见也没见过想也想不到的中国乡土传统和故事，迎神送鬼，喜鹊叫，祭祀……银禾保护家人的仗义勇敢，在陌生城市的自得，分享乡村趣事的自足，都是源于中国乡土藏污纳垢、自由自在、生生不息的生命力，她沟通了乡村与都市，感知万物，让万物生长。银禾清楚地知道她的来路，湖北、浠川、湾口、王榨、上皂角，她不失落，因为故乡就是银禾的归宿。

以林白的创作经验来说，塑造海红和银禾这两个人物无疑是得心应手的，她了解自己，了解乡村。而刻画海红的女儿春泱和银禾的女儿雨喜这两个90后女孩截然不同的命运则困难得多。春泱是典型的生活在保守家庭的城市女孩，春泱们的父母受过教育，有一定的社会地位，经历过历史洪流的他们传统守旧，难以接受新鲜事物，又过于保护子女，并望子（女）成龙。这类父母与子女沟通交流困难，无法相互理解，手机和电脑成为两代人交流的最大阻碍。春泱生活在压抑封闭的家庭环境中，父母殷切的期望下，无处可逃，只能在自己的虚拟小世界和睡眠中遨游栖息。而比春泱大一岁的乡村女孩雨喜初一的时候就辍学闯世界了，小小的女孩天不怕地不怕，走南闯北各处打工。在这个角度上说雨喜是漂泊的也是自由自强的，她从不害怕在现实中的苦难劳累，因为网络是她的栖息之所，在网络她把自己中打造成"逆风飞扬"（网名）重获新生。经历了种种奇怪险恶遭遇后，她变得聪明世故，然后遇见爱情，"十七岁怀孕不想要孩子"（网名）直接在网络寻找出路，生下孩子"赠予"（出卖）他人后，她变得"冷眼看世界"（网名），在网络抨击时弊，对抗社会不平，她还年轻，但似乎已在老去。林白能写出如此真切不做作的年轻人世界，可见她对生活把握的精确老到和非常功力。同时，林白对海红母亲小城医生章慕芳与父亲柳青林在"文革"时代的压抑爱情，以及章慕芳为了改变右派妻子身份，改嫁并寄养海红、海豆姐弟的行为，多了理解与同情，尽管母女关系还疏离而微妙，但已少了《一个人的战争》中的冷酷辛辣。我们看到林白不再封闭，她学会了从容地与生活共处，学会用他人的眼睛看待生活，她是海红、是银禾、是春泱、还是雨喜，甚至还是章慕芳。她把生命洒在纸上，丰富了人性，便成了故事。

《北去来辞》让人感动惊艳之处正在于林白写作的新情愫和新气象——爱笔下所有的人物。这种爱来自林白过往笔墨所缺少的人间烟火与温热，一个个文字仿佛冬日的火炉，一句句话语令人温热起来，故事里团着一股暖气，久久不散，那里有着人性温暖与生活前行的脚步。这种爱让她笔下的人物找到了自己的个性与命运，他们不偏激不压抑，从文字中生长，走到生活。

这种新笔触更多倾注对普通生活的关注，从"一个人的战争"走出，走进众多的百姓生活，尤其在物质时代的今天，她的笔尖始终闪烁着理想主义与质朴清洁之光，偶尔的富贵生活画面，林白让它散发出庸俗之气；而大量的底层生活，林白却倾注了满腔的真诚和朴素的情感，并令人感受到她的尊重、理解与同情。故事深处也始终汹涌着一种对生活感恩对笔下事物（无论人物，还是景物）热爱的激情，温暖、质朴而充满力量，没有伪饰，更无虚荣。一地鸡毛，也一地阳光。假如说作品上部还残留些许过往的自恋阴郁，下部则明亮开阔许多。无论故事、格局，还是表现力，《北去来辞》的下半部皆比上半部更美，上半部的铺垫在下半部达到高潮，结尾忧伤动人，又让人新生希望，这在女作家的长篇写作中难能一见。

其中最让我动容的是史道良这个人物。不同于林白原来笔下那些漂亮、不负责任、猥琐的男性，史道良无疑是正派且传统的。他与海红初见时已经50多岁了，却还称得上俊朗。在漫长的时光后，他明明知道海红不爱，或者说从没爱过他，依然坚守着过去时代的特有的顽固、信仰，勤恳，绅士，无力又坚定地守护这个"家"，同时纵容又包容妻子海红寻找爱情、寻找自我的种种探索。他并不是生来就苍老，他年轻时"俊朗明亮"，是家族的骄傲与依靠。时光汹涌如同大兽，带走了史道良的意气风发，一同带走的是他怀念的旧时光。史道良无可奈何地苍老着，沉迷于古老的钱币、书法，渴望出家五台山，他不修边幅地像个老人，就是个老人，所有心血都背道而驰，他对春泱说："什么时候爸爸死了就看不见，就不担心你了。"他对海红说：在北京你没有根，环境复杂、险恶，希望你好好的。他问一再出走家庭此刻与自己在乡村中和睦共处的海红："你不走了吧？"时光让一切衰老，衰老让道良无法与现世共处，打点好家里的一切，留下纸条：去意已决，不必再找。

海红一直以为这份没有爱情的婚姻束缚着她，但是经历了一切之后，她才发现所有的惊鸿一瞥似乎都抵不过渗入血液对家的依恋。这个家并不是故乡圭宁，现代化中的圭宁膨胀着，让海红陌生，比起"故乡"，有道良在的地方更像是家，是归宿。"似乎他，是这个漂浮动荡世界里的一只铁锚。"海红反思着自己一直以来对家庭责任的疏离，她想念道良，依赖道良，也许这才是爱。

走进生活，然后寻找归宿。故事的最后，林白带领着笔下众生乘上了穿越时空的回归列车，是啊，银禾妈朱尔说过鬼魂也会坐上火车汽车回到故乡。寻找归宿是灵魂永不磨灭的征途。林白从容地讲述了一个寻找归宿的故事，饱满的细节，绵长的叙述，归途列车驶向心中柔软的旷野，此心安处便是吾乡。

本文原载于《文艺报》2013 年 4 月 15 日

无根之花，风流自渡

——评叶弥《风流图卷》

在动荡奔涌的生命长河中，漂泊的人心从此岸出发，始终渴望抵达彼岸得到安宁。在生活日常与无常的相伴中寻找自我，在吞咽世界的荒诞与惊奇的同时感知自我，然后在时间缓慢又迅猛的流逝中接受自我。每个人兜兜转转、寻寻觅觅的一生是学习成长的过程，也可谓是摆渡自己的旅程。作家叶弥一向关注现世人类的成长期，无论是青春期肉体的迷茫躁动，还是精神世界与成人话语的对垒，各色人物在她笔下灵动又倔强地破土而出，脆弱又坚强地生长起来。她的长篇小说"新作"《风流图卷》同样书写了一个以少女孔燕妮的成长为主线，勾连出几代人在时代洪流泥沙俱下的裹挟中，与残酷现实的挣扎、妥协、抗争。以及他们遭遇无法选择的命运时，如何选择自我，又如何保持自我的传奇故事。

叶弥自2008年搬去太湖边居住，2009年开始创作这部小说，计划共写四卷，写写停停，第一、二卷首发于《收获》2014年第3期。停停写写，2017年秋至2018年6月初，又重新修改，"删掉了七八万字，增补了五六万字，成为现在这个模样。修改完的那一天，我感受到了真正的解脱，无关文字，而是解脱了人生里许多妄念。……时间让我对人生和社会有了新的认识，这也是这部小说给我带来的意义，我感觉到是它引领着我成长，成长的全部内容就是识得'命运'二字。不识这两个字，奋斗无意义"①。这十年时间里发生的，不仅是叶弥从城市回退到城郊后生活状态的改变，主动撤退更在于她想皈依本心，寻回自己。她在重拾文学力量的修行中，念念不忘儿时阅读《石头记》《水浒传》《普希金文集》等书籍时忽然在眼前展开的绝代风流；对吴地苏州爱得深沉，也促使她想挖掘并织绣出这片水土的风流绝代。于是，历时十年，叶弥在乡土自然修炼心性的同时，也把自我追寻的成长过程，耕耘成文学作品：人物浮浮沉沉，世界花开花落，此岸至彼岸，彼岸至此岸，皆为渡，自己就是自我的摆渡人。

《风流图卷》顾名思义就是艺术地描绘一幅幅风流的英雄俊杰图。何为风流，为何风流，如何风流，都与所处的时间与地理空间紧密相关。叶弥的小说有一类完全架空背景，不提及所处时代，直接呈现社会生活某个剖面，仿佛就发生于昨天、今天或明天转角的街巷里，作者、读者与人物共情，时间与空间、现实与历史共融。而剩下的一类往往在开篇便明确指出故事发生的时代背景，例如，"这是一九六七年的中国，距今不远，想忘也忘不了。"（《天鹅绒》）"八八年，也就是改革开放的第十年。"（《成长如蜕》）"李欧八〇年回到城里的时候，还是一个不折不扣的土包子。"（《两世悲伤》）"七〇年春天来的，不知道为什么要来？来了快三十年了，从来不见有亲戚来看他们……"（《明月寺》）"吴郭城的大家族文家，早在1936年日侨分批撤离吴郭市，就开始出外避祸。"（《文家的帽子》）关于此类作品，有论者评价："叶弥擅长给自己的故事找一个过去的背景，让它帮衬着，或是反衬着人物与故事。……叶

────────────────

① 叶弥：《风流图卷·后记》，北京十月文艺出版社，2018年版，第439—440页。

弥是利用了历史，但并不依赖于历史。很多作家作品钟情于描写'大时代里的小人物'，叶弥却不直面宏大历史，再现时代风云，而是独辟蹊径，写了她自己的'小人物'与'私时代'。"①当下中国文学创作同质化很大一个根源，在于作者放弃有难度的创作，把日常生活不经过滤，一地鸡毛倾泻到作品中，放弃经典化、历史化建构的努力。叶弥迎难而上，在《风流图卷》里，她不再仅满足于"以轻击重"，而是力图以她惯有冷酷的轻盈、慈悲的爱怜，正面把特殊时代背景与人物的命运哀乐紧密连接在一起，然后试图寻索一种超越特殊时代、特殊人事之上的亘古不变的人类精神，探求的是一条思想之路。

小说的上卷发生于1958年，下卷于10年之后的1968年，两个时间刻度都是中国当代史上历尽磨难的时期。故事的地理背景依然设置于叶弥的文学领地——江南富饶之地"吴郭"及周围乡间区域：香炉山、花码头镇、桃花渡、蓝湖、青云岛……熟悉的地理坐标在叶弥的各类文学作品中连接起来，共同搭建起这方水土的今生前世。

"这是吴郭市，古称吴郭。从三千年前建城到现在，气象安详。""我"家在红旗坊里的111军医院，路口有一座乾隆二十三年（1758年）建成的石牌坊，内容令人称奇，竹梅辉映，"七夕相会"与"西厢记"相望，精致恢弘的雕刻中夹杂着粗鄙浅显的生殖图纹，成为民间风流生活的日常谈笑，"也许它的目的就是与一本正经的世界开个玩笑"②。古老的巷弄里，千百年来世世代代住着安分守己的人，"因为有这些牌坊和高塔在，富人便谦虚了，穷人也就不忐忑。一座塔，一座牌坊，它的顶层和基座，代表着人不能企及的高度和无法承受的

————————————

① 朱红梅：《在哪里独自升起——关于叶弥》，《南方文坛》2017年第4期，第145页。

② 叶弥：《风流图卷》，北京十月文艺出版社，2018年版，第58页。

重量，让人守其所安"①。1958 年 1 月底，一队战士从军医院跑出来用炸弹把牌坊炸倒了。只因牌坊妨碍了进进出出的，象征着时代的权力、力量、时尚、性感的军用卡车，千百年来的文明被摧毁，建立新秩序的时代容不下无用的石牌坊。

1968 年 3 月，吴郭城两大派系（保派、赶派）拿起刀枪为了各自的观点斗争，遍地风流化成遍地火光。文明与文化曾经随着白玉兰花的每一朵怒放，开落在这座城的每处角落，赏花、织绣、酿酒、谈笑，莲花和彩虹一般的人儿走过街头巷弄，飘荡着温软的喃喃细语，风花雪月、香甜丰满的市井，现在已经不复存在。街道上狼藉的是明清时代的废砖碎瓦，游走的是不长眼的流弹。城市看起来会一蹶不振，难现风采，然而一方水土养一方人，时间与地理在人的调和下以强大的生命力修复伤痕。"虽说不久前吴郭刚经历过一场混乱，但爱吃爱玩的吴郭人很快就恢复了热闹。"② 每个时期的动荡终会过去，真正风流的不是时间与地理，而是身处其间追求真善美的生生不息的人。

小说在 1958 年庆祝吴郭解放九周年的礼炮声中拉开帷幕，15 岁的少女孔燕妮从梦中被吵醒，以第一人称展开了一幅漫长的时光图卷。纷繁的故事围绕着她以及她的家人、朋友展开，勾勒出一个少女以及几代人在特殊时代裂痕里的自我探索、挣扎着奋力伸展的风流。时代浪潮的危机四伏，从父亲孔朝山写给柳爷爷的信中已经显现：

> 我没理他，继续朝下念："陈从周戴着右派分子的帽子，还在同济大学里接受大家批判。汪曾祺、丁聪、聂绀弩也成了右派。汪曾祺在河北张家口农科所

───────────────

① 叶弥：《风流图卷》，北京十月文艺出版社，2018 年版，第 241 页。
② 叶弥：《风流图卷》，北京十月文艺出版社，2018 年版，第 351 页。

画土豆。丁聪和聂绀弩到了冰天雪地的北大荒接受劳动改造。储安平被送到长城脚下去放羊，听说日子倒也还好，天天用铁罐子装羊奶喝。还有吴祖光，成了反革命右派分子，今年他也要被押送到北大荒了。你还记得许宪民的女儿彭令昭吗？许宪民带着这女孩子来看过你的。你记得吧？这女孩子后来考上北大中文系，改名叫林昭，她也成了右派了……"

柳爷爷抬起头说："你不要朝下念了，我对这些不感兴趣。我的这些老朋友小朋友，对政治的兴趣远远大过对生活的兴趣。"①

这些闪闪发光的名字都是吴郭文化名流柳爷爷的旧友，而他们此时的遭遇预示着当时的政治环境，以及柳爷爷即将可能面临的险状，可他却显得毫不在意。这位奉行享乐主义的"老古董"刚搬进中西合璧的园林建筑"廿八斋"不久，雕廊画柱，开门见水，尽显风流。这种风流不仅彰显在红楼梦式的绿梅雪泡茶、玫瑰油洗头、羊脂白玉压书等极致讲究的生活方式，还在于他对快乐的精神追寻，"中国人太看重悲哀的力量，不看重快乐的力量。快乐地活，才是最有力量的事，才是一件有益自己、有益别人的事"。享乐是身体和灵魂的双重需求，"一个不知道自己需要的人，不会知道别人的需要。一个不懂得关心自己的人，也不会真正关心别人"②。

柳爷爷享受了大半辈子的快活，潇洒风流抵不过政治的风向，它要否定一个人的生活，"要打倒他和他代表的生活方

————————————

① 叶弥：《风流图卷》，北京十月文艺出版社，2018 年版，第 17—18 页。

② 叶弥：《风流图卷》，北京十月文艺出版社，2018 年版，第 21、31 页。

式"。柳爷爷被人假传指令戏弄，经过一番农场和监狱的乌龙回到家中，身心疲惫，虽然定彩朴实的真心与肉体给予了不少安慰，但文化人最在意的脸面与风骨已经遭受了难以容忍的羞辱。院子里假山下，堆得高高的柴火，柳爷爷抱着将开的昙花，隐没在火光之中，留下一句"我这一辈子最讨厌的就是'改造'二字"。昙花一现，生命坍塌。"廿八斋"的门口，被人涂上八个红漆大字：生的有趣，死的夸张。

这八个大字不仅是柳家骥一生的写照，也是叶弥笔下这些风流人士的命运缩影。一代风流，前仆后继，奔向死亡，奔向自由。柳爷爷高调又夸张的行事是其坚守个人生命意义的方式，既然旧时代的石碑已被革命摧毁，那么他甘愿成为旧文化的殉道者。如果说柳爷爷捍卫的是文化和思想的自由，那么常宝的死，则代表美的自由被抹杀。

常宝——"医院里的药剂师，三十几岁，至今未婚，一个臭名昭著的风流女人"。作者在文中直接描写常宝的篇幅并不长，但是她似乎又无处不在。"常宝的事，我稍后再说"，四次悬念，让人物未出场已经引人期待。常宝柔声细语，热爱生活，摇曳生姿，在军医院家属大院的口舌唇齿间被异化成一个女性风流的另类。常宝毫不掩饰自己的软弱让"我"怒其不争，可是她莫须有的死亡，却让"我"哀其不幸，更加速了"我"成长的叛逆与对人世人生的怀疑。她是一个妖娆又脆弱的导火索，让时代的荒谬、人性的复杂、美的吸引力逐一爆破，并且串联起时空的种种面向。这个美好的皮囊在批斗会上任人践踏，所有凝聚着女性追寻美丽的器物在此时都成为"犯人"的呈堂证供，发光的旗袍、细腻的丝绸衣物，特别是那些开司米钩织的胸罩，以一种正大光明接受批判的方式散落在台下看客的眼睛里，并飞快地在心底深深扎根。四天之后，美的自由，在"我"眼前被枪毙了。讽刺的是，之前的被冠以种种

罪名的常宝，在死后却成为一种摩登的生活方式，作为对美丽
极致追求的象征成为吴郭女性生活中经久不衰的模仿样本。

常宝的幽魂在白玉兰的层层叠叠中跟"我"说："你将来
会知道，你做的所有事，统统没有用。"柳爷爷的女儿如一师
傅也回答"我"：人做的一切事，可能都是没用的。"我"甩
开如一姑姑的手，就像甩开常宝的手一样，她们的软弱让
"我"失望。如一和明心二位师傅，两小无猜。再见时，如一
在香炉山的止水庵，明心在旁边的梅积山重建了修远寺。近
30 年的时光里，两人共修佛法，两山连通廊桥，佛法温柔，
佛心多情。也是在 1968 年，两派的械斗动乱蔓延至香炉山，
修理宗教信仰的自由，两人共生共死，下山寻觅救兵之后再
也没有回来。只留下街头巷尾说唱人口中的风流唱词，口口
相传，永存于世。也许如"我"所想，"听了这戏中的唱词，
我就明白如一和明心，不可能还活在世上"；又或许他们就在
1970 年逃到了叶弥笔下的《明月寺》，还俗成为"薄师傅"与
"罗师傅"，守着二郎山的日出日落隐世 30 年。世上都是软弱
之人，"我"不爱看到人的软弱，她们应该坚强地找到一切方
法活下去。

与常宝和如一的"脆弱"相比，高大进奶奶在吴郭口口相
传的传奇里，是一位时尚的革命者，她以极端"刚烈"的方式
守护着爱情的自由。无论是在延安时擦枪走火打死了挚友和情
敌双重身份的小张娃娃，还是回到花码头镇之后与"老丝瓜"
司立新缱绻多情的姐弟恋，高大进并不在意他人的眼光，随心
所欲，对人有情。她为了民族的自由与解放，回到娘家后，脊
梁骨挺得直直的，泼辣又果敢，分土地，分房宅，每日在居委
会做工作，深受村里人的爱戴。1968 年，奶奶被曾经工作过
的居委会押回老家批斗，批斗会结束后，奶奶与"老丝瓜"一
同吃砒霜殉情自绝。"我"把两人葬在一起，以期让他们的情

爱达到某种永恒。十年前，奶奶被接回吴郭前，两人偷偷在芦苇丛里搂得紧紧的，陶醉得红了脸。"天空有两只大蝴蝶风筝随风嬉耍。生物柔软，死物僵硬，它们如此柔软，把生的特性模仿得惟妙惟肖。"① 此时，风筝远走高飞，相爱的人却永埋地底了。

"人要知道快乐，才算是一个人。"在青云岛上济世救人的陶云珠大娘同样奉行性情自由的生活方式，因传授青年男女相爱阴阳之道，被"破四旧"扔到湖心除掉了。云珠14岁时被吴郭前清举人余自问收在身边当使唤丫头，跟着余家见过多少风花雪月，上海的文学沙龙、雨果的《巴黎圣母院》、曾朴的《真善美》……文化风流的种子在她心中生根发芽，夜不能寐，就像余老爷说的"因懂得真善美三个字，活得也算像个人了"，陶大娘用了一周时间把这些风流人物的故事讲述给干儿子张风毅。

深爱孔燕妮的张风毅跟随着姐姐张柔和在"廿八斋"生活时已经深受柳爷爷享乐主义的影响，此时，这些绝代风华更激荡着这个年轻的诗人的心，他写下《曼娜回忆录》："不管这个曼娜是谁，她一定是追求自己幸福的人。这位叫'曼娜'的女性是男人们一生倾情的女性。他要告诉世人，这位了不起的女子怎样为了个人幸福而奋斗，怎样在严苛的环境下伸张自由的精神。当然，她还必须承担教化男女的任务，就像干娘一样……张风毅写过好多诗，从没有写过小说。以他的理解，在这样的年代，小说应该是直抒胸臆的，越是坦白，对人的生活和灵魂就越发有用。思想在此时并没有那么重要。"② 在"我"的建议下，《曼娜回忆录》被装进漂流瓶，最后，竟从蓝湖出

---

① 叶弥：《风流图卷》，北京十月文艺出版社，2018年版，第192页。
② 叶弥：《风流图卷》，北京十月文艺出版社，2018年版，第343—344页。

发飘荡成人人相传的集体创作手抄本，在封锁的时代满足了许多人对风流的想象。

> 所有的宗教都是我的宗教，
> 所有的爱情都是我的爱情。
> 快乐是世上最崇高的理由，
> 宽厚是生活最合理的动机。[①]

这是创作"曼娜"十年前，少年张风毅写下的诗歌，当时的"我"想："从他的诗里看，他深受柳爷爷的影响。话说回来，我们谁不受柳爷爷的影响呢？"孔燕妮在故事的开始便承认柳爷爷对她的影响，同时，天性里美男子父亲孔朝山对爱与美的崇敬、对人的宽容；与革命典型母亲谢小达所代表的大时代中"成为一个战士"感召所需要的炽烈、勇敢、坚强，两种截然不同的性格在其生命血脉中激烈撞击。这个诞生下来便被炸雷之后的彩虹加持的"仙女"的成长历程被赋予夸张的传奇色彩。

孔燕妮的自我成长正是"渡己渡人"摆渡自己，超度别人的过程。小说中具体表现在她在各种程度参与了上述风流人物的人生历程，各种风流在这个少女的精神世界中混沌地纠缠在一起。作者从母女关系、身体的成熟与精神的自我救赎等几个方面来表现政治环境中青春期女性的成长。周围政治环境对身体的侵略与迫害，常宝死之后她决绝地把头发剃光以示对不公正死亡的反抗，友人唐娜在厕所的大镜子前教会她对自己身体的认识。1958 年，政治的浪潮中，她在月经初潮中，开始了真正的人生之旅。温暖湿润的生命萌发，在月色如水的浩渺宇

---

① 叶弥：《风流图卷》，北京十月文艺出版社，2018 年版，第 44 页。

宙中，唤醒她对生命神秘与命运意义的探索。人活着是为了什么？这个问题贯穿了全书。生活在这个国度里的孩子们，往往还没做好成长的准备，就被抛掷到成人的世界里，被迫接受了种种成人法则。孔燕妮是坚强又软弱，她经历了种种苦难、重重风流，从依赖外界力量的救赎，例如极度渴望获得母亲的认可和男性身体的慰藉，再到后来可以自己做主自己的身体，自己寻找到精神的出路。她终于在一次次声嘶力竭的身体探索与生命叩问中获得真正的精神自由与重生，终于完成了自渡。这是一个漫长而反复，甜蜜又痛苦的摆渡旅程。

"小说艺术，其实就在虚与实、隐与显之间。叶弥擅长探索人内心世界的复杂性和独特性，而所谓文学的'减法'，就是辩证地对待这一探索，不仅是'以无厚入有间'的纵横捭阖，更在于自觉到手中的那管笔'止于所当止'的谦卑。"[①]在《风流图卷》中，叶弥写作的姿态不同于以往《桃花渡》《香炉山》等中短篇代表作中的缥缈灵动的随性，她在这26万字的篇幅中布下了局，正如在《后记》中写到的，不能只靠灵感写作，要靠全盘的构思，构思小说的思想，也就是灵魂。稍显可惜的是，在中短篇创作中极擅长留白的叶弥到了长篇小说的布局中，虚与隐的余味却略被填满了。在展现人物精神成长的混沌迷茫，和发现生命意义的遍地欣喜时，本该以人物行为顺其自然的展现和留有"空白"的叙述达成。而行文中孔燕妮对自己寻找重生意义和出路的自问自答，显现出过于饱满和明显的觉醒焦虑，思想的重量有时会越过故事的发展，落入纸面呐喊。

除此之外，叶弥依然保持了其生而为文学的强大艺术表现力，脚踏实地又灵动摇曳的语言让复杂的人生不拘一格，相互

———————

① 金理：《这些年，读叶弥》，《南方文坛》2013年第4期，第101页。

联通。这些义无反顾追求人间真善美、追求爱、追求个人幸福的人们才是时代生活中值得书写的风流，他们在怜花巷的作坊里，在墙缝的情书上，在古董烟枪的吞云吐雾里。有趣的灵魂被叶弥找到，并在人物的生命中生根发芽，各色人物的叙述主线在庞大混杂的时空描绘中忽隐忽现、相交相错，却能清晰地贯穿始终，而全景式的宏阔格局容纳了大量社会生活细节的生生不息与鸢飞鱼跃，为中国当代文学提供了一幅既独特又光彩绚烂的风流图卷。政治挤压的缝隙间，这些在"我"的梦中被老和尚如预言般下了判词的"无根的花"，漂泊无定，却极力地生长、挣扎，在遍地"彼岸花"的竞相开放中，以各自的生命方式坚守自己文化、生活、信仰、爱情、性情的自由，求得精神上的"引渡"。沉郁的时代之歌，带着一致化的蛮荒，而身处其中鲜活的人们并不是所谓的"英雄"，他们只想追寻本心，坚持自己的生活方式和生命理解，当二者矛盾时，这些各有缺点的凡人只能又哭又笑、无可奈何地抵御侵蚀。无论什么时代中，人类对快乐对美好对爱的追求永不会变，"只要符合人对真善美的追求，任其怎么复杂，大家也趋之若鹜"，他们靠着这样的信念，在时代的长河中用永恒风流的人性追寻，摆渡自己与现实的关系，求得一个平衡，一个归宿："中国人几千年来就是这么慌乱地跑着，跑来跑去地寻找前途。柳爷爷那时就说，人的弱，全在于没有正确的思维方式。那么多人上下求索，求的就是一条思想之路。"①

在小说结尾钱塘江周而复始的潮水中，这些"无根之花"平静下来，孔燕妮认真地大喊："我是自由的！你是自由的！"如同《叶甫盖尼·奥涅金》里塔季扬娜那一声呼唤："我恋爱了。"这份焦急地渴望着真正的成长，对自己本心的理解，历

① 叶弥：《风流图卷》，北京十月文艺出版社，2018 年版，第 275 页。

经磨难获得身心解放后的欢愉，如第一片初雪，第一缕春风，雾气散开后的第一抹晨光，第一次忽然感知到心脏的跳动与融化般，令人感动。而一个平静的独立的自我终于在主人公一次次呼唤重生之后，在读者的期待中，在叶弥瓷实而飞扬的细节描写中，随着"潮水拍击，狂风旋起，卷千重雪，挟满天雨"，如期而至。

戊戌·小寒于芳草地

本文原载于《扬子江评论》2019 年第 2 期

90后的成长是漫长的瞬间

波士顿下雪了，在我记忆里，是这个冬天的第四场雪。与时断时续的初雪不同，也与后两场纷纷扬扬，瞬间冰封世界的鹅毛暴雪不一样。今天的雪，细细小小的，顺着乱序的风在空中胡乱而舞，伸出手试图接住一片冰莹，却在触碰的瞬间融化了，留下一丝转瞬即逝的冰凉。不要小看这样柔弱的雪，在不留意的时候安安静静地落下，落在砖瓦、落在枝丫、落在土地，第二天清晨，迎接你的将是一片白茫茫的纯净世界。就是在这样，窗外散着云刮着风下着雪，室内被暖气烘烤得焦躁的波士顿，我走进90后作家修新羽笔下的文学天地，准备着领受那些意想不到的奇迹，在漫长的成长岁月里，忽然有流星的出现，风雪乍起。

《不仅是雪》讲述的是两个"什么都不会"的青年男女在生活的寒冬里相互取暖、自我取暖，一夜成长的故事。"我"陪伴恋人印时在波士顿求学，他是父母在"我"25岁生日时介绍的相亲对象，一流高校的哲学博士，在外人眼里，性格温吞，做事谨慎，彬彬有礼。表面看起来，印时把自己与日常生活隔绝，与现实世界决裂，冷冰冰的，似乎是一个高傲的学术精英应有的样子。实则他"懦弱，疲惫，虚伪"，毫无生活能力，依靠别人照顾生活，更恐惧担当。前女友因身体原因在怀孕与生命择一时，印时全身而退，直至经家人与"我"相亲相恋亦难摆脱阴影，并郁结在与"我"的生活中。然而，"我"爱印时所有的优点和缺点，他"在自我欺骗时才会有的表情，那是一个不相信天堂的人才会有的表情"，他看书的时候不让别人亲近，只有我可以出现。那些"我"身上缺失的个性在他身上凝结成冰凌般尖锐又夺目的吸引力，在他身边仿佛才能让自己完整，让自己特别。"我"爱印时，爱到想和他结婚，爱到怀上了他的孩子。"坐在印时身边，是永远也不会无趣的。""他看书的时候，我就看他。我们都在学习，我学到的或许还要多一些。""我"学会了与这样的男人生活，但似乎始终读不懂眼前熟悉又陌生，沉浸在哲学世界中的男人究竟爱不爱"我"，想不想与"我"构建未来。"我"听到朋友和母亲关于他欺骗的流言，不愿相信，自我安慰"他们不了解印时"。

修新羽以哲学性的思辨层层推进故事的进展。这种思辨透过女性精神世界的自我构建和自我解构展开，女性视角复调性的叙述，带来真实生活的无力感，给读者设置了走进人物精神世界的路径，感受幽微情绪裂变：怀疑、宽慰、希望、迷失、无奈……现实一点一点摧毁生活信念、理想与爱意，个体的希望从无助的现实指缝中流失，日渐变得孤独、凄清，无奈更无助，直至自我坠落："那么在这场白昼里，我的眼睛最先花掉。就像是一台终将被淘汰的机器，总要有什么最先坏掉，先是这部分，然后是那部分，边坏边修，直到再也无从修起。先是眼睛，然后我的手腕会酸痛，我的牙齿会松动，我的头发会慢慢开始变白。这世界总要把我们淘汰掉的。"明明意识到现在的生活"单调乏味空虚无聊"，但因为这是自己选择的人生轨道，"我"也只能在精神世界里不断给自己暗示，这样的生活很好，生活本来应如此。"他看书的时候我就看他""年复一年""我们是什么也不会的人"……重复地暗示，像是给自己加油打气，在随时崩塌的生活边缘得以悬崖勒马。好在作者长于思辨，可谓既智性，又清灵，她没有像很多青年作家一样陷入漫无边际的喃喃自语，纠缠于人物混乱而敏感的思绪，而是灵巧地穿梭于精神世界与现世生活中。生活实感反而透过叙述者精神和身体的视角，展现得更加立体生动。

　　一切都有预兆，最可怕的是当你鼓起勇气，试图改变生活境遇，投掷一块石子打破生活的死水微澜，然而水面毫无回应，仿佛你从来没有努力过。

　　　　"印时，"我说，"我们要赶紧回去结婚了。"
　　　　印时不说话，不理我。这让我觉得自己是个哑巴，只会在心里自言自语而什么都说不出来。我跑到楼下的餐厅里，拿着手机录音，又说了一遍："我们要赶紧结婚了。"这次确凿无疑，我真的把话说出来了。

　　这种沉默让人绝望，你无能为力，感觉水面开始结冰，你绝望地哭了，想留有尊严，"必须要给出他一个理由，一个能解释所有事情的理由，一个充分的、足够有冲击力的理由"。你想再努力一次。

　　　　"我怀孕了。"我说。
　　　　"我知道。"他回答。

　　却发现水面已经冰封，不知道何时才会融化，不知道还会不会融化。你知道那一次次的试探已经用尽所有心力。母性在绝望的生活中被激发，其坚韧不仅在于生命的繁衍，也在于在失败的感情中给自己一个活下去的理由，境遇再艰难，还是会被身体里柔软的小生命牵扯着，直面人生。"已经很晚了，我并不在意饿到自己，甚至也不再在意饿到印时……但我不能饿到'别人'。无论如何，纵使谁都恨我，我也不能对它不好，让它怨恨我。"雪天里的外出觅食被伪装成"离家出走"，这个自私又懦弱的男人以为要失去你了，才知道崩溃。

真相总是无情。"研究我们这个社会的本质，研究人们究竟为什么要像狼与狼一样敌对，像战争一样地生活"的印时却真的在像战争一样生活。颇具讽刺，这个利己主义的校园精英欺骗女友没有奖学金，却把全额奖学金寄给了可怜的前女友，靠着女友家庭的资助求学，靠着女友的照顾生存，同时又惮于承担婚姻的责任。

当这个已经成年许久的高傲书生"红着眼睛，把身子蜷缩起来，像是个犯了错的孩子。他知道我会心软的，他知道我最终会原谅他"。男性与女性在生活困境中的软弱表现昭然显现，印时表现为逃避与示弱，"我"表现为妥协与谅解。这份爱情太不平等了，"我"义无反顾的陪读，被漠视后的自我安慰，财富与心力的付出等等，都被印时视为理所当然，只有当生活轨道突然偏转，他才痛感失去，做出改变。

印时外出寻找"我"摔倒在雪中，融雪剂在衣服上留下难以去除的痕迹，如同残酷的真相在两人心中留下的伤口，难以消除。即使慢慢愈合，终究也会留下触目疤痕。

> 除非有着耐心、技术，以及运气，才有可能把那些痕迹处理干净。我没有，我和印时都没有：我们都是什么也不会的人。

又下雪了，大雪似乎能把一切间隙掩埋，看清眼前人真面目的"我"一夜成长，感怀另一种生活可能，然而成长的悲喜无法重新选择，随风起舞的雪花始终会落下，生活也只能继续。大雪从四面笼罩，不断向内入侵，肃杀刺骨，人在现实生活中无能为力，被不断挤压直至压缩成一个微不足道的分子。

在这样的挤压中，两人终究也意识到，无论我多渺小多不堪，这就是我；无论生活多虚伪多无奈，这就是生活。接受残忍的真相做出改变，总比麻木接受生活的假象要好。此前总是"什么也不会"的"我"为了印时下厨，故事的结尾，"什么也不会"的印时终于第一次为"我"展示厨艺，烤出几片形状不一的褐色饼干，生活似乎要往好的方向发展。

"不仅是雪，这次可是暴风雪"，波士顿寒冷而漫长的冬夜，两个人即将走进茫茫风雪中觅食，相互依靠着前行，为了孩子，为了生活，他们必须成长。雪融化的过程是极为缓慢的，蓬松的雪会吸收热量析出水汽，在严寒里凝结成更坚硬的冰晶，但有一天它终将融解，不仅是雪，还有冰封的生活。

在清华大学哲学系就读的修新羽，高中时期开始写作，自有一种独特的静气，笔致敏感、细腻入微。她的作品大致分为两类：一是青春文学，描绘青年男女微妙的情感生活；二是科幻文学，飞扬于各个时空的壮美故事。此次发表于《大家》的两篇小说也相承于这两大主题的创作脉络。修新羽尤其关注生于90年代青年们的精神成长，珍视着成长过程中瞬间的美好，那些时刻灿烂得仿若一切静止，漫长而悠扬，值得用一生去铭记。"有那么一瞬间，似乎我的整个灵魂都变得柔韧而温暖……我觉得我一生的目的，不过就是找到这样一个能在下雨天撑着伞等我的人。听好了，安竟——那一瞬间，我承认你为我一生的目的。"（《安竟》）"你先尝试着回忆一下。春天草地的味道，夏夜的微风，你妈最拿手的菜肴，小学时放假的第一天，你会背的第一首古诗，第一次特意早起看到的朝阳……然后把所有这些感觉都汇总到一起，然后加到我身上。这一秒，你的世界里什么都没有，甚至你自己都不再重要。只有我，只爱我，我就是一切。你能不能尝试着这样做，哪怕一秒？"（《许狰狞与莫等闲》）正如尼采言：人类的生命，并不能以时间长短来衡量，心中充满爱时，刹那即永恒。

修新羽书写的青春故事是她同时代人的成长经历。与80后同样是独生子女的90后，却被称为指尖上长大的一代，他们的青春梦想更多来自数据时代的虚构世界，个性更鲜活，也更自我，与现实也比前辈任何一代更隔膜。改变是这个时代的主题，他们享受的所有物质福利和精神的无所依托均源于此。时代的发展在场域的迁移与扩大、个体摒弃原来身份的流动中发生，经济的飞速膨胀营造了一种丰满的社会期许，遍地都是机会，当精英学子离开象牙塔走进大千世界，他发现外界营造的期许、虚拟世界的丰富多彩与现实之间，存在巨大的落差，这种落差引发了青年人对自我存在的反思，导致的精神迷失也比任何一代都严重，碎片化的阅读和碎片化的思想，让青年人失去了生活的根基。但是来自社会、家庭、爱人的压力并不会因为自身物质与精神的"匮乏"而减少，于是他们不知道自己在时代社会中的位置，看不清自己的未来，必然也看不清与他人建立家庭的未来。个体化的发展，人们觉得个人独立生活已经很好了，为什么需要长久地维持一段关系？

这种两性关系的迷惑在修新羽笔下表现为，各种各样的青春爱情故事几乎都是无疾而终：暗恋、细水长流、轰轰烈烈……面对婚姻的态度，无论男女，也常如印时一样百感交集。

人类对婚姻的复杂心情无论时代国籍，都是共相。生于80、90年代中国的青年人或许表现得更为怯懦。女性对婚姻的恐惧可能源于对婚姻持久性和婚后生活的焦虑，而男性主要是忧虑自己承担起家庭重担的能力。我的同时代人很多如同印时，他们恐惧婚姻，甚至耽于提起婚姻，仿佛这日常烟火意味着绝对忠诚，平淡、乏味的相守，青年人看来像是会吞噬一切希望与激情的怪兽。

然而，我想他们似乎并不太清楚，也许这样的婚姻想象太简单了。作为最小的社会结构，家庭由婚姻维系，这种由法律保障的社会关系纠集的不仅是爱情，还有亲情、社会道德、责任……承诺的实质都是虚妄，哪个家庭没有污浊，哪段婚姻没有秘密，那又何妨。在此，我想借鉴陈思和老师关于"民间"藏污纳垢理论的喻义，看待何为婚姻。

四季流转，草木枯荣，婚姻实际上就是藏污纳垢的泥土啊。牲畜野物的粪便，繁英落叶，天空坠落的点点滴滴，甚至是日常垃圾……这些生命信息在或丰满或贫瘠的土壤里相互纠缠、撕扯、融合在一起，最污秽的土壤却是最具有养分的培养基。千万人走过的默默无言的泥土中，永远能勃发出惊人的生命力，你能想象到的所有最灿烂的生命无一不是依靠着泥土，包含着各种各样的物种信息，蓬勃招摇而出，生生不息。这难道不就是婚姻，不就是家庭么？

是的，生于90年代的我们，生活一打开就是五光十色的瞬息万变，在成长途中仿佛有挥霍不尽的青春正好。然而，当你走过青春时节，经历了一些残酷的人事，直面社会和生活，回望过去，才发现青春转瞬即逝，成长匆匆而过。想要走出困境，拨开迷惘，在于成长的某一瞬间有了构建新生，开启生命的心意。如果说修新羽此前的第一类作品是青春的自我书写，那《不仅是雪》已经突破了青春文学纤弱柔美的场域，直指成长过程中的青年人的精神病根，开始直面现实生活的无路可走。

这种对成长历程的书写是有探索性的，23岁的修新羽笔墨虽还稚嫩，气质却略显忧郁沉静，文学质地纯净，有细思则深的感伤，她在现实与幻想间翱翔。在科幻创作中，修新羽着眼于物种与自然，试图探究人类在未来世界的生存与发展极限。例如《蛰伏》《死于荣耀之夜》《蓝溪之水》等。

此次的新作《逃跑星辰》以科幻童话般的手法，书写了一个美妙又感伤的驯养星星的故事。"十多年前的夏天，星星们缓慢盘旋在半空中。它们只出现在南北纬三十度特定的几个小城市"，中国村庄里的一群孩子带着纯真的稚气，在秋天捡拾星星的幼崽精心驯养。他们投以十二万分的专注，希望自己的星星成为最亮最美最灵性的独一无二。少年的世界依然被成人的价值意识笼罩着，其中有王队长般蛮横的"强者"（"他担任中队长，人长得高而白净，还是家里从小被疼爱的小祖宗，从来都很威风"），必然也有被欺负的"弱者"：江洋（"没有母亲，父亲又在外地打工，从小和奶奶在一起住"）。江洋与其他孩子不同，当隔年春天，其他孩子都听父母的话，把养大的星星们卖给收购者，粉碎之后变成水泥添加剂时，他留下了自己那颗微微发白的可爱星星，每天对它说话，坚信只要持之以恒，星星就会被驯化。江洋之所以如此真诚执着地养育星星，是因为孤独。

乡土中国发展至今，从安土重迁到离乡打工，城与乡的社会变革，一如20世纪初中国社会现状的再现，以致费孝通1948年提出的论断"中国都市的发达似乎并没有促进乡村的繁荣。相反的，都市的兴起和乡村衰落在近百年来像是一件事的两面"。出生于90年代至今的乡村孩子经历着城乡巨变的病症，越来越多的儿童被遗落在乡村，寂寞地成长。江洋正是这样一个巨大时代中微小的缩影，因为身边没有父母受到伙伴的冷落、欺负，他只能把星星当成朋友，似乎把星星驯化好，他就有了惺惺相惜的朋友，爸爸也会回到身边。然而江洋的青春是残酷的，修新羽这样写道："江洋顾不得自己的新衣服，扑到地上用胳膊护着那颗星星。王队长让也不让，索性直接在他身上踩出了几个脚印。江洋在地上一动不动地趴了很久，在我们终于感到无趣而散去时，才很快地站起来，手里紧紧攥着那颗星星。我隐约记得，他是哭着走的。而那时我们继续在玩我们的。那时我们总是有种孩子气的残忍，能够对所有悲惨视而不见，每天都朝气蓬勃地生活。"有些青春绚烂得摇曳生姿，有些人生在童真失落的流逝中成长。

现实有多惨淡，江洋就有多向往驯化星辰。然而，当星星开始对江洋的指令有回应，奇迹似乎即将发生之际，星星失踪了，江洋的成长之路渐渐失控。他退了学，去深圳找爸爸打工。很多年后他独自归来，找"我"一起去收集星星补贴奶奶的医药费。曾经如此珍爱星星的江洋，"把能找到的星星都送进了粉碎机"，星星粉末的苦涩就像成长的滋味。然而，终究奇迹还是发生了。在冬天的深山夜里，整个世界溢满澄澈蓝光，那是成千上万的星星，它们有规律地颤抖着接受江洋的指令，它们早就感知到江洋近乎绝望的依赖。当那颗当年他驯化的逃跑星辰，重新出现在眼前时，他却无颜相认，崩溃而逃。漫长的成长，让江洋纯真的梦想破灭了，他没有勇气直面初心。只能逃离乡村，重回都市，继续打工生存。那片无穷无尽的星辰也永远留在"我"的记忆里。修新羽唯美地融汇科学与神秘主义，在详实的天文知识和神秘细节中，让人物在流星的不断死亡与新生中铭记人间稀有的一点爱，奶奶与小伙伴"我"。

　　结尾处，作者在现实世故中紧紧攥住纯真的尾巴不放，记住了灿烂的星光，记住江洋在开始直面人生时对理想与爱的坚持，他曾经寄托着美好梦想的星辰将在记忆里永生，星辰有灵，冰雪有灵，万物有灵。

　　修新羽用心怜惜她笔下的人物，这些处于成长历程中的主人公和旁观者都带着青春期特有的梦幻、夸张与无力，一如颇具隐喻的"星星""冰雪"意象。当然，闪烁的星光是一份期待与祝愿，献给江洋、献给笔下众生、献给同时代的读者，也献给她自己：怀揣着永葆初心的勇气，更坚强更坚韧地直面成长，消融生活与人性之冰雪，让蓝色的星辰之海照亮成长之路。其实，90后的成长是漫长的匆匆而过，是星辰，也是冰雪，就在瞬间。

　　我分明看到修新羽伤逝般的神情。

丁酉年立春夜于波士顿
本文原载于《大家》2017年第2期

走过的生活都化成了生命

"五四"以降，无论世事如何剧变，百姓或跃跃欲试或惊恐惶惑或艰辛无奈，日常生活依然在亘古的生命之河中缓缓流淌。从鲁迅的《伤逝》，巴金的《寒夜》，再到林语堂的《京华烟云》，张爱玲的《金锁记》，老舍的《四世同堂》《正红旗下》，等等，那些来自生活稍瞬即逝的光芒，被纸笔凝结成文学世界里的繁星点点。日常生活，构成了作家的生命真实。日常是拥抱之后的争吵，争吵之后的拥抱；是儿孙的吵闹，祖宗的香火；是熨帖的袖口，裤腿的褶皱；是嘴角的饭粒，弥漫在房子里久不散去的油烟，是街头巷尾的鸡鸡狗狗……这些散落在每一个生命刻度里的存在，如此琐碎，你甚至没有意识到发生就已经结束。然而，当你试图感怀人生的宏大，蓦然回首，却看见成群结队盛气凌人的少年中，你笑得招摇；故乡门上的"福"字，依靠着木叶，你贴得小心。走过的生活，都化成了生命，一地鸡毛，熠熠生辉。

日常生活以及生活其间的人，成为一代一代作家们笔下的主题，周而复始，生生不息。叙述日常的传统，而今流淌到受到文坛关注的青年作家的身上，本文讨论的两位青年作家，他们年轻、敏感，与时代的紧张共存相长，不能说为新文学长河拓展了流域，却也溅起属于他们生命信息的五光十色。

作家张忌成名于 2005 发表的中篇小说《小京》。他并不把目光聚焦于离奇的谋杀案上，而是平实又真诚地把亲人与爱人，面对生命无常的日常反应刻画出来。爱情无疑是美好的，面对女友的突然离世，"我"充满深情的日常回忆让人动容，不论是小京找到工作时对未来的期许"我们再也不会分开了"，还是冬日里的温情"小京最怕冷，以前每次睡觉，都是我先钻到被窝里睡暖了再给她睡的"，那些本该美好的未来都随着小京的死，不复存在，只留下生者生存。从四川乡下来处理后事的"大伯""姐夫"与"我"对小京的怀念，在故事的发展中形成鲜明的反差：对北京郊区的嫌弃，对我的冷淡，理发的喜悦，去天安门的激动……所有"我"以为的来自乡土看起来对死亡的漠不关心，在小说的尾端，渐渐崩裂。当看到小京冰冻的遗容，当年轻的生命燃烧成灰烬，当"我"为了与小京多待会儿，独自背着骨灰前行，人与人的隔膜在生命与生活面前达成了谅解："姐夫和大伯正一左一右地站在我的身后，他们用两只干裂的大手托住了装着骨灰盒的大旅行袋，两个人神情专注，像是捧着一件价值连城的宝贝。"这是我们都爱的人，生于日常里的生活，必镂刻在生命之中，人总要活下去。

关于人如何活着，张忌的长篇小说新作《出家》，给出了另一种出路：信仰。主人公方泉是一个入世的机灵人，怀揣着赚钱让妻儿过上幸福生活的梦想，拼了命地努力工作。方泉勤快又善于揣摩他人的心理，凭借送礼的活络脑筋，让妻子秀珍获得工作，也让自己同时身兼数职：送牛奶、送报纸、骑三轮车、做和尚和油漆匠、卖废瓶。初读《出家》，有些余华笔下《活着》的感觉，这种感觉来自作家设置的苦难生活。自日常层层叠叠，接连不断的大小灾祸，让一个平凡之家几乎没有片刻安宁。生活疲惫不堪时，原来仅仅是谋生手段的"出家"，逐渐在他的日常生活隐现，成为平凡生活中的另一种选择。

　　"可是，真离开了寺庙到城里来送奶，我又有点
后悔。我说不清那种感觉，似乎心底里，我还是想做
和尚这个行当的。"

　　佛缘在一次次现世生活绝望之际，将方泉拯救。冥冥之
中，出家之路在出世入世间，已经注定。他为了谋生，初次上
赤霞山，被阿宏叔剃头后"恍惚地觉得自己已经成了一个身份
不明的人"。第二次，因为奶站出事，阿宏叔邀他去做空班赚
钱，"起初，跟在人群后，我还显得有些战战兢兢，因为我觉
着自己是这群人中最身份不明的一个。但没多久，我便适应了
这样的气氛，我一边洒着净水，一边念念有词。甚至，在装模
作样张嘴闭口之间，我都疑心耳边那些诵经声真是从我的嘴
中发出的"。自我身份的怀疑逐渐消解，每当生活看起来在好
转，突如其来的现实困境其实正一步一步把他引向出家。第三
次空班，他仿佛看见"那些僧众和信徒，站在高台前，温和而
赤诚，而我就那样面容安详地坐在高台上，身上笼着一层淡却
辉煌的光芒。就在这一瞬，我的心忽然就明亮了起来"。
　　当妻子怀上他期待已久的儿子，随时要住院时，前所未有
的恐慌和焦虑席卷而来，方泉没有选择与家人取暖，而是躲进
厕所念起楞严咒。

　　"终于，念到第五遍的时候，我终于完全地平静
了下来，就像有什么东西从我身体里被驱赶了出去。
再念下去，声音竟然也不一样了，似乎不再是我一个
人单调的诵念，而是无数个我站在一起，层层叠叠，
低沉浑厚，海一样的无边无沿……我感觉自己不是从
厕所里走出，而是从另一个世界走过来。这世界似乎

是真实存在的，它与我若即若离，就像磁铁的两极，存在却无法接近……就在此刻，我在心里默许了一个愿望。我想，如果我这次真能生下一个儿子，我一定要把自己的下半生皈依了佛祖。"

秀珍生下儿子方丈后，却意外发现手骨患了囊肿。所有积蓄填了医药费，方泉已难以在俗世生活自处。成为乐众的他，从容地参与大大小小的佛事，宗教生活成为其日常。于是，他遇见了慧明师傅，获得了属于自己的小庵，成为了"山前寺"的当家——广净师傅。

世俗生活和出家生活在方泉身上痛苦地纠缠着，"我有些害怕，我怎么能动心呢，难道我愿意为了那个寺庙舍弃秀珍和孩子们？我用力给了自己一个耳光，我在心里用最恶毒的字眼反复地咒骂自己，我得让自己明白，一切都是虚妄，只有躺在我身边的秀珍，还有那三个孩子，才是我真正该拥有的一切"。但是，方泉的心思早已经不在于此，他试图回忆家庭的美好画面，却发现更在意山上遍野的杜鹃花，金碧辉煌的庙宇，满溢的赞扬声和虔诚的眼神，想象中身披法衣慈悲普度众生的自己。终于，方泉成为了家庭生活的局外人。利弊难以道明，只希望方泉不要忘记破败的山前寺院里，桂花树下说笑念经的村中老太，"村里人家，无论是婚丧嫁娶，还是出门营生，都不会绕过寺庙，只要有事，都会去庙里问问师傅"，与人的连接才是寺庙的日常生活。

与无常共生，无常即是日常。作家双雪涛笔下的生活冷峻又充满诗意，人生的无常，在时光的流逝中生长为生命的一部分。让人惊艳的是，他没有放过生活中稍瞬即逝的光与幽，并让世界的某种本质在其中闪烁。

《平原上的摩西》以干净、简洁、克制的笔调，大量的交又闪回,不同人物的视角,环环相扣,讲述了一个特有时代的日常图景。生活不知不觉被撕裂开,巨大的伤口深处,闪耀着幽微光芒,忽隐忽现,人性随时都可能火山爆发。

作者在表现生活的从容中,抵达人性的内核,审视时代,构建生命。故事设置在 20 世纪 90 年代的中国东北,那是属于几代人的共同记忆。"工厂的崩溃好像在一瞬之间,其实早有预兆。有段时间电视上老播,国家现在的负担很大,国家现在需要老百姓援手,多分担一点,好像国家是个小寡妇。"大量生活被连根拔起,曾经无忧无虑的同路人,在 90 年代被吹散到社会各个阶层,各有归属,各自流浪。生活与国家时代紧紧勾连成大网,把这些无能为力的小生命过滤出局,这些构建时代的参与者,反而被抛弃了。故事大量地提到时间刻度(按文中出现顺序),真实又直观地让读者认可这个文学世界:1995年,庄德增离职卷烟厂南下求机遇;1995 年初冬,市里发生出租车命案;1995 年 12 月 24 日晚 10 点半,警察蒋不凡遇难;1995 年,7 月 12 日小树打架,傅东心给李斐讲《出埃及记》;1995 年,工厂崩溃李守廉下岗;千禧年前后的某个夏天,广场拆除伟人像,庄德增遇上出租车司机李守廉;2007 年,庄树成为刑警,重查劫杀出租车司机案;1968 年,李师傅救了傅东心的爸爸,庄德增把傅爸爸的同事打死了。1995 年 9 月,李斐和庄树约好平安夜 11 点在东头高粱地,送他一片燃烧的圣诞树……

将顺所有的时间节点之后,作者笔下的日常线索给出了故事谜底。残酷的案件竟阴错阳差起源于孩子之间的承诺:"小树在等我啊。""一片火做的圣诞树,烧得高高的,我答应你的。"或许我们可以把故事开始裂变时间再往前推一些,1968年"文化大革命",李师傅救了人,庄德增杀了人。傅东心对"恩人之女"李斐的关照和"仇人之子"庄树的淡漠,从中便可窥见其因。她看着儿子庄树的顽劣就想起"文革"的残酷暴力。"我说，无论因为什么，打人都有罪，你知道吗？他说，别人打我，我也不能打回去吗？那以后不是谁都能打我？我看着他，看着他和德增一样的圆脸，还有坚硬的短发。在我们三个人里，他们那么相像。"冬心放不下的执念，遮蔽了庄树继承的是庄、傅两脉血液的事实，"我爸常说我叛逆，也常说我和他们俩一点都不像。其实，我是这个家庭里最典型的另一个，执拗、认真、苦行、不易忘却。越是长大越是如此，只是他们不了解我而已"。长大着的庄树决定做些对别人和自己有意义的事——成为一名警察。从警校毕业时，东心把庄树欺负李斐的踢球场景角色调转，把和解与信任作为一幅画送给了儿子。

摩西分开红海前，接受神旨的犹豫和挣扎，就如同傅东心背负着"文革"遭遇的伤痛在时代中静默地生活，把所学所想教授李斐；如同庄树面对玩伴与责任，李斐面对爱人与亲人。他们都拼尽全力想要保护自己想保护的人，珍视有他们存在的生活，一旦心存信念做出决定，水面变成平原，万物都将让路。

双雪涛寥寥数笔勾勒出"日常生活"的画面感，真实得令人发指，让人扑通一下，跌入文学世界。"一辆救护车从他身后赶上来，车上跳下来几个男护士，七手八脚把他擒住，他向我喊道：默，别哭，我在这儿呢。他被拖上车的时候，灵车也发动起来，我坐上灵车，向外撒起纸钱，向着和他相反的方向驶远了。"（《我的朋友安德烈》）作者首先把人放在第一位，因为有"人"，画面充实了，灵动起来。这些生活的画面不是空洞的、不知所谓的故事背景，而是人生活其间的日常场域，是寄托着信与诚的生命。

双雪涛以充满活力的烟火气语言表现了对生活的洞察，精准地把握住人性在复杂世事中，瞬间裂变的幽与明，一念之差，人生便天翻地覆。他的叙事站在坚实的日常生活，文学想象美好得像一尾远走高飞的风筝，牵引其飞翔的线被他紧紧拽在手中。藏污纳垢的土壤滋养出蓬勃的生命力，通过作者的身躯，带着体温，顺着长长的线往上舒展，风筝招摇得没心没肺，生命能量席卷而来，势不可挡。

一如安德烈强盛的生命力与蓬勃的气场，更在于安德烈对这个世界虚假的斥责令我们为之心动。作者眼中的聪慧者或说精神狂人安德烈不再相信这个世界了，可爱的真诚的安德烈，这个曾经说着"这件事就是我一个人干的，你诬赖别人干什么？"的正义者，已不愿面对现实，待在"此处甚好"精神病院。双雪涛手中的风筝是通过安德烈、安娜、刘一朵、老萧们，抓住了这个时代的精神病根。于是，颇领小说精髓的双雪涛，以日常生活的细节完成了他对高于生活的另一种"生活"的表现。

"每个写作者不但创造着作品，也在创造自己。"一如平淡的日常生活和生命体验在冯至的诗中，升华到万物共生的哲理高度。《我们站立在高高的山巅》这样写道：

> 哪条路、哪道水，没有关联，
> 哪阵风、哪片云，没有呼应；
> 我们走过的城市、山川，
> 都化成了我们的生命。

本文原载于《山花》2017年第4期

烟火花街，人间北京

你是谁？你从何处来？你往何处去？
我是谁？我从何处来？我往何处去？

徐则臣1978年生于江苏东海，1997年开始尝试写小说，19岁到35岁是一个少年成长为男人的时期，也是他的文学种子开始生根发芽的时期。作家常常会在创作中寻找自己，回望来路，追寻出路，徐则臣也是这样。他回望故乡，看到故乡少年青春的疼痛、百姓酸甜苦辣的生活；他漂泊北京，看到陌生都市光怪陆离的吸引力，遍地盛开的机会与陷阱，离乡者挣扎向上的生命力，相互取暖的柔软的亮光。这16年里徐则臣尝试过不同题材的创作，其中最引人关注的是充满人间烟火气的"花街系列"和"北京系列"。

我猜，徐则臣脑海中有一个素材库，里面分门别类，溢满人生经验中出现的人物、场景、情节、生活的细枝末节。这些信息以各种各样的方式交织交错，构建起各不相同的平行时空，他在这儿生，在那儿死，她在那儿怀念，在这儿遗忘……阅读的旅程，仿佛身处其中，感到熟悉又有新意。反复出现的生活场景：花街、东大街、西大街、石码头、承泽园、蔚秀园、中关村、元中元；反复出现的名字："西夏""木鱼、穆鱼（同音）""居延""边红旗""沙袖""孟一明"；反复出现的职业：卖假证、卖碟、大学生、教授……徐则臣怀揣理想主义信念，把素材信手拈来，用心排列组合，注入骨血生命，以现实主义的笔锋点点滴滴精巧构建起属于他的花街和北京。

一、花街系列·烟火之中

"作家有两个故乡，一个在地上，一个在纸上。前者与生俱来，是切切实实地生你养你的地方，甩不掉也抛不开，人物和细节看得见摸得着，它是确定的；后者则是后天通过回忆和想象用语言建构出来的，它负责容纳你对这个世界的所有见闻、感知、体悟和理想，它是你精神和叙述得以安妥的居所，是你的第二故乡。它是无限的，你的精神和叙述有多庞杂和强大，它就会有多壮观和辽阔。"徐则臣在《走过花街的今昔》一文中把花街喻为他的纸上故乡。他把最熟悉、感触最深的故事放入这个属于自己的独特世界。这条运河边上的老街充满流动的情愫，从过去流到现在流向未来。

运河边的石码头上来，沿着一条开满槐花的路，拐两个弯，便是一条曲折的青石板老街，窄窄的花街满满的，挤着人生。徐则臣搭建好空间，便开始说故事。花街的故事是旧旧的温黄色，风吹悠长，历久弥香。

徐则臣笔下的花街是典型的中国乡土社会，因为在水边，所以更多了几缕沈从文笔下湘西的浪漫。老街居民彼此熟识，听着声响就能辨认。除了老居民，还有从各处聚集到此的人们：没有归宿的貌美女人，找户人家收留或者在暧昧的夜把灯笼挂上便住下了；卖东西的修鞋的早出晚归提着扁担就过来了；还有过路过河的司机船主，在停留的夜晚，悄悄地取下某盏灯笼便隐秘在花街的缝隙中……他们带着旧的故事来，又把新的故事留下。这些故事就是生活的气息、人间的烟火，而花街人就生活在袅袅烟火气息里。

徐则臣擅长写花街中那些柔弱、美好，无奈无力对抗着反复无常命运的女性形象，把传统世俗中男权社会下的女性生存表现得淋漓尽致。《人间烟火》正是通过刻画苏绣这个人物勾连出两个家庭的恩怨情仇。美丽的苏绣年轻时遭遇大队书记郑启良的强奸，可为了较轻松的伙房工作她软弱地选择了隐忍；与洗河婚后无子，又企望借郑启良的种生子，后发现洗河因报复而嫖妓时的屈辱与悲凉；伺机以"白蛇"恐吓郑女傻哨子报复郑启良时的怨毒；照料养女招娣、养子冠军时的悉心与幸福；经营豆腐店的勤恳艰辛；冠军看到闪电溺水早逝后的悲痛欲绝、一夜苍老，徐则臣笔力精到刻画了苏绣面对生活不断袭来的变故的每个瞬间。在《花街》《失声》《夜歌》等作品中他也刻画了以各种姿态面对命运的女性形象：把记忆与情感埋在心底，最后殉情的麻婆；在守节与生存中两难的姚丹；为了"漂白"妓女形象、清洁体面宁静死去的布阳妈；热烈追求爱情的百灵鸟布阳；不甘接受命运、刀子嘴豆腐心的书宝妈……这些女性群像是花街系列最温柔坚韧之光，正是她们孕育出花街的浪漫绵长，而生活所有的伤痛和挣扎，却隐在人物故事的背后，颇有善意与女性关怀。

这种带着氤氲水汽的民间故事中有种莫名其妙的天命巧合，反复出现的"白蛇"、鬼撞墙等，带着轮回、因果报应的意象零散地落在行文中，给故事拢上一丝丝民间鬼魅之感，婚丧嫁娶等民俗礼仪也常常流贯故事，隆重的悲喜让民间灵性轮回，生生不息。既流淌着民间文化的余韵，又充满着隐喻、神性与诗意，直抵世道人心。

除此，作者常通过被迫卷入矛盾之中的孩子视角来看待周遭，以少年经历磨难的身心突变表现青春期少年的一夜成长，《苍声》就是这样的作品。懦弱的木鱼从原来羡慕小恶霸大米

"浊重、结实又稍有点沙哑"的变声及其所代表的成人世界，到害怕成人世界的险恶，再到克服了磨难获得精神成长，一夜苍声。徐则臣将青春期面对困惑的木鱼置身于"文革"历史现实的人性恶中，把历史变动与成长历程结合。以少年变声期自身遭受欺凌的心理生理变化，以及对周遭被环境异化的人们践踏知识与生命行为态度变化的过程，折射特殊历史时期人性与社会环境的病态。第一人称"我"的个人成长体验与社会相融合的尝试，使得徐则臣不再局限于以一个冷静的旁观者视角来描写花街的民风民情，他看到了更大的世界，关于时间、社会的流变，他渴望参与其中。一种新的生命体验冲到徐则臣的笔尖，花街烟火向深处延展，同时，北京生活跃然纸上。

二、北京系列·生活边上

北京是徐则臣除了故乡生活时间最长的地方。他和许多人一样来到祖国首都追寻理想，渴望寻找人生的归宿和生存的意义。那些从各地无所畏惧来到北京的人们，他们是谁，他们从何处来，他们将走向何处。这些故事我们不知道，但是徐则臣熟悉离乡者的北京，他看到生活，看到这些生存在生活边上的人们。

《啊，北京》是徐则臣书写北京的首部作品，它以卖假证的"民间诗人"边红旗为主角，展现了漂泊在北京的边红旗、"我"、孟一明、沙袖几个青年人的生活状态，以此着重探讨"北漂"的意义。边红旗的北京生活充斥着理想与现实的落差，他舍弃了安稳的故乡工作与家庭，来到北京寻找"遍地机遇"。他从来不觉得故乡好，完全被北京都市的繁华庄严吸引，他说："我喜欢这地方。北京，他妈的这名字，听着心里都舒服。"可是北京的生活中并没有那么多机遇，他向上爬着觉得自己就像一群蚂蚁中的一个，他在缝隙生存中，开始动荡的卖假证的生活。这篇小说探讨的是北京的吸引力与故乡归属感之间的矛盾，这种生存意义的矛盾，主要是通过边红旗在北京的情人沈丹和故乡妻子对边红旗的意义展开，小说以边嫂把入狱的边红旗赎回家乡结束。在兄弟篇《我们在北京相遇》中，主角变成了沙袖，穆鱼对人生意义寻求和边红旗的卖假证生活成为故事的支线。如果说《啊，北京》中边红旗从故乡来北京寻求机会，主动完成空间迁移，那么沙袖则是为了男友孟一明被动放弃了故乡幼儿园老师的工作来到北京。沙袖每时每刻怀念着故乡，她独立的生存意义在北京消解了，缩小到依附在孟一明一个人身上，她找不到工作，找不到自己的价值，当她怀疑一明出轨，焦虑袭来让沙袖无法自持，她急于从其他方面确认自己，导致她与边红旗发生关系，怀孕。这部小说的人物比《啊，北京》中更丰满，几条线交织推进四个同居青年的生存状态，情节写实，内容饱满。故事以沙袖、一明结婚，边红旗入狱，穆鱼找到工作和伴侣回到故乡生活结束。那些离开了故乡如飞蛾扑火般奋不顾身来到北京的人，他们以为自己来到了都市就可以把故乡舍弃，但是精神上救赎他们的，永远是故乡的水土与血缘。所以这些年轻人在北京与故乡的矛盾中挣扎，渴望在挣扎中找到一点点留在北京的意义。

到了《跑步穿过中关村》，这些外来者的故乡被虚化了，作者专注于刻画他们浮萍般飘摇、无根的北京生活。以敦煌、七宝、夏小容、旷山等人的群像立体丰满、具有代表性。他们生活在底层，常被人标签化，徐则臣却注意到他们首先是"人"，他们有自己的喜怒哀乐、爱恨情仇。我们无法视而不见，徐则臣提供的正是一个视野。沿着敦煌跑步穿过中关村的路径，从一个平等的角度看到生活中最熟悉也是最陌生的人们。这些带着标签的小人物相聚于此，为了爱，为了生活，为了理想奔跑着，编织成一个庞大的社交网络。生存的阴暗，困窘之外更多的是相互取暖的慰藉以及渴望在北京扎根的希望。生活也许没有解决的办法，但终会诞生出一点希望。

如果说以上三部北京作品以现实笔触刻画生存在生活之边，小人物的挣扎与自我寻找，那么《西夏》和《居延》则多了一份理想主义的奇妙与灵动。

很多人包括徐则臣自己都认为《西夏》是他作品中的异类。如梦境般，突然降临到来的女子打乱了"我"原来的生活，理性与感性的纠结让"我"一次次丢掉西夏，又一次次找到她，和谐而真实的生活场景，让你分不清虚实，不敢去确认虚实。正如徐则臣所说："小说以虚开始，以实写虚，一步一个脚印地实，最终又抵达了虚。"到了最后，西夏是谁根本不重要了，因为生活就是真的。到了姐妹篇《居延》，徐则臣把这种从天而降的人物落实了，她叫居延，有了故乡——海陵，有了目的——寻找自己丢失的爱人胡方域。她带着外人无法理解的信念苦苦寻夫，打动了旁人，关于海陵城南体育馆的共同记忆让唐妥决定尽心尽力帮忙，同事老郭、支小虹也参与到居延执着而漫长的寻找中。徐则臣的创作谈中有一句话可以作为这篇小说的解读："一个人在寻找作为自己生活和精神支柱的另一个人的过程中，找到的却是丢失的自己。"他们每个人在这种找寻中发现了生活的真意，居延走进了生活，找到了自己的价值。于是，篇末，之前千辛万苦寻找的胡方域与居延擦身而过，但是他的出现对于居延已经没有了任何意义，因为她已经找到了自己。在胡方域登场前，徐则臣提到了一部写生活在北京的年轻人，叫《西夏》的电影，这个线索把《居延》引向《西夏》。徐则臣让我们走进现实笔触刻画的想象空间，感受到浪漫俊逸、奇妙灵动的文学力量，两部作品同样荒诞的故事外延，却真切地让人感到人类的存在意义，在虚虚实实中选择相信生活。这种领悟了虚实之道创作出来的小说质地与小说精神意味着徐则臣的成熟。

三、文学的虚实之道

徐则臣被认为是 70 后作家中继承了学院传统和现实主义的作家，评论家李敬泽点评徐则臣："自觉地继承现实主义传统，在对时代生活的沉着、敏锐和耐心的观察中，把握和表现人们复杂的生存境遇和精神疑难。"评论家施战军认为，徐则臣好就好在他有这份自觉，他很少贸然地蔑视伟大的传统，相反他懂得"旧式"也许涵养着新招；他也决不把自己放在底层上层，他把自己的"成长""漂泊""精细"等写作元素附于最基本的人物、命运、情境中。

走出校园，走进社会与生活，徐则臣的笔带着他回望故乡，他带着笔漂泊北京，平和规范的叙述无法满足他的创作热情。徐则臣在写作中意识到自身连绵不绝出走的冲动，从小货车司机的理想，夜火车上变幻的灯光，行船上弥漫的风景，一个人漫无边际地飘荡，他发现新的信息排着队涌入他的体内。故乡和北京并不是狭隘封闭的，生命的信息在漂泊者的血液中彼此交换、勾连。

是的，徐则臣人生的大部分时光流淌在校园里，人生轨迹是中规中矩的学院之风，这种文学传统的继承，让徐则臣稳当地构建他笔下的世界。如果说有什么不足，可能就是规范的训练让徐则臣的故事过于写实，技术性地建构让故事情节充满太多完整的巧合，某种程度上消解了文本的理想主义色彩。例如《夜火车》中陈木年因为涉嫌杀人无法毕业而留校，本来让小说增加了先锋性与荒谬感，但最终被解释为沈镜白让木年锻炼学术而拜托学校所为，还有许如竹、沈镜白、陆雨禾三人的关系明暗线索，给了读者想象三人过去爱恨的空间，可最后作者却设置了裴菲这个貌似陆雨禾的考研生，让沈镜白把对雨禾的依恋转嫁于她并与之发生关系，导致沈镜白身败名裂。还有《人间烟火》中不断出现的"白蛇"意象，从苏绣恐吓哨子，到哨子讲故事给冠军，再到最后冠军看到闪电以为是白蛇受到惊吓心脏病发身亡。《跑步穿过中关村》中，开始是保定因为敦煌入狱，结尾是敦煌为了夏小容和她肚子里的孩子顶替旷山入狱。当现实空间被填满，情节过于巧合，设置太多的磨难，故事越满越实，越让人觉出缺失本体意义上的艺术真实。也许以虚入真，更能体现人性的丰富性与复杂性，更接近哲学追求的精神性，也更接近本体意义上的艺术真实。徐则臣已经感受并且实践着文学的虚实之道，类似《西夏》《居延》这样虚实相间、飞扬俊逸的作品，在充满想象力的外衣下，却让人真切感受到个人对中国社会的生命痛感与生存反思，内核尖锐犀利，直指现实，令人感动惊喜，并温暖人心。这种艺术的虚化色彩，为他的作品注入了永不变质的奇妙灵动的理想与浪漫。

为此我深信，智慧的徐则臣一定会在作品的气质和文学品质上，有更高更多样更俊逸的追求，也会在生活况味和小说意味上有更多的诗性，他那带着浓厚人间烟火气息，对人性的探索，来路的回溯和出路的追寻也将成为他创作中一以贯之的精神力量。

本文原载于《文艺报》2013 年 7 月 8 日

文学的 "加法"

两年前，我在网络社交平台上看到好友分享的一篇转发率很高的日志，现在重新找到，甚是惊人，从 2012 年 5 月至今已被转发了 49266 次，阅读 371652 次。这篇日志打动了很多读者，其中也包括我，人们唏嘘又心存希望，由此出发，探讨如何生活？何为爱？故事的名字是《星空下跳舞的女人》。作者滕肖澜。

这是我第一次看到滕肖澜笔下的上海故事，如今想来是有些奇妙，这一次文学的会心并不是在传统书香间，而是在快节奏的社交平台上。近日读到她《纯文学不妨试试"做加法"》，便明白了她在坚守专业精神，耐住寂寞的"减法"同时，已经开始为自己的创作尝试加法，选择性地参与网络，使我得以成为她的读者。喧闹之中，我放慢脚步，随着字符顺流而下进入上海的情境中。故事讲述的是主人公"我"与一位精致老妇人一次次邂逅的故事，在相遇与相知中，"我"从老妇人身上感受到一个女性超然美好的生命可能，并且把"为了深爱的人也要美丽活下去"的生活哲学贯通到自己的生活中，收获了美满结局。故事简单，内核却丰富，因为滕肖澜的文字有种魅力，于平淡中勾勒出生活的动与静，发现简单生活中却闪着精神质地的光芒。如今读滕肖澜读得更多了，同为生活在上海的女性，我似乎更能亲近与理解这些散发人间烟火气息的故事，在平淡又灵动的氛围中，感知女性的柔韧，生活日常中的落地有声。已为人母的滕肖澜，人生更柔软更扎实，对生活的加法和善意、对人性的挖掘，汇入笔下文字，她从生活中走来，又走向生活。

一、生命的底色

滕肖澜是知青子女。小时候，父母在江西南昌插队，她在上海外婆家与舅舅一起生活，10 岁时，她去到父母身边，5 年后考回上海读书，从此在上海扎根。因为童年常与家人分离的生活经历，滕肖澜勤奋而柔韧、独立又敏感，在文学创作中，对知青子女生活状态的感知与勾勒，敏锐而丰富。

在滕肖澜的早期作品《我的爱，和我一样》中，主线叙述无血缘兄妹丁文对丁戈近乎病态的感情纠缠，故事有些流于形式缺少实感，与之相比，辅线塑造的丁戈女朋友苏华这个人物更为饱满。父母在新疆插队，苏华考回上海读大学，住在叔叔家。滕肖澜通过几个片段的白描便把知青子女的心理和生活状况勾勒得可视可感，入木三分。苏华在叔叔家里教表妹功课，面对表妹稚嫩却带着优越感的疑惑，她的回应是自我保护式的攻击性；她愤而投诉火车站讥讽父母是外地人的工作人员；在拥挤的公车上占着自己应有的位置，冷眼看待上海妇女的嫌恶嘴脸。苏华美丽优秀，自尊自立，她憋着一口气，像个要抢回被夺走玩具的孩子，要为父母和自己失去的人生讨个公道，她以自己的实力证明她比许多上海人更优秀。苏华身上带着一股冰凌似的锐利无情，她与丁戈从美国凯旋，将把父母接去美国定居，她急于证明自己的成功，洋洋洒洒设宴，故意刺激当年以房子太小为由不让她作为知青子女返沪的叔叔和婶婶。在幼稚和冷峻背后，谁又能体会到知青子女与家人一次次分别时的痛苦，寄人篱下的隐忍，为了求学就业时能回到上海付出的加倍努力？谁又能记住知青一代，那飘散在祖国大地上破碎失落的青春与人生？

知青岁月发生在中国的土壤上，这个概念十分沉重，背负了太多形容词，这一代人也成为中国特殊时期的产物。动荡飘摇的年代，一代人无处安放的人生，作为知青子女，滕肖澜看得清清楚楚，感受得痛心切肺。重返故乡的后知青时代是文学作品中较少表现的领域，在去年发表的小说《去日留声》中，滕肖澜以一个知青家庭为模本，展开知青及其后代返城后的生活状态，他们与时代和社会的错位得失，造成他们生活的艰难和精神困境。故事是以文思清为第一人称展开的，主要刻画了父亲文老师与"我"之间的微妙父女关系，生活平淡琐碎却暗潮汹涌，弟弟文思远、丈夫老祝以及父母知青时期朋友的境况，交织交错，过去的岁月依然在当下发生作用，在每一个人身上产生回响。动荡的知青岁月让天才文老师留在安徽教中学，时光让这个有学问的上海男人变成了一个喜欢抱怨、胡思乱想、偏执的小老头儿。他珍惜退休前突然调回上海、被逆转了的人生，同时又常常悔不当初，让文思清以初中会考第一的成绩考取上海的中专，留沪失败之后又过继给没有子嗣的小舅子。那个时代的人们，害怕变幻莫测的时光，他们睁大眼睛期盼，牢牢抓住生活中的每一丝机会，因为他们知道每一种可能都会衍生出一种新的人生。文思清理解父亲的选择，童年时鞭策着自己日以继夜、不断奔跑的，正是那些贴在写字台前，写着"我要回上海""不想一辈子留在这里，你就必须努力"的小纸条。反复出现在生活的每个角落，每一抹神经的梦想，却因为一种极端的方式实现了——名义上失去亲生父母，被过继成为舅舅的孩子。这件事成为父亲心中永远的痛，成为父女关系中不忍触碰又无法绕开的敏感地带。当千言万语难以说尽的期盼"一家人争取在上海团聚"变成现实，生活中的柴米油盐却因经历过太多的伤痛，变得敏感而脆弱，与父辈的相处变成了战战兢兢和斗智斗勇。文老师在时隔30年的支内老同事聚会，重遇故知，看到当年意气风发的同伴如今沧桑种种，感慨万千之下，他开始有了平常心，开始学习与生活共处，与时光和解。

后知青时代的生活样貌不像知青时代般波澜壮阔和盲目冲动，生活中种种暗潮被滕肖澜刻画得真实而饱满，生活被一层一层剥开，显现出时代的复杂与人性的幽微变化。正如她在创作谈中所说的："那段经历，终生影响着他们的心态、价值观、处世态度。过分自尊或是自卑，敏感、多疑，缺少安全感。"有些人生还在大风大浪中摇曳，有些人生已经掩埋在历史的尘埃中，有些人生如烟随风而去，有些人生被白纸黑字打捞铭记。滕肖澜用生命记忆勾勒描绘出渐渐远去的时光，让人直面知青时代的精神困境与后知青时代的现实困境。滕肖澜站在自己厚重的生命底色上，淡妆浓抹，为知青家庭立言立心，以笔触照耀生活。这是一抹温暖柔韧的色彩，这片底色能承载琐碎的生活、复杂的人性和飞扬的理想。她谦逊、温和，以善意和智慧在生命的底色上，一笔一笔勾勒描绘出一幅幅平淡又汹涌，刺激又归于平静的美丽日子。

二、美丽的日子

《梦里的老鼠》是滕肖澜发表的第一篇作品，由此出发，她便开启了文学之路。这篇小说如今看来虽然略显稚嫩，却已然能看出滕肖澜对细节的刻画能力和对世俗生活的还原力。她关注自己所关注的生活，把一个洗心革面的女性身为妻子的责任、身为后妈的不易、身为弟妹的机智、身为情人的柔情，在一地鸡毛的生活中表现得让人信服，实为不易。滕肖澜擅长书写女性的日常生活，她以写实的笔触把上海霓虹灯下、曲折弄堂里的小人物、小日子、小生活、小碎片，玲珑有致，娓娓道来。正如滕肖澜所说的："也许在许多人的眼里，上海是烂漫多姿的，像颗夜明珠，美艳不可方物。而在我看来，上海只不过是个过日子的地方，很实实在在的地方。绝非五彩斑斓，而是再单调不过的颜色。日出而作，日落而息。柴米油盐，鸡鸡狗狗。"

《美丽的日子》是滕肖澜的代表作，也是最能体现她书写上海市井生活功力的作品。生活日常最大特点是默默无声、平淡无奇，许多女作家书写日常生活、爱情家庭婚姻的蜕变、吃喝玩乐流水细节、无聊状态和精神困境时，容易拘泥于生活的真实，无法升华到艺术真实，只能变成无趣流水账。而有些创作为了求新求变，又过于空洞矫揉。艺术讲求"不同凡响"，要写出"动静"，于不平凡写出平凡，或平凡中写出不平凡。"此时无声胜有声""于无声处听惊雷"，文学的艺术讲究的是留白处的悠远意味。《美丽的日子》讲述的是家庭关系中最复杂最敏感的婆媳关系，准确的说是上海婆婆和外地准媳妇之间斗智斗勇的生活故事。一般而言，这样的故事往往会过于世俗琐碎，但是滕肖澜笔触平淡、清新，细腻又温暖，叙述中团着一股暖暖的来自生活的和气。卫老太把"上海过日子的意思，精致的简朴，絮叨的讲究"一一传授给姚虹，希望打造出适合这个家庭，能融入上海日常的"完美媳妇"。姚虹像一滴水，打破了卫家原来单调沉闷的生活氛围，整个家因为有了年轻女人的搅拌，变得完整而丰富起来。时间在"过日子"中流逝，姚虹还是太心急，在老乡杜琴的指导下，假装怀孕来催化婚期。信以为真的卫老太满心欢喜，"母性"让她们在生活中亲近共处，"两个女人在天井里晒太阳，一个缠线，一个绕团。冬日的阳光洒在两人脸上，洋洋洒洒的，很美很温柔"。滕肖澜雕琢笔下生活的每一个细节，精心打造人物的每一句对话，看起来风轻云淡，寥寥数笔便把人心打动了，暖意发自内心洋溢出来，可见匠心。之后老太发现真相把姚虹赶走，姚虹在公园如老僧入定的决绝姿态让她想到了年轻时的自己，她的坚持和自我牺牲终于换来丈夫的抚恤金，姚虹渴望留在上海的执着也终于换来卫老太的谅解。当故事进入尾声，一切即将归于平淡和安宁，滕肖澜不动声色又抛出一颗炸弹，姚虹递红包的心机和扎根上海的决心，出发点来自母性，在家乡的女儿满月终有一天会成为上海的"满月"。一地鸡毛最终变成一地阳光，滕肖澜了解上海，理解人性。

去年发表的中篇小说《上海底片》，帷幕掀开，便是 21 世纪初上海澄澈的夏天，因为与大伯的会面，因为毛头，因为王曼华，"我"走进了一个全新的、有趣的世界，"我"在镜头中看到了上海生活的多棱面向，五彩斑斓又藏污纳垢；看到毛头对王曼华奉献的爱；也能看到王曼华摇曳在外国人身边曼妙身影中的失落与不堪。这个夏天的故事勾连了上海的面子和里子。王曼华之死，让所有生活琐碎的片段因为充满感情而被记录在底片中，被镌刻在记忆里，捧在心尖上，想起来时，世界便打开了，拥抱你，仿佛处处都有光，光下是深深的阴影。"上海人眼里的上海，并不是直升机航拍下的那个不夜城。真正的上海人的日子，航拍是不屑于拍摄的，是略过的。只有身在其中，才能体会到上海人的不易与艰苦。"滕肖澜正是在轻缓的叙述中，抛出一颗又一颗生活的秘密炸弹，或许轰然爆炸鸡飞狗跳，或许永远伫立绕不开忘不掉，她的作品常以女性为主，挖掘人性美好的闪光，正因为这一点闪光，一点善意，生活的琐碎也随之化作直抵人心的美丽。

三、文学的加减法

老陶在日复一日的寂寞和与子女无法沟通的孤单中不断想起去世老伴的好，失眠的朴实的老陶走向马路旁的发廊，他犹豫着，看到里面有一个清新如百合的姑娘，心动了动，他走了进去。(《老陶的烦心事》)刘文贵的妻子不愿意生育，于胜丽算好那几天是排卵期，趁他洗澡的时候，心动了动，用针在避孕套上扎了几个洞。(《月亮里没有人》)庞鹰伸手到床头柜，摸到微型摄像机的尾部，是开关，心动了动，她按下它，关了。(《倾国倾城》)这番话在她心里存了许久，以为这辈子都没机会向亲生女儿解释了。现在一下子说了出来，百感交集，心动了动，眼圈都有些红了。(《双生花》)

当下文学中，小人物、小叙述、小意味成了中短篇基调，需要作家在平淡无奇的日常生活中发现潜伏的"异化"、暗流的人性幽微，笔触探寻到人性更隐秘的深处，那一个个变形的、一次次裂开的瞬间，透过现象直抵世界与人性的本质。滕肖澜叙述的人生走向往往又是现实的，再怎么心动最终又回归现实，其中人性裂变的汹涌波澜，她不动声色，却把每一朵浪花都表现得清晰可见。她笔下的人物大多是从善意出发，在生活的不同相面又会和周遭发生冲突，于是人性内核爆炸、迸溅，延伸出来的那一点点，被滕肖澜捕捉到。她着力于此，一层一层开启人心，从日常的、琐碎的人间烟火中写出人性人心变形异化的那一个瞬间，让人物因为这个瞬间得到了丰满和升华。这就需要一个作家专注于生活，坚守专业，拒绝诱惑，耐得住寂寞，对于滕肖澜来说正是文学的减法。

文学的减法对于滕肖澜来说并不是挑战。成为专职作家之前，她在上海浦东机场工作，是一名地勤人员。因为对机场的熟悉，她作品中许多场景都设置在机场，一些人物也与机场相关，例如长篇小说《双生花》中贺圆的工作就是机务维修，《这无法无天的爱》中谭心和郭钰正和滕肖澜一样都在平衡室工作，用其中的话来解释"配载平衡就是把飞机的重心调到一个最佳位置，让飞机保持平衡不掉下来"。滕肖澜在陆地上做着与飞翔有关的工作，她以绝对的专注、耐心与细心保证飞行安全，这份工作一做就是 15 年。时光中，工作融入了她的生活，"保持平衡"不仅是工作核心，也是她的生活哲学。

知青子女的身份再加上配载平衡的工作经历，使滕肖澜的文学拥有与众不同的人生资源，她坚守着文学的减法，又在这种专注中放眼看生活，着力于人性幽微的变化，从而展开复杂的故事。正因为出色的文学技法，不动声色的表达、精心打造的细节，暗潮汹涌的情节，反复推敲的对话，故事才显得平淡自然又富有层次，读者走进了创作氛围，却看到生活的深处和文学的力量。在日常中加入艺术的新元素，这就是滕肖澜的文学加法。她笔下所有的细节，所有生活走向正是为了书写对人性的发掘。滕肖澜在平凡的日子里写出不平凡，她匍匐在上海的地面，抬头仰望天空，在文学找到了平衡。我一向佩服能把一个题材写好的作家，更佩服即使知道前路漫漫仍然追求艺术、不断创新的作家，所以，我期待滕肖澜打破原有的平衡状态，对人性的发掘不要止步于让笔下的人物死亡，而是直面人生的无路可走，直面人性的幽暗异变。期待她继续坚持自己对细节的执着与人性的挖掘，同时，走进更广阔的空间，寻求新的元素，尝试更多创作手法，寻找艺术与生活贯通的无限可能。我相信在文学的加减法之间，滕肖澜能走出自己的路，不忘初心，一往无前。

本文原载于《文艺报》2014 年 7 月 28 日

一盏来自清水河的灯

　　每个作家都有一个安身立命的创作场域，回族作家李进祥的文学领地无疑是他的故乡——清水河。但是与莫言们在文学世界"颐指气使、独断专行"的飞扬不同，李进祥不仅在日常生活中谦逊退让，在文学创作中也同样温文内敛。他不像一个文学世界的精神缔造者，更像是一个对故乡饱含深情的注视者与记录者，他通续着清水河流域的伊斯兰文化传统，书写着浸泡在清水河中苦涩而清洁的人生，他的创作便从这一脉咸涩清亮的河水中流淌而来。

　　李进祥来自极度缺水的宁夏南部，贯穿而流 300 多公里的黄河支流——清水河是一条无法饮用、无法灌溉的碱水河，却正是这样一条"无用之河"滋养了两岸回族人民的精神命脉，并成为李进祥文学创作中取之不竭、用之不尽的精神原乡。他沿着河畔执着前行，呕心沥血，一路吟唱。李进祥曾在《我的写作经历》中这样说："我把我写的人物都放在清水河边，因为他们本来就在清水河边，因为他们就是我的亲人，我的乡亲；因为他们的人生就像清水河，洁净而浅薄，苦涩而欢乐。因为我自己就生活在社会底层，我没有理由不关注底层人们的生活和心情，他们的人生际遇和悲欢离合和我差不多，他们的痛楚就是我的痛楚，他们的欢乐就是我的欢乐。我只是把我对人生和社会的一些体验和感觉写出来。我所写的每一个人物都是一滴水，我会继续写下去，也许加上我的汗滴和泪水，能汇成一条河，一条像清水河一样的小河。"①

清洁的河水本应是无色无味的，苦涩的清水河却因为宗教信仰，因为生活日常，因为民族特质文化，在回民心中被赋予了清洁的意义——身心清洁的象征，所以清水河在他们心中便是清洁，便是归宿，更是信仰。于是，李进祥的笔端从具象的"清水河"出发，最终抵达象征原乡的清水河。清水河为李进祥点亮了一盏灯，李进祥把灯光流泻向笔下的清水河畔众生，让信仰的光照亮归宿，照亮前行的方向，让他们看到回族人民命运曲折的源流、弯道与彼岸，看到河水中倒影出自己的灵魂与人生。同时，也照亮了他的心性气质与小说精神，于是，不同的作品中，"清水河"对于不同的主人公就有属于自己的特殊意义。

在《女人的河》中，清水河是见证阿依舍成长的生命之河。"到河里挑一担活水来，洗涮洗涮，尔德节上，亡人回来哩。"因为婆婆的带有民族暗语般的话语，阿依舍来到清水河畔挑水，一瓢一瓢地盛水，一眼一眼地与河水对望相会，在凝神恍惚中，河水流进了阿依舍的生命，串起了散落的记忆碎片。"阿依舍看着一河清凌凌的水，她觉得自己与这条河一定有一种很隐秘的联系。在这条河边长大，又从河的上游嫁到了河的下游，始终没有离开过这条河，这条河就像是自己的亲人。"对于阿依舍来说，这条贯穿了娘家与婆家的小河不仅让自己在新环境中获得安宁与平静，还包含了曾经对爱情朦胧的憧憬与怅惘。她的爱情启蒙，来自牵她过河的中学同学马星晨，暖暖的手温在凉凉的河水中显得特别动人。阿依舍辍学之后，她感到这一条河水已经把她与马星晨隔开了，还没开始的

---

① 李进祥：《我的写作经历》，《朔方》2009 年第 1 期，第 43 页。

爱情、所有的盼望，如流星一闪而过，坠入水中，不见踪影。在马星晨读大学之后，河对岸的世界更遥不可及了，缥缈远去的是她朦胧的爱情，对城市、知识的愿景。后来，阿依舍成为赶羊人穆萨的女人，并在撒欢清水河山野的民歌声中，完成了灵肉相谐的"渡河"这一绚丽的女人成长礼，这个诗意动人的细节，在李进祥笔下上善若水。也许平凡的感情并不像水中萌动的初恋那样甜蜜忐忑，但实实在在的红霞满面，才是真正的生活。

清水河不仅象征着女性生命的历程，也象征着女性与生活的和解。在面对清水河的记忆打捞中，阿依舍想起了阿訇曾经讲过的在河水中男女生命转换的故事，忽然理解了男人与女人的生活意义，都是真主造来消灾灭罪的；婆婆讲述的公公与大伯进城后，再也没有回来的往事，使阿依舍忽然理解了婆婆此前对丈夫进城打工的劝阻；而奔涌的乳汁让她忽然理解了母性的责任，使阿依舍开始痛惜被自己忽略的儿子；她拿着水瓢往水桶里舀水，水面被打破又自我圆满着，她终于理解了生活。穆萨去城里打工之后，她的思念也流淌成了一条河，女性生命的河水，流向男人，流向儿女，流向生活，"水利万物而不争"的特性与美好的女性生命和清水河的生生不息相互交织，相生相应。

清水河教会了女人如何生活，女人在河水中照见了灵魂，便完成了精神蜕变。清水河畔的女人们并不像娇弱的花朵，她们坚韧执着，在贫瘠的碱土地上长成了树，她们善良、温和、奉献，让苦涩却又清洁的河水溢满自己，结成果实，又回归大地。这脉活水从容不迫地流淌，伴着她们从少女变成人妇，而后又成亡人，清冽的河水带走的是悄无声息的时间，又悄无声息地见证了这些河畔女性的青春、爱情与人生。生生不息的阿依舍们是李进祥笔下最动人的形象。

　　清水河是两岸回族人的母亲河与精神之河，它虽无法孕育生命，但其潜流着的民族暗语，对于回族人民来说，就是精神支撑，河水的大净就是信仰的象征。洗大净是依据《古兰经》而确定的，"如果你们是不洁的，你们就当洗全身"。"换水"不仅是清洁身心，也是清洁"罪孽"的过程，既是宗教行为，也是心灵慰藉。所以，以清水河的活水进行换水仪式，成为李进祥创作中常出现的重要情节。在《女人的河》中，出嫁之前的阿依舍洗了离娘水，她的一切就会随着这次洗浴而发生变化，河水流过肌肤，清洁灵魂。"换水"无疑是一种带着宗教色彩的神圣仪式，在换水的过程中人们的灵魂舒展开来，找到了归宿与信仰的方向。换水的场景散落于李进祥作品的各处，而以此为题的小说《换水》更是意味深长。故事讲述的是一对新婚夫妻从清净的清水河来到城市打工，沦陷于城市滚滚红尘的艰难中，又回归故乡的故事。出行之前，夫妻神圣又郑重地进行了换水大净。对于马清与杨洁来说，换水不仅是守持民族习俗——出远门要洗大净，更是对未知的城市生活的祈福。于是，他们严格依照清水河规矩的每个步骤换水，处处点点，把身心清洗干净了，而后充满期待和忐忑上路远行。杨洁是李进祥笔下典型的清水河女性形象，勤劳、自尊、善良、无私，她不舍离开故乡，为了丈夫才选择既憧憬又害怕地来到城市生活。因为有了杨洁，有了家，马清在工地的生活被点上了一盏灯，照亮了他每天眺望简陋却温暖的家门，恍惚中，马清失手从脚手架摔落手臂残疾，最后只能到饭店做收入更为微薄的清洁工，曾经温饱的小家难以为继了；杨洁为了给丈夫筹钱治病，出门工作及至牺牲了自己。他们各自默默地挣扎在城市光怪陆离的霓虹灯照不到的地方，互相关爱，却相互隐瞒，沉默坚韧地抵抗着生活的困境。马清每次清扫完恶臭的厕所，回家之前都要去简陋的澡堂子严格按照换水的程序沐浴，感觉只有这样才能把自己洗干净；杨洁每次回家之前也会洗澡，她留着眼泪，一次又一次清洗自己。他们身心俱疲，心照不宣，怀念能冲刷不洁的清水河，生活虽然贫穷但能坚守清洁。当城市生活最终无法继续，身心被蒙上尘埃，马清终于在杨洁曾经无数次要求换水的无言后，说出了"换个水，我们回家吧"。于是，两人带着伤残疼痛的身心为了擦拭心中蒙尘之灯，他们决定再次换水，回归清水河。有论者说，李进祥是以讲述性语言和淡淡笔触，把现实生活讲述成一个传说，一个由洁净到沾染了污秽，再到洁净的理想过程。现代生活所有的伤痛和挣扎，都隐在人物故事背后，隐在文字背后。支撑其中的是回族人的信仰、尊严与梦想，而梦想比现实更接近文学内核。

徐缓推进的故事，在李进祥优美而内敛的散文化语言中，上善若水，意味深长。那些带着生命灵性的句子轻盈如流水，从此岸流向彼岸，在某处忽然转弯，沉淀了所有汹涌暗潮，然后继续平静流淌，绵延入海。而每一个水分子都浸透了李进祥一种深切的对弱势人群或小人物的命运无法割舍的情感，充满着同情的理解、悲悯与爱意。也为此，他为笔下人物寻找了一条条自我圆满与回归之路。这种自我洁净的自我完满和回归，正是通过"换水"实现的，带着信仰的仪式庄重感，透过主人公的指尖和李进祥的笔触，传达给读者，在信仰缺失的时代，为我们点上一盏清洁的信仰之光。

都市文明与乡村文明的变奏始终是作家们关注的命题，李进祥的变奏曲始终是以清水河为镜、为灯的，当现代的物质世界与清水河精神伦理处于和谐时，人物便安宁和顺。二者相违时，李进祥的人物与故事便出现悲剧，出现冲突的节点。但无论如何，他们最终都会守持民俗，向善自尊，择善而生，人物故事背后始终流淌着清水河的清洁精神，站立着一盏照亮和量度人心与尊严的明灯。

　　除了《换水》中的都市生活挣扎，《屠户》则寓言般地讲述了一个更为惨烈沉郁的故事。原来因恪守传统被河湾村民称颂的马万山，在世风日下的情形下来到城乡结合部，成为屠户赚钱养家，梦想供养儿子上大学。屠户在都市生活中坚守朴实善良，他珍惜真主赐予的食物，送给儿子老师却被嫌弃的碎肉，在他看来是最香的。他勤勤恳恳，认真老实地对待他的工作，他相信"真主造出来的人也好，万物也好，都是有位置的，乱不得"。乃至对待刀下的牛，他也深情款款，绝不动手第一刀，而依照伊斯兰规矩请阿訇代劳。他对儿子寄予很深的期待，希望"儿子靠上了大学，将来分到城里，就是正正当当的城里人。不像自己只能溜在城市的边缘，连半个城里人都算不上"。城乡的身份认同，成为了马屠户勤勉工作与内心焦虑的挣扎，他渴望成为一个真正的城里人，但又依恋于故乡流淌而来的洁净的清水河，家乡踏实土地上金黄的麦香，以及在干净的土地上清洁的自己，屠户的心在动摇，两头不到岸。他只能把期望寄托给儿子，需要更多更快地赚钱供儿子上大学，于是按照老黑给牛上膘的偏方喂牛吃掺了牛血的饲料。一条清水河流经了城市便被污染成了臭水河，一个人走进城市哪有不变的。当马万山为了赚钱，违背了屠户的职业操守，违背了清水河的规矩，违背了真主之后，他受到了报应，嗜血的黑犍牛撞死了儿子并吃了儿子的血。故事的结局是残酷而震撼的，当最后屠户报复性地违反了教义，亲自宰杀了黑犍牛，并去市场摆摊卖肉时，他心中的灯已经被熄灭，只剩下在城市漂泊无依的绝望。到了《遍地毒蝎》，瘸尔利违背了河湾村辈辈相传与蝎子相处的禁忌，最终遭到了报复。李进祥不仅再次提出了守持自修的重要，违背信仰守则的报应和恶果，在不同侧面也揭示了同情弱者、嫉妒赢家的复杂人性，笔致充满悲情。在李进祥笔下一幅幅类似于民族风情画的作品中，对民族风俗的守持自修也不同程度得到了表现。如《害口》淡淡地讲述了在回族孕妇习俗中，两个城乡媳妇害口的不同人生；《天堂一样的家》则描述了在城市奋斗成为的"老板"，却找不到有风俗民情滋润的小家，找不到心灵依靠的故事；《狗村长》深刻反讽和表现了民族古训失序的村庄里，留守老人凄凉的生存状态；《向日葵》提出了对都市功利生活的反思与人性良善的坚守。

　　李进祥曾在《我的文学样貌》中说："当母亲得知他写作时说：'娃娃，这是真主在你头脑中照进了一点光亮。'"因为有信仰，所以心中有一盏灯。这一点光亮被李进祥引渡到清水河中，书写了各色各样、能应答清水河信仰的故事。这些故事流向有坚守在河畔土地上，守持民族习俗，并期待获得安宁和顺生活的，如《女人的河》《挂灯》；有出走而后回归洁净的《换水》；有违背信仰道义遭受惩罚的《屠户》《遍地毒蝎》；还有的是隐忍于生活，珍藏自己的爱情，把生命倾注于对民族习俗、艺术和美的坚守，这些艺术风俗都是清水河畔最灿烂的宝藏，如《干花儿》《花样子》《口弦子奶奶》《拃脸》……不过，无论生活流向何处，李进祥都会为笔下众生点一盏灯。就像《挂灯》里亚瑟爷所做的事：在村里最显眼的地方打一个结实的铁杆灯杆，挂一盏灯，一盏来自清水河的灯。在这盏灯里，我们能领受到李进祥的同胞——张承志的清洁精神，他们一脉相承，坚执强大，熠熠不息。这一盏来自清水河的灯，能照亮黑夜、温暖人心。同时，我期待李进祥的笔触也能照亮清水河流域之外的生活，因为人人心里都得有盏灯。

本文原载于《文艺报》2014 年 3 月 28 日

草原母亲与人民认同

——试论张承志早期小说《骑手为什么歌唱母亲》与《黑骏马》

从清华园到巴勒斯坦，张承志一直在时代最有争议的锋芒上行走。在这个时代，很少有人能像他一样，立场鲜明，又不流于世俗。从起点到终点，我们可以看到的是，一个男人的成长历程和一以贯之极致的信念——对特权、市场、精英文化的反对，对人民、正义、清洁的崇尚。他被称作一个理想主义的精神漫游者，早期以草原生活为题材，从大地、民间汲取精神养料；稍后他把个人理想与宗教信仰结合在一起，开始了对于回民生存和真主信仰的探索。从此次讨论的两部作品能清楚地看到他以人民为命题的思想是怎样开始，并且生长成贯彻他生命始终的信仰。

张承志的创作生涯是以对草原上知青生活的回溯开始的，《骑手为什么歌唱母亲》和《黑骏马》都是描写内蒙古草原生活的作品，而这一主题也贯穿着他的生命历程，直到现在，他把自己融入了草原的人民、信仰与精神中。文学视觉与思想深度结合，他作品展现的广度和深度在当代文坛中都是一面独特的风旗。这面旗帜扎根于山河中，飘扬的方向就是对时代思潮的反应，可以说，张承志的文学、思想与人生经历、社会思潮是一脉相关的。

提到张承志，似乎不得不从"文化大革命"说起。1966年5月，"文化大革命"前夕，北京清华大学附属中学出现了全国第一个独立学生组织，名为"红卫兵"——这个之后被最高当局承认并且成为一代人的留恋或痛恨的名字正是张承志最先提出的。1968年，二十岁的张承志率先响应时代号召，离开政治中心，主动来到内蒙古。从喧闹的政治中心来到辽阔的大草原，怀着革命的冲动和对新鲜生活的好奇，知青生活虽然艰苦，但也是有趣的。张承志之后对这段经历的评价是："一个知识青年插队的往事，到头来是该珍惜还是该诅咒、他的青春是失落了还是值得的，依我看只取决于他是否能遇上一位母亲般的女性。"①草原母亲的关爱与包容让张承志走进草原，他从草原粗犷精神的父性和善良朴实人民的母性那里找到了心灵依托。他说过"草原是我全部文学生涯的诱因和温床"。张承志对草原的留恋凝聚于草原母亲"额吉"的母性光辉。这股博大深厚、坚韧不拔、不露声色的精神乳汁抚平了张承志的内心，包容了年轻的野性，给予他前行的源源不断的力量。

一、从三个"草原母亲"到人民认同

1.《骑手为什么歌唱母亲》——额吉：慈爱的草原母亲

张承志1978年发表的处女作《骑手为什么歌唱母亲》以轻快的笔调开始了对草原生活的叙述，首先用民歌引出提问：为什么草原人民如此热爱歌唱母亲，并且以此为主题的民歌有什么神奇的力量能引起共鸣？然后通过回忆娓娓道来草原额吉的故事。

---

① 张承志：《北方女人的印象》，《无援的思想》，湖南文艺出版社，1999年12月版，第10页。

　　张承志展现了额吉对初入草原生活的"我"的日常关心与照顾，额吉教我辨认牧草，一起放牧，冬天时帮我掖紧被窝，这种爱正如同真正的母亲，有担忧、教导、无微不至的关心。但是面对这种火热的关爱，经历过喧闹沸腾时代的张承志这样说："烤热的东西，哪怕它是一颗心，也有再冷却下来的可能，要想得到一颗永远火热的心，还要经过特殊的磨炼。"随后引出"特殊的磨炼"，在白毛风的绝境中，六十岁的额吉冒着严酷的暴风雪，以下身瘫痪的代价救助铁木尔渡过困境。"她的眉宇中现出一股坚毅的神情，这种神情只有在抢救孩子的慈母脸上才能找到。"慈母的救助使"我"死而复生的过程，正是外来者与草原民众相互融合的过程。经历过这场特殊的磨炼，"我"获得了永远被草原焐热的心，真正融入了草原，同时，这种死而复生也让"我"成长成真正的牧人。额吉不仅仅对"我"关爱有加，对其他知识青年也是关怀备至，草原母亲用爱的付出唤醒了知青们内心沉睡的爱的意志，这种爱的交流最终变成了生命的交流。[①]张承志在文中回答了本文的题目：骑手为什么要歌唱母亲？"为了这样的母亲为了这样珍贵的民族情谊，经历了无数风雨以后体会到母亲的伟大意义"，我们要歌唱母亲。

　　这种生命的交流不仅仅在于草原人民对于知青精神与身体的救助，也在于知青对草原母亲的依恋与责任，在接受了草原母性的温暖之后，知青同样以自己的力量对草原人民的好做出反馈，救助被冤枉为阶级异己分子的班达拉钦就是一个例子。他们救助那些需要帮助的生命，草原的品性也是通过爱与生命的交流渗入知青们躁动的内心，给予他们依靠，填补他们失落内心的空白。小说的最后，张承志把"草原母亲"的形象扩大

---

　　① 黄发有：《诗性的燃烧——张承志论》，百花洲文艺出版社，2002年11月版，第7页。

到"人民"：

> 　　母亲，养育我们的母亲——亲爱的人民，是我们代代歌颂的永恒的主题；你可能从没到过我们的草原，但你是生活在母亲一样的人民中间。
>
> 　　每当我在高高的山岗上放声唱起这首歌的时候，我觉得自己唱出了那么多的内容：酷暑、严寒、草原和山河；团结、友谊、民族和人民。在"额吉——母亲"这个普通的单词中，含有那么动人的、深邃的意义。母亲——人民，这是我们生命中的永恒主题。①

"文革"之后，文学界开始控诉"文革"造成的身心伤痛，把伤痛化作仇恨，同"四人帮"算账。控诉的泪水几成汪洋时，张承志独自在草原深处为额吉感动并为她祈祷，他在那里完成了精神的蜕变。因此，"歌唱母亲"是他感动至深的文化信念的宣喻，一个"骑手"，拥有了强大的内心力量的告白。② 当时文学界对毛泽东时代所倡导一些"宏大"的概念，提出质疑，例如解构崇高的"人民"概念。而张承志却反其道，自觉地把人民作为自己表现的对象，他认为人民是真实存在的社会中最广大的群体，尤其指那些生活在社会底层忍受苦难的人民。童年、少年时期的生活经历让他同情弱者，反对特权、精英文化，自觉站在平民的立场；知青时期的草原生活给张承志提供了大量养料，于是他从感触最深的草原母亲带来的关爱出发，歌颂以草原母亲为代表的草原人民，进而升华到

---

① 张承志：《骑手为什么歌唱母亲》，《人民文学》1978 年第 10 期，第 15 页。

② 孟繁华：《重读〈骑手为什么歌唱母亲〉》，《小说评论》1995 年第 2 期，第 22 页。

"人民"这个广阔的意象。从这篇赞美草原和人民的处女作开始，"为人民"成了张承志一以贯之的创作主题。

2.《黑骏马》——奶奶：草原精神的坚守者

如果说《骑手为什么歌唱母亲》是单纯地通过讲述草原人民质朴善良，对知青无微不至的爱的故事来表达对草原母亲的赞美和对人民的认同，那么《黑骏马》无论从叙述手法、艺术风格、情感剖析，形象塑造上都要丰富得多。

牧民们依靠草原生存，面对恶劣的自然环境他们依水草而居，不断地迁移，常为了生存奔波千里，即使气候恶劣还要坚持放牧。这种生活环境培养出他们坚韧强悍，热爱珍惜生命的草原精神，生命的延续是整个民族生存的希望，所以生存是草原上的第一要义。

这个作品主要是通过展现草原上忍辱负重、坚韧善良的女性形象来表现对人民的认同。奶奶是坚守着草原生命意识的慈爱女性，她默默地承受着生活中的一切灾难，对所有生命都包有无限仁慈。从以下几个片段，就可以清晰地看到奶奶草原母亲的形象。

（当暴风雪后，她发现蒙古包前的小马驹时）奶奶连腰带都顾不上系了，她颤巍巍地搂住马驹，用自己的袖子揩干它的身体，然后把袍子解开，紧紧地把小马驹搂在怀里。她一下下亲着露在她袍襟外面的马驹的脑门儿，絮叨叨地说着一套又一套的迷信话。[1]

（当白音宝力格发现索米娅怀有孩子，痛苦气愤地与索米娅发生拉扯后）猛地看见白发蓬松的奶奶正

[1] 张承志：《黑骏马》，人民文学出版社，2006年1月版，第9页。本文引用《黑骏马》片段皆出于此。

在一旁神色冷峻地注视着我。……奶奶慢条斯理地开口了。……奶奶感慨地说："这狗东西。"听她的口气，显然也没有觉得事情有多严重。（当我拿起蒙古刀想去找希拉报仇时）她不以为然地摇头，然后开始搔着那一头白发，她嘟囔囔地说："不，孩子。佛爷和牧人们都会反对你。希拉那狗东西……也没有什么太大的罪过。……女人——世世代代还不就是这样吗？嗯，知道索米娅能生养，也是件让人放心的事呀。" （31—32）

（其其格生出来后很小，附近的牧人劝奶奶把孩子扔掉，奶奶）对那些牧人说："住嘴！愚蠢的东西！这是一条命呀！命！我活了七十多岁，从来没有把一条活着的命扔到野草滩上。不管是牛羊还是猫狗……" （38）

张承志在《北方女人的印象》中这样想象他在知情时代的额吉："如今她差不多七十岁了，她把门前的车、缸、毡片绳头把断腿的马失群的羊把烂醉的汉子都看成一种古怪可怜的小宝贝，她眼神里的不安和慈祥使人心醉。……我站在她的影子里看清了所有蒙古草原的女人。我深深地了解她们，我看见她们分别扮演着我额吉的十岁二十岁直至七十岁。"[①]在这里张承志把他的生命情感融入了故事中，让奶奶的额吉形象饱满动人。这三个片段集中展现了草原母亲以生命为第一要义。这种对生命的爱变成了珍惜、爱护、坚守、捍卫，是对任何生命都没有偏差的。她包容一切，无论是牲畜，无论好人与坏人。即使是侵犯自己亲孙女的黄毛希拉，在奶奶眼中也是一条生命，

———————————

① 张承志：《北方女人的印象》，《无援的思想》，湖南文艺出版社，1999年12月版，第10页。

只要是生命，她就会守护。奶奶的观念固然是守旧的，是迷信的，但是她包容一切生命的大爱让人动容。这种没有偏差的爱在年少的白音宝力格看来是荒谬愚昧不可理解的，但是在离开草原，经历了岁月的历练之后，他才明白这种真诚对生命的尊重和爱惜是如此伟大。奶奶以宽广的胸怀包容了有关生命的信息，平静从容地接受现实，是一位最集中体现民族复杂性的母亲形象，是草原生命的守护者。

3.《黑骏马》——索米娅：草原女性的丰富形象

索米娅作为奶奶血脉的传承者，是草原母亲形象的延续。由于小说对索米娅的描写是从小时候开始的，所以我们可以看到一个连贯的草原女性的成长过程。从胖乎乎的可爱小妹妹，到十五岁那个颀长、健壮，曲线分明，在阳光下向我射出异彩的姑娘，十七岁披着朝霞满怀热情的爱人，再到十八岁遭遇强暴而怀孕之后，敏感、警惕、眼神充满敌意与伤感的女人。这些形象的更替的同时，与白音宝力格的关系也是不断变化的，相近、聚合，然后分散，这个感情的线索是这个小说的主要内容，通过白音宝力格重回草原的寻找之旅的叙述主线和不断触发的记忆辅线，双线交织展开的。

在索米娅身上，张承志融入了对草原女性的理解，草原赋予她们浪漫热情，生活带给她们的勇敢坚韧，家庭给她们带来的责任感与母性，种种特点汇集于索米娅一身。这个草原母亲形象的构建是丰满的，不是我们对"额吉"的固有记忆，似乎一开始就是饱经风霜慈爱的老母亲，这些母亲也曾像索米娅这样青春飞扬，有丰富的情感和对生活的无限憧憬，但是当她们变成人母，她们多彩的特性都退让至为母性服务。

（当白音宝力格得知她被强暴怀孕勃然大怒）他

"猛扑过去，抓住索米娅的衣领，拼命地摇撼着她，要她开口"，索米娅却尖叫："'松开——'……'孩子！我的孩子！你——松开！松开……'""她哭叫着在我死命钳住她的手里挣扎着。突然她一低头，狠狠地在我僵硬的手上咬了一口！" （31）

　　这是一位即将为人母的女性为了保护体内的小生命的母性爆发，女人天赋中的母性超越了爱情，草原女性把生命延续看得高于一切，她担心小生命可能会遭到危险，她在生活中隐忍提防，包括她的爱人。奶奶身上的生命意识在索米娅的内心延续并生根发芽。她远嫁白音乌拉之后，不仅对自己的四个孩子倾注关爱，还把对生命的热爱延展到学校里其他的孩子身上。

　　经历了被希拉强暴，爱人的离去，奶奶的去世，远嫁白音乌拉之后，九年的时光让草原的风霜不断地在索米娅身上沉淀一些东西，又消磨掉一些东西。当她再次见到白音宝力格的时候，她抑制了心中的情感，平静从容地面对她和他们过去沉甸甸的记忆。但是小心翼翼的相处无法让他们重回亲近，岁月在他们的容颜上留下印记，同时带走了那些曾经甜蜜和苦楚。白音宝力格已经学会包容草原的不堪，但是索米娅已经不再是那个披着彩霞的姑娘了。

　　　你变了。我的沙娜，我的朝霞般的姑娘。像草原上所有的姑娘一样，你也走完了那条蜿蜒在草丛里的小路，经历了她们都经历过的快乐、艰难、忍受和侮辱。你已一去不返，草原上又成熟了一个新的女人。 （61）

　　从我对草原的舍弃到对记忆中爱情的追寻，白音保力格构建的记忆中的女神形象——披着朝霞的姑娘如今变成了饱经风霜的草原母亲,他不敢相信不忍相信这是他的姑娘,但是现实无法改变。通过对他出走的九年里索米娅生活经历的了解,他体会到草原人民的伟大,他们为了草原民族的生命延续辛勤地付出了所有。索米娅这个形象,接通的正是大地/草原的意象,他们卑贱、藏污纳垢、任人践踏,而又化育万物,是一切生命的源泉。索米娅的态度,意味着一个女人的自我确证,意味着人生履行责任的开始。当生活中的丑恶力量伤害了白音宝力格时,为了逃避这丑恶,他抛弃了怀孕的索米娅。可是,索米娅却没有抛弃那个在痛苦和屈辱中降生的孩子。她并不遗忘过去,又不是在痛苦中无法自拔,而是以乐观的态度、坚韧的姿态来对待生活,劳而无怨。为了抚育这个孩子,她必须承担生活煎熬,容颜飞速老去,过早地耗尽了少女时代美丽的神采。她牺牲的是少女的娇丽,收获的是成熟而深沉的母爱。[①]

在白音宝力格即将离去之时,索米娅用全部的感情表白,希望能抚养他的孩子长大。这个隐忍坚强女性的情感爆发打破了见面之后一直以来疏离低沉的气氛,把小说推向高潮。而面对这样饱含感情的对自己爱人生命传承的期望,也是对奶奶哺育生命的轮回与延续,张承志对于草原女性的理解到达一个新的高度。《北方女人的印象》对草原母亲这种心愿也有所验证,"四十来岁时她盼望着再抱一个真正吃奶的孩子。儿女们大了使她孤单得恐惧,她对我痴痴地反复说着,口气使我感到她把我也当成了一个婴儿"。似乎身旁没有与她们血乳交融的婴儿,这些草原母亲的形象就不完整。正如蔡翔在《在生活表象背后》一文中叙述的"这些妇女身上,闪烁这一种动人的母性色彩。我们都在承受生活,问题在于她们还在承受中创造,

───────────────

① 金理:《张承志〈黑骏马〉课堂讲义》。

这是一个深刻的发现。拒绝承受，则无所谓创造，而丧失了创造，自以为崇高却会走向庸俗。这就需要深沉，需要坚忍，需要拥抱生活的勇气。这不是稍纵即逝的青春火花，而是混合着苦难的永恒的创造。这种恒定的母性因素显然感动了张承志，也许，就此深化了他对历史的凝神关照"[1]。

前文说过，张承志是通过描写草原母亲来歌唱人民，他在《〈黑骏马〉写作之外》中是这样说的："我只渴望使比我年轻的后来人和其他朋友，在读了我的作品后能觉得这些牧民是伟大的，是值得尊敬、热爱和为之服务的。这就是我的目的。……就这样，我把熟识的几个草原女性的生活故事编织了一下，写成了中篇小说《黑骏马》。它不是爱情题材小说——我希望它描写的是在北国，在底层，一些伟大的女性的人生。"[2]

二、边缘人——现代文明与草原文明的变奏

60年代末由于中国的知识青年运动，一批与高等学术有缘的年轻人在身份上和生存方式上突变成了彻头彻尾的牧民，这个改变带来了一系列可能。首先是他们接受的方法不是调查而是生活，这使他们掌握的不是枝节而是全部游牧生产及社会生活。其次，至少他们必须完全按牧人的方式思考和应付与自然和社会的关系，他们中的很多人后来被熏陶和改造，拥有了一种极其可贵的牧民性格和底层立场。最后，因为他们毕竟不是土生土长的牧人之子，因而他们在有可能肤浅或隔膜的同时，也必然保留了一定的冷静与距离——这种保留，或者会导

---

[1] 蔡翔：《在生活表象背后——张承志近期小说概评》，《当代作家评论》1984年第6期，第70页。

[2] 张承志：《〈黑骏马〉写作之外》，《民族文学》1983年第4期，第78页。

致深刻的分析和判断，或者会导致他们背离游牧社会。① 无论张承志如何热爱草原，如何与草原人民亲近，但是始终无法回避一个根本问题，张承志终究是接受现代文明成长起来的都市人，草原与他再亲密也还是有间隙的。张承志对于自己与草原的关系看得十分清楚。他也把这种情绪与思考融入作品中。草原是供他停歇，汲取在现代生活中不断前行的养料的沃土。

《骑手为什么歌唱母亲》和《黑骏马》这两篇以草原为背景，歌颂人民的作品，也都是以一个草原外来者的视野来展开的。在《骑手》中，初入草原的"我"对与一切都是很新鲜的，额吉对"我"也非常疼爱，可是在疼爱之余，"我"还是会思考，"我"对他们的感情是否真心，他们对"我"的感情能否经过考验，"在牧民的怀里，一块石头也会揣得滚烫。我们这些还不懂得人生的年轻人的心，揣在蒙古族人民的怀里，也确实变得热起来。可是，烤热的东西，哪怕它是一颗心，也有再冷却下来的可能"。这种疑虑也许就是处于两种文化之间的"边缘人"特有的敏感吧。

在《黑骏马》中，这种草原外来者的边缘感，表现得尤为明显。这种游离在两种文明间的情绪大致可以概括为两点：一、对先进现代文明的向往、对草原藏污纳垢的摒弃；二、对虚伪物质现代文明的失望，对草原温暖的依恋。这两点在《黑骏马》中，具体表现在三次来到草原，三次离开草原。

白音宝力格第一次来到草原，是因为父亲不希望他在公社镇子里学坏，染上流氓习气，故送来给奶奶抚养，成为一个有担当的男人。白音宝力格和其他真正的草原儿女的最大不同是他接受过现代文明的启蒙。初入草原的日子，在奶奶的关爱和索米娅的相伴下，适应期快乐无忧无虑，他感到已经无法与草

---

① 张承志：《三份没有印在书上的序言》，《无援的思想》，湖南文艺出版社，1999 年 12 月版，第 194 页。

原分离，而现代文明依然深植少年的心。白音宝力格会钻研牧业机械和兽医技术，"一心迷入书本和兽医知识以后，已经开始不善言笑和有点儿不像草地上长大的年轻人"。这种对于文明的向往促使了他第一次离开草原，参加牧技训练班。对于草原固有文明，他还是持有怀疑的。"几年来，我一直对真正的专业学习向往不已。因为我觉得如果继续跟着老兽医学下去，很可能会堕入旁门左道"，他期望这次短暂的离开，为了让自己学到真正的牧业科学，也为了让自己变成一个有本领的男人回来成家。此时，索米娅已经开启了白音宝力格对于爱情的向往，所以，他不顾深造的机会，归心似箭。

然而第二次回到草原之后，他却真正看到了草原文明的全貌，原来草原不是永远像额吉和索米娅般善良和美，还有残酷与污浊。索米娅被黄毛希拉强暴了，白音宝力格痛恨不已，然而更让他感到无所适从的是奶奶无关紧要和索米娅逆来顺受的态度。如果说从前奶奶和索米娅为他营造了一个梦幻般美好无忧的草原环境，那么现在她们自己打碎这个美梦对白音宝力格来说是多么的痛苦和无法接受。他开始怀疑，或者说是他第一次正视自己的身份。"也许是因为几年来读书的习惯渐渐陶冶了我的另一种素质吧，也许就因为我从根子上讲毕竟不是土生土长的牧人，我发现了自己和这里的差异。……这种渴望在召唤我、驱使我去追求更纯洁、更文明、更尊重人的美好，也更富有事业魅力的人生。"与其说白音宝力格是因为强暴事件离开草原，不如说，他终有一天会离开草原，强暴事件只是其中一个导火索而已。两种文明的交融与割裂会让人在哪一个环境都无法安身立命。白音宝力格离开了，他舍弃了养育他长大的奶奶和可怜的爱人，走向他向往的现代文明。然而"我们总是在现实的痛击下身心交瘁之际，才顾上抱恨前科"。

他的第三次归来是带着"缺憾、歉疚和内心的创痛"的救赎之旅。他在天葬沟的痛哭，面对索米娅的忏悔，都是他经历了现代文明的不堪，对草原文明的理解之后，怀着疲惫的心回到草原，寻找失落的东西，祈求得到心灵的慰藉。在救赎完成之后，白音宝力格再次离开草原开始新的人生。

这三次来到和三次离去，其实可以看到，小说在书写爱情、歌颂人民的外衣之下，蕴含着对两种文明的思考。草原与现代文明价值准则是不一样的，白音宝力格对知识文明的向往与额吉、索米娅对草原法则的遵循本身就是相互矛盾割裂的，这种矛盾一直都存在，离开的动机也一直包含其中，只是强暴事件把矛盾加大了。他的归来并不是对草原文明的完全认同，而是经历过世事，看到现实文明的虚伪与物质性之后对草原文明的理解和对自己不负责任离开的忏悔。

而面对现代文明，草原文明一直处于一种被动的、包容的地位。她接受到来的一切，面对离去也无可奈何。同时，草原人民对现代文明也有向往，这从索米娅在白音宝力格读书之后立刻斟满的奶茶，千方百计让其其格读书，自己在学校里干活都可以看出来。索米娅对知识的接受与认可与崇拜是奶奶代表的草原母亲形象的更替延展。索米娅那一句"为什么你不是其其格的父亲呢？为什么？如果是你该多好啊……"，不仅为了爱情，其中也包含了对知识和文明的敬重。包括最后索米娅希望抚养白音宝力格孩子的心愿是不是也表现了一种草原匮乏者的形象呢？需要一代一代城市文明之子来介入才完整？这些吸收了草原养分的文明之子的归宿又在哪里呢？草原文明与现代文明在张承志作品里的微妙表达，值得玩味，引人深思。正是提出两种文明的出路问题，才让这个小说不仅是单纯的爱情或者忏悔故事，而是富有对现实思考的作品，这种深刻思索也使张承志之所以是张承志，他对现实文明的反思有脉可循。《骑手为什么歌唱母亲》和《黑骏马》给我们提供了探索张承志文学思想起点的资源。

三、结语

无论是"铁木尔""白音宝力格",还是张承志自己,他们对草原文明都不是全盘的接受。草原文明里有一些现代文明没有的符合人性的健康的内核,在某种程度上说构成了与现代文明对立的参照体系。张承志正是想通过提倡这种健康的人性的草原文明来批判不同社会思潮下物质堕落的现代社会。他肯定草原是为了汲取人性文明的民族资源,他离开草原是为了以获得的精神资源反对和批判80年代一味接受西方文明和市场化的思潮,继续在对现代浮躁文明的对抗中前行。

面对现代物质的社会,他不是向西方而是反过身来,在中国的土地上寻找出路。在张承志的生命中,草原就是给他不断前行提供养料的沃土。他歌颂人民,要通过特定的一些人来表现,让他感受最深的是草原母亲额吉的爱,这种无私的爱让他感受到人民。额吉、人民本来就是一体的,草原文明是他的精神资源,寻找人民也是寻找继续前进的力量。回到草原并不是回归草原,而是汲取一种资源和力量,为了更好地回到现实社会中,往前走。

从清华园到巴勒斯坦,张承志的信仰是有一种内在关系的,他出生在普通家庭,父亲早逝,由母亲抚养长大,他就读的清华附中当时多是官僚干部子弟,生活的经历让他自觉地站在平民立场,反对依靠体制力量的特权,同时他也反对之后红卫兵提倡的血统论。在张承志的眼中,他的红卫兵生涯特指反对体制、青春的、以人民为立场的第一批红卫兵运动。而巴勒斯坦在他看来是人民为了正义为了家园的抗争,他为了支持巴勒斯坦的亲力亲为让人感动。无论你是否认同,张承志有自己一脉坚持的信仰，他按照自己的心意，始终站在人民的立场。这种对人民的认同，从生活而来、从草原而来。张承志一直扬着信仰的风旗，人民、信仰、山河、清洁精神……他们串联在一起，无所畏惧，朝着他前行的方向高高飘扬。

原文节选收入《寻找文学批评的路径》，

发表于《东吴学术》2016 年第 1 期

第三辑

沈从文的文学底本

——试论《湘行书简》

    1934 年 1 月 13 日，小船载着一个从北平来、带着书生气的"乡下人"沈从文，顺着沅水逆流而上，开始回乡探母的旅程。旅程中与妻子张兆和书信近 50 封，大多在沅水的船行中完成。1991 年，沈虎雏整理这些未曾公开发表的书信，编成《湘行书简》，与早在 1936 年就已问世的散文集《湘行散记》汇成《沈从文别集·湘行集》，于 1992 年由岳麓书社出版。旅程中的真实书信与妙手精雕之后的散文被展示在一起，相互参照才发现，原来在悠长的湘行旅程中，沈从文是这样看见、感动、念想、思考的。

    时隔 11 年，他回到了日思夜想的家乡——生命的印泥。天地的静止中，一条河在流动，沈从文在流动中感应到的是一个广阔而敞亮的世界。夹岸的记忆让他情感满溢，触动着内心融汇着生命、民族、历史、自然的世界，情感就像洒下的光，光在河里溅出的水花化成沈从文的笔墨，被雕刻成《湘行散记》之前的《湘行书简》还原出作者本真的生命体验。置身于小船，山水脉脉，一个作家真实的笔力与心力展现无余。作为研究《湘行散记》的原始资料，这份真实的价值，无法被轻视；作为沈从文抒情的生命文本，《湘行书简》的文学价值也不应该被忽视。

《湘行书简》不仅是沈从文的文学底本，还记录着他的生命原色、人性立场。本文从此出发，试图感应一些文学生命扬起的水花，让沈从文的光影继续在历史长河里流淌。

一、《湘行书简》的文体

1. "把写信方法用作生活法则"

书信无疑是沈从文最喜爱的文体。2002 年，北岳文艺出版社出版的 32 卷本《沈从文全集》中，书信总篇幅约占全集的三分之一。沈从文对书信形式的看法，沈虎雏在《〈沈从文全集〉中的日记和书信》一文中有详尽分析，他提到：

> 谈文学创作基本功，他往往强调首先要掌握"叙事"能力，认为常写信，写长信，是训练叙事能力的好方法……在学习用笔初期，书信可能是他感觉最容易驾驭的表现形式。因为早在军旅生涯中，他已掌握用书信向亲友自如地叙事抒情能力。①

在 1948 年 7 月 29 日写给张兆和的信里，沈从文甚至设想"把写信方法用作生活法则"。由此可知，这种类似"生活法则"的书信是记录沈从文创作历程和生活经历的最真实材料。书信是一个作家生命世界敞开的另一扇门，情感与理智交织呈现真实的生命空间，这个独特窗口所展现的"人"与"事"，更是直指心灵的深处。

《湘行书简》主体是 34 封沈从文写给张兆和的信，大部

———————

① 沈虎雏：《〈沈从文全集〉中的日记和书信》，《上海文学》2005 年第 8 期，第 86—92 页。

分在沅水里的小船上完成。从桃源船行 8 天到浦市，改陆路回凤凰，在家待了 3 天，2 月 1 日自辰州乘船下行，2 月 2 日晚回到桃源。从 1 月 7 日从北平出发到 2 月 9 日回到北平，一个月的时间里，沈从文按与新婚妻子张兆和的约定"每天必写一两个信"，把路上"一切见闻巨细不遗全记下来"。在 1934 年这次回乡的水路上，被汪曾祺誉为"水边抒情诗人"的沈从文不必再在城市一隅以笔回望故乡，置身小小的船上，小小的船在沅水的悠长流动中，载着"乡下人"回乡，即使在船上的日子十分单调，沈从文又怎能抑制自己的情思。出于对家乡的热爱、久违的新鲜感和对妻子的思念，沈从文最重要的旅程内容就是看、思、写。他用自己熟练喜爱的方式把流动的景致、流动的人情、流动的心境、流动的时间，一一凝固下来。沈从文爱好写信，与他对这种表达、沟通形式的独特理解和感受密不可分。[①]

2. 书信也是日记

沈从文写了那么多书信，他写日记么？沈虎雏说父亲也写日记，只是写得比书信少多了，而且"人们至今尚未收集到沈从文先生系统、连贯的成册日记稿"。"他的日记原稿，目前仅有零星发现，多不连贯，均产生于 1949 年之后，内容大致分两类，其一保持着只记录情、景和感觉、思绪的特点；另一类，在记事中夹有联想、感触，往往因为有感，才提笔记事。"

> 如果我们用作者记录"情、景和感觉、思绪"这个特点衡量，沈从文在《湘行书简》里给张兆和的

① 张新颖：《漫说〈从文家书〉》，《沈从文的抒情》，作家书局，2010年，第 64 页。

信，简直就是详细展开来写的日记。同是情感实录，区别仅在于书信有具体的抒情对象，日记只是自言自语"抽象的抒情"而已。当他把抒情对象隐去，一部分《湘行书简》就被沈从文改写成《湘行散记》的重要篇章，这和他把日记转化成文学作品也是一样的。同样道理，若用"情感实录"特点来考察沈从文先生其他大量书信，可以说比比皆是，某些信也可以看成是他的日记，而且往往比日记写得更详尽。[①]

根据沈虎雏的材料，我们可以依据"情感实录"这个特点把《湘行书简》看成沈从文日记，还需要指出的是，书信的文体对于记录见闻、心情表达都是有即时性、交流性的，即书信双方根据信件内容做出回应产生交流往来。但是在湘行的水路上，由于交通不便，这些信件往往累积到一定程度，在岸边有邮局的地方比如辰州、浦市等，才能一次性邮寄，这种实际情况导致作者在抒发了感情、书写了见闻之后无法得到对象即时的回应，有些书信可能作者回到北平了信还未到，甚至一些还未邮寄就由沈从文直接带回家了。他们双方都设想并且考虑到这样感情延时的情况，于是各自有想法。

> 张兆和：路那么长，交通那么不便，写一个信也要十天半月才得到，写信时同收信时的情形早不同了。[②]

----

① 沈虎雏：《〈沈从文全集〉中的日记和书信》，《上海文学》2005年第8期，第86-92页。
② 沈从文：《湘行书简》，《沈从文全集·第11卷》，北岳文艺出版社，2002年，第114页。
本文引用《湘行书简》原文皆出于此，只在文中标出页码，不另注。

　　沈从文：你们一定等着我的信，可这一面呢积存的信可太多了。到辰州为止，似乎已经有了卅张以上的信。这是一包，不是一封。你接到这一大包信时，必定不明白先从什么看起。你应得全部裁开，把它顺序弄顺，再定成个小册子来看。　　　　（183页）

　　你这人好像是天生就要我写信似的。同你一离开那就更非时时刻刻写信不可了。我总好像要同你说话，有永远说不完事。　　　　　　　　　　（147页）

　　从这次旅行上，我一定还可以写出很多动人的文章。　　　　　　　　　　　　　　　　　（152页）

　　我不能写文章，就写信。　　　　　　　（120页）

　　所以这些书信往往是各自抒情，是两人生命与爱情的记录，而不是即时对话式的交流，张兆和写信是为了抒发思念之情，问候沈家亲人。沈从文的每日书信除了表达思念，还有记录见闻与思考，倾诉内心世界和为创作做准备的作用，在此意义上书信更像日记，有笔记性质。两者的功能上有所贯通，但是书信的体式更为公开，有确定的读者。沈从文书简描述自然与人事，正是由于对象的存在，才能饱含感情娓娓道来。鉴于书信在沈从文与张兆和相识、相爱、相守人生经历中扮演的重要角色，我们可认为书信是记录和延续两人爱情与生命的载体，《湘行书简》正是其中偏向记录、抒情性质的日记式书信。

二、《湘行书简》的内容

1. 书简中的自然

　　沈从文是从湘西的山水里走出来的，湘西一直是沈从文着墨最多的场景，他的笔浸染着各种深浅的自然色，荡漾波光的河水，吊脚楼的飞檐，岸边层层叠叠的竹林，少女的羞怯明亮的眼眸，船夫长篙上的绿藻……关于世外桃源的一切想象似乎都可以在此实现。《湘行书简》产生在沅水边，心境生在流动的时间里，散淡的故事娓娓道来，没有束缚，没有限制，没有拘谨，有的是自由，是随性，是雅致，是自然。形容山水之美，我们常会说"风景如画"，可是在沈从文的眼里，神造的自然却是更甚书画万千：

> 这里小河两岸全是如此美丽动人，我画得出它的轮廓，但声音、颜色、光，可永远无本领画出了。你实在应该来小河里看看，你看过一次，所得的也许比我还多，就因为你梦里也不会想到的光景，一到这船上，便无不朗然入目了。这种时节两边岸上还是绿树青山，水则透明如无物，小船用两个人拉着，便在这种清水里向上滑行，水底全是各色各样的石子。
>
> 　　　　　　　　　　　《小船上的信》（119页）
>
> 我生平还是第一次看到这样好看地方的。气派大方而又秀丽，真是个怪地方。千家积雪，高山皆做紫色，疏林绵延三四里，林中皆是人家的白屋顶。我船边在这种景致中，快快的在水面上跑。我为了看山看水，也忘掉了手冷身上冷了。什么唐人宋人画都赶不上。看一年也不会讨厌。　　《过柳林岔》（138页）
>
> 两山翠碧，全是竹子。两岸高处皆有吊脚楼人家，美丽到时我发呆。并加上远处叠嶂，烟云包裹，这地方真是我得到不少灵感！我平时最会想象好景致，且会描写好景致，但对于当前的一切，却只能做

呆二了。一千种宋元人作桃源图也比不上。

《泊缆子湾》（139 页）

　　沈从文身处这条熟悉得不能再熟的河流之中，从小流淌在血脉里的绿水青山，萦绕在记忆里的风景在故地重游中被触发，自然感动到心底，连接着生命最初，欣赏美的本能和对故乡浓郁的爱在流动的水中绵延开来，这份感动把自己也沉浸其中，沈从文热爱故乡，不吝以最好的文辞描绘故乡。沈从文的视觉依托在流动水里的船上，导致他的视觉也是流动的，然后调动听觉嗅觉触觉，立体感知自然，捕捉图像声音气味再加上奇幻的想象，将景物描写和人事相吻合，使沅水两岸的景致呈现出本然的美。沈从文把自然描写得那么动人，但是他依然不满意，在恬静的五光十色的自然面前，他似乎被震撼到"失语"了。人在他所崇拜的"神性"自然面前变得小之又小，无法描绘一二，只能震撼着领受自然的奇迹。

　　自然的美对于沈从文来说不仅是单纯的审美欣赏，更感应着生命，诗化人生即是沈从文的浪漫主义理想追求。沈从文对这条河的参悟更多的是从美学的角度介入，以心观物，我在物中，相且参照：

　　　　船停了，真静。一切声音皆像冷得凝固了，只有船底的水声，轻轻地轻轻地流过去。这声音使人感觉到它，几乎不是耳朵，却是想象。但当真却有声音。水手在烤火，在默默地烤火。　　《水手们》（128 页）

　　　　满河是橹歌浮着！沿岸全是人说话的声音，黄昏里人皆只剩下一个影子，船只也只剩下个影子，长堤岸上只见一堆一堆人影子移动，炒菜落锅的声音与小孩哭声杂然并陈，城中忽然当的一声小锣。唉，好一

个圣境！　　　　　　　　　　　《泸溪黄昏》（195 页）

　　我纵有笔有照相器，这里的一切颜色、一切声音，以至于由于水面的静穆所显出的调子，如何能够一下子全部捉来让你望到这一切，听到这一切，且计算着一切，我叹息了。我感到生存或生命了……我好像智慧了许多，温柔了许多。……看到这些地方我方明白我在一切作品上用各种赞美言语装饰到这条河流时，所说的话如何蠢笨。我这时真有点难过，因为我以弄明白了在自然安排下我的蠢处。……我明白我们的能力比自然如何渺小，我低首了。

　　　　　　　　　　　　　　　《过新田湾》（212 页）

　　面对山水人事，沈从文极自觉地感知认识到自然是一个完整的生命体系。就像他在《泸溪·浦市·箱子岩》提到的，生命另一形式的表现，即人与自然契合，彼此不分的表现，在这里可以和感官接触。一个人若沉得住气，在这种情境里，会觉得自己即或不能将全人格融化，至少乐于暂时忘了一切浮世的营扰。①河水带着自然的生命信息涌入沈从文的思绪中，感应着他本真。人与自然的契合在沈从文"任其自然"的表达中达成，他把自己生命的律动契合到自然的流动中。人的生命与自然万物的生命相互映照，和谐一体。

2. 书简中的人性

　　只要沿着自然便会来到人的生活，沿着小溪就会望到渡口的老船夫和翠翠们，沿着西水就能来到码头看到顺顺们，一路青山，一河吊脚楼。边城的水，流过渡口，流过码头，潮涨潮

---

　　①　沈从文：《泸溪·浦市·箱子岩》，《湘西》，《沈从文全集·第 11卷》，北岳文艺出版社，2002 年版，第 376 页。

落和平常的热闹就在河街的水手掌柜妓女的吆喝对答歌声中，山水的情意与人的生气交融为一体。沈从文笔下的湘西世界，与外界相对隔绝，是人心向往的世外桃源。诗情画意不仅来自秀美清致的山水风光，更来自山水边，翠翠、傩送、柏子们率真、洒脱、健康、淳朴的民风。他们与世无争，自给自足地生活在流动的水边，自然健康而又酣畅淋漓的生命形式，纯朴憨厚而又至善至美的心灵世界，无不显示着生命的庄严和人性的光辉。湘西是沈从文塑造的"希腊小庙"。这神庙供奉的是"人性"。[①] 人性是沈从文创作的起点和归宿。生命是自然赋予的，是"神性"的映照，人的生命力与人性美紧密相连。这样的原始生命力正是沈从文想赞美的，在《湘行书简》里，他着墨最多的人物是水手，他们的生命与沈从文的生命一起凝聚在流动河里小小的船上，朝夕相处中，沈从文感受到这些有生命力的人与城市中规范压抑的人的不同：

> 看到他们我总感动的要命。我们在大城里住，遇到的人即或有学问，有知识，有礼貌，有地位，不知怎么的，总好像这人却少了点成为一个人的东西。真正却少了些什么又说不出。但看看这些人，就明白城里人实实在在缺少了点人的味儿了。
>
> 《滩上挣扎》（171页）
>
> 他们骂野话，可不做野事。人正派得很！船上规矩严，忌讳多。……他们过得是节欲生活，真可以说是庄严得很。　　　《忆麻阳船》（134页）
>
> 船上骂野话不作兴生气，这很有意思。并且他们

---

① 沈从文：《习作选集代序》，《沈从文全集·第9卷》，北岳文艺出版社，2002年，第2页。

那么天真烂漫地骂，也无什么猥亵处，真是古怪的
事。　　　　　　　　　　《过梢子铺长滩》（149 页）

文中提到的"人味儿"正是沈从文湘西作品里一以贯之宣
扬的人性美。沈从文的理想主义在于他坚持以人性作为文学和
人生的立场，沈从文所展示的这些水手的酣畅的人生形态，生
命原始力的热情，则更让我们深味生命的丰富与庄严。水手们
是敢于接受自然挑战的勇敢者，他们了解自然，与自然融为一
体，生生不息。让生命强力在与险恶自然环境的搏击中酣畅淋
漓，这是沈从文在第一个层面上为我们展示的湘西水手的生命
形态：

这人厉害得很，四百里的河道，涨水干涸河道的
变迁，他无不明明白白。他知道这河里有多少滩、多
少潭。看那样子，若许我来形容形容，他还可以说知
道这河中有多少石头！　　《小船上的信》（119 页）
他们明白水，且得靠水为生，却不让水把他们攫
去。他们比我们平常人更懂得水的可怕处，却从不疏
忽对于水的注意。　　　　　《滩上挣扎》（168 页）
现在就有四只大船正准备上滩，所有水手皆上了
岸，船后掌梢的派头如将军，拦头的赤着个膊子，船
捎到水中不动了，一下子就跃到水中去了。
　　　　　　　　　　　　《横石和九溪》（183 页）

与自然顽强的搏击把水手塑造成勇敢的英雄形象，可是在
现实中，他们也是苦于生存的普通人。让生命活力在艰苦穷困
的生存条件下酣畅，这是沈从文在第二个层面上为我们展示的
湘西水手的生命形态：

　　这样的船夫在这条河里至少就有卅万，全是载能够用力时把力气卖给人，到老了就死掉的。他们的希望只是多吃一碗饭，多吃一片肉，拢岸时得了钱，就拿去花到吊脚楼上女人身上去，一回两回，钱完事了，船又应当下行了。天气虽有冷热，这些人生活却永远是一样的。他们也不高兴，为了船搁浅，为了太冷太热，为了租船人太苛刻。他们也常大笑大乐，为了顺风扯篷，为了吃酒吃肉，为了说点粗糙的关于女人的故事。他们也是个人，但与我们都市上所谓"人"却相离多远！一看到这些人说话，一同这些人接近，就使我想起一件事情，我想好好地来写他们一次。我相信若我动手来写，一定写得很好。但我总还嫌力量不及，因为本来这些人就太大了。

　　　　　　　　　　　　　　　　《水手们》（128 页）

　　水手们的生存状态被沈从文勾勒得细致动人，他们只是底层的平凡人，会哭会笑，有悲有喜。生活要求很简单，但是往往最简单的要求都成为奢求。他们以水为生，对于自然，他们感受到的不是游客悠闲自在的赏玩，而是实实在在的生存的负担和习以为常的生命搏击。一个完整的人，沈从文塑造得清楚，他们会随口说说野话、卖毒品挣钱，但是这不正是一个生存在民间的普通的人么？人性的发现是新文学启蒙意识倡导的核心，在此沈从文并没有把这些生长在方水土的人当作无知愚昧的被启蒙者，而是平等的甚至仰视他们的人性美好，收获的是感悟和感动，这在新文学创作中是特别的：

　　　　这些人不需我们来可怜，我们应当来尊敬来爱。

他们那么庄严忠实的生，却在自然上各担负自己那分命运，为自己、为儿女而活下去。不管怎么样活，却从不逃避为了活而应有的一切努力。我会用我自己的力量，为所谓人生，解释的比任何人皆庄严些与透入些！ 《历史是一条河》（188 页）

生存是他们生活的目的，但在生存之上的，他们的情与义塑造出浓郁的人味儿。他们真实地生活、庄严地生存。为此，我们看到沈从文的价值判断是建立在人性与理想主义之上，它超越阵营，超越阶级，更超越地域。这种立于人性的写作立场，这种为心灵而写的性灵写作，是沈从文之为中国现代经典作家之所在。

人性的清辉在这条流动的长河上，波光粼粼，令人神往。

三、《湘行书简》的生命经历与文学自觉

沈从文的人生上善如水，他的写作更是与水分不开，语言节奏舒缓，用词清丽纯净，文本背后淡淡的忧伤……这一切似乎都可以从水中找到一丝踪迹。沈从文在谈论写作与水的关系时说："到十五岁以后，我的生活同一条辰河无从离开……值得回忆的哀乐人事常是湿的。从汤汤流水上，我明白了多少人事，学会了多少知识，见过了多少世界！我的想法是在这条河水上扩大的。我把过去生活加以温习，或对未来生活有何安排时，必依赖这一条河水。"[1] 从 1902 年到 1988 年，沈从文在湘西这条千里的沅水流域生活了一辈子。20 岁以前的他生活在沅水边的土地上，20 岁以后的他生活在对这片土地的记忆

---

[1] 沈从文：《我的写作与水的关系》，《沈从文全集·第 17 卷》，北岳文艺出版社，2002 年，第 209 页。

里。这些印象幻化成文字和用文字写成的画卷，成为沈从文笔下的湘西世界。湘西与外界沟通靠着就是这条沅水，沈从文也是从这条河走向世界的。离家十一年，再次回到这条熟悉的河水上，并且重温儿时的经历，沈从文的生命记忆被唤醒，一样的山水，一样的建筑，流动的是时间与人事。走进同样的场景时，时间与记忆交织的网，把人笼罩其中，似乎能让时间倒流，让人不知身在何处。

> 我仿佛还是十多年前的我，孤孤单单，一身以外别无长物，搭坐一只装载军服的船只上行，对自己前途毫无把握。……这就是我，这就是我！三三，一个人一生最美丽的日子，十五岁到廿岁，便恰好全是在那么情形中过去了，你想想看，是怎么活下来的！
>
> 《夜泊鸭窠围》（152 页）
>
> 大约十四年前时节，我同许多人一样，这声音刚起头，各人就应当从热被中爬起站在大坪中成一列点名的。现在呢，我同样被这号音又弄醒了。
>
> 《天明号音》（199 页）

生命的经历被重新唤醒，他能记起儿时的一切，沿着脚步，一点一点，回到生命的原点，结结实实地站在生命的印泥上，重新上路。这条河与他过去的生命联结得太紧密，在此刻又重新涌动，交织着，奔流贯通到一起。"一个人生活前后太不同，记忆的积累，分量可太重了。"关于故乡的原初记忆流动了，从此，这一条流动的故乡，与沈从文整个生命再也没有分开。

沈从文自觉地追忆旧事，其实是有意识地追溯个人生命的踪迹。这条河带给沈从文的太多太多了，包括生命、智慧与文学：

> 我赞美我这故乡的河，正因为它同都市相隔绝，一切极朴野，一切不普遍化，生活形式、生活态度皆有点原人意味，对于一个作者的教训太好了。我倘若还有什么成就，我常想，教给我思索人生，教给我体念人生，教给我智慧同品德，不是某一个人，却实实在在是这一条河。　　　　《滩上挣扎》（171 页）

> 这种河街我见得太多了，它告我许多知识，我大部提到水上的文章，是从河街认识人物的。我爱这种地方、这些人物。他们生活的单纯，是我永远有点忧郁。我同他们那么"熟"——一个中国人对他们发生特别兴味，我以为我可以算第一位！但同时我又与他们那么"陌生"，永远无法同他们过日子。真古怪！我多爱他们，五四以来用他们作对象我还是唯一的一人！……我还可以看到那些大脚妇人从窗口喊船上人。我猜想得出她们如何过日子，我猜得毫不错误。

> 　　　　　　　　　　　　　　　　《河街想象》（132 页）

这条河水上的过往经验塑造和确立了自我，让沈从文学会思索和领受美的能力，触发他创作的欲望。它流淌着，带着亘古不变的生命的信息，和历史在河里留下的故事，包容着小小的船，和其中小小的人心里广阔的世界。站在这条包容自己，推动自己走向人生的水里，如今的沈从文与离开家时天真毛躁的小兵形象完全不同了，他对世界的好奇心依然存在，却生出满腔悲悯，离开了家园，就开始怀念，故乡孕育出沈从文的笔。儿时一心想要逃离，自始至终却从来没有走出过故乡流淌的记忆。在外漂泊的孤独和寂寞引导着他的思绪总萦绕在千里沅水的美丽风物和人事哀乐上，萦绕在那早已逝去的童年记忆之中，幸好他找到了一支委婉的笔将萦绕不去的思念与记忆化成了动人的文字。《湘行书简》不仅是沈从文的文学底本，还记录着他的生命原色。每个人心底都有一个不愿长大的"孩子的自己"，这是童心童真，是人性的底色。沈从文喜爱写青春记忆，与他经历相关，与情感相关，与心灵相关。对美的向往、人性的赞美和对故乡的爱让沈从文自觉地有意识地诗化故乡。如今沈从文又回到了这魂牵梦绕的沅水，并且在流动的水里写作，这样的情景好之又好：

> 看看船走动时的情形，我还可以在上面写文章，感谢天，我的文章既然提到的是水上的事，在船上实在太方便了。倘若写文章得选择一个地方，我如今所在的地方是太好了一点的。 《小船上的信》（120页）

在如此心怡的环境中写眼前的事，回忆从前的事，把两者映照在笔下对于沈从文来说自然不是难事，但离开了爱人的身边，似乎挂念又让这个敏感多情的作家难以静心开始新的创作，于是沈从文只能通过写信来抒情记事了。除了写信之外，他还校阅自己的书稿。在这条给予他无限创作素材的灵感之河里，沈从文对自己的文学和自己文学的将来，充满了强烈的自信。《月下小景》"文章写得那么细。这些文章有些方面真是旁人不容易写到的。我真为自己的能力着了惊"。"我相信这一生还会写得出许多更好的文章！有了爱，有了幸福，分给别人写爱与幸福，便自然而然会写的出好文章的。"在这样的自信和对生命体验的认可之下，他走着曾经走过的路，似乎想梳理人生，为之前的文学或者说是为自己的人生做个小结，于是产生了"印个选集"的想法，还想"作个《我为何创作》，写我如何看别人生活以及自己如何生活，如何看别人作品以及自己又如何写作品的经过"[1]。这些想要捋顺自己生命和创作历程的想法都产生在这条河里。

小船已经驶过所有的滩涂，来到一个如同镜子的潭里。镜子照应着这条河的过去、现在与未来，清晰得让你在水里能看到自己的身影。想起这次旅程里，遇到的有人性美能称之为"人"的水手妓女，带着河水涌来的故乡的全部记忆，夹杂着时光穿梭中意识的冲突流转。《湘行书简》里他数次提到柏子和翠翠，自然随性，熟悉亲密，仿佛是昨日旧友，拥有同样美好的记忆。文学的虚拟与他的生命真实混在一起，他用情之深让我们怀疑这些笔下的人物是否活生生地存在着：

> 我的船昨天停泊的地方就是我十五年前在辰州看柏子停船的地方。　　　　　　　　《虎雏印象》（192 页）
>
> 我已到了"柏子"的小河，而且快要走到"翠翠"的家乡了！　　　　　　　《泸溪黄昏》（195 页）

从水里获得的智慧让沈从文不停地思考："人为什么而活下去？"他推翻了之前对水手艰辛生活的同情，对历史和生命有了新的认识：

> 真的历史却是一条河。从那日夜长流千古不变的水里，石头和砂子，腐了的草木，破烂的船板，使我触着平时我们所疏忽了若干年代若干人类的哀乐！……这时节我软弱得很，因为我爱了世界，爱了人类。　　　　　　　《历史是一条河》（188 页）

---

① 沈从文：《湘行书简》，《沈从文全集·第 11 卷》，北岳文艺出版社，2002 年，第 182 页。

如果你觉得在这里还不太能理解，那我们再看一下同样的思考在《湘行散记》中的叙述：

> 一套用文字写成的历史，除了告给我们一些另一时代另一群人在这地面上相斫相杀的故事以外，我们绝不会再多知道一些要知道的事情。但这条河流，却告给我若干年若干人类的哀乐！这些东西与历史似乎毫无关系，百年前或百年后皆仿佛同目前一样。他们那么忠实庄严的生活，担负了自己那分命运。……历史对于他们俨然毫无意义，然而提到他们这点千年不变无可记载的历史，却使人引起无言的哀戚。①

真的历史，不是宏大的政权斗争朝代更替，而是人的喜悲生活。就像这条河，它一直流着，千百年来它什么都没留下又什么都记住了。这些令人感动，产生爱的生活，无可记载、千年不变，那就是历史，不仅属于人的，而是生命的历史。它们再次印证了沈从文写作的人性底色与人性立场，于是，沈从文对世界和人类的爱，就随着情感和思考，流淌在沅水与世界文学之河里。

四、私人文本里的敞亮空间

《湘行书简》既然作为书信就离不开写作对象。在新婚不久，两人第一次分别，自然有说不尽的思念与牵挂，沈从文每天几封书信，一天一天，把风景和心情书画纸上，送给他的心

---

① 沈从文：《湘行散记》，《沈从文全集·第11卷》，北岳文艺出版社，2002年，第252页。

上人。在天气好的日子里，沈从文会愉悦地描绘两岸风光、船上趣事，希望张兆和也能在自己的身边一起领受自然的恩赐；天气不好的日子，沈从文会忧郁寂寞地挂念远方的爱人，希望她能带给自己温暖，希望船能走得快一点再快一点，让自己早日回乡探望母亲，早日回家与心上的人儿团聚。在深夜，万籁俱静，只有河水在流淌、星光闪烁，沈从文睡不着会想她，早上惊醒会想她，《湘行书简》中让我感动的这段文字，从中可以感受到爱情：

> 这时真静，我为了这静，好像读一首怕人的诗。这真是诗。不同处就是任何好诗所引起的情绪还不能那么动人罢了。这时心里透明的，想一切皆深入无间。我再温习你的一切。我真带点儿惊讶，当我默读到生活某一章时，我不止惊讶。我称量我的幸运，且计算它，但这无法使我弄清楚一点点。你占去了我的情感全部。为了这点幸福的自觉，我叹息了。倘若你这时见到我，你就会明白我如何温柔！一切过去的种种，它的结局皆在把我推到你身边心上。这真是命运。而且从二哥说来，这是如何幸运！我还要说的话不想让烛光听到，我将吹熄了这支蜡烛，在暗中向空虚去说。　　　　　　　　《鸭窠围的梦》（159页）

《湘行书简》中有不少贴心动人的情话，但是在我们现在看来，没有肉麻的不适，只有对脉脉深情的感动与羡慕。对着一个亲密爱人说话，和对着匿名的公众读者说话，自然是不一样的，这就造成了《湘行书简》与以此为底本创作的散文名作《湘行散记》的差异。但是就是这样的私密性的书简日记，除了两人间的亲密情话之外，重大如民族、生命、历史，甚至大到一个比人的世界更大的世界，而当这一切出现在书简里，同样也非常自然。①

所以，沈从文的私人空间有广阔清亮的天地。

置身于悠长的流动的河水中，世界在他周围延伸，沈从文说过："我就是个不想明白道理却永远为现象所倾心的人，我看一切，却并不把那个社会价值搀加进去，估定我的爱憎。我永远不厌倦的是'看'一切。宇宙万汇在动作中，在静止中，我皆能抓定她的最美丽与最调和的风度。"②因为这样广阔、敞亮地"看"世界，沈从文有自己的评价体系和视界。沈从文在营构他的"湘西世界"时，尤其着力于乡土"一些平凡人物生活上的'常'与'变'以及两相乘除中所有的哀乐"③。这"常"，是乡土过去的生存方式在现实空间的延续；这"变"，则是乡土人生的现代变异。④

作为沈从文的文学底本，本来属于作者个人的私密空间的书信，竟然依然容纳着如此大的空间，当私密空间已经与公共空间相似，甚至比其他人的公共空间还要大得多，我无法想象，沈从文的心里存在的是一个怎样的世界。置身空间之中，又贴心于日常人情，因为他对这世界有情，所以他的文学有情。这有情的世界在《湘行书简》凝聚成这一条流动的情感之河。

---

① 张新颖：《沈从文精读》，复旦大学出版社，2006年，第79页。

② 沈从文：《女难》，《从文自传》，《沈从文全集·第13卷》，北岳文艺出版社，2002年，第323页。

③ 沈从文：《长河·题记》，《沈从文全集·第10卷》，北岳文艺出版社，2002年，第6页。

④ 凌宇：《二三十年代乡土小说中的乡土意识》，《现代文学与民族文化的重构》，湖南师范大学出版社，2005年，第49页。

五、《湘行书简》的意义

1. 照我思索，能理解 "我"

1934 年是沈从文创作生涯中非常重要的一年，《边城》和《从文自传》等代表作相继问世，文学评论也首次编成《沫沫集》出版，《湘行散记》开始在报刊上陆续发表，这些作品"标志着沈从文创作的完全成熟"[①]。从此，沈从文真正从湘西走向了世界。

沈从文是中国现代文学大家，他的创作充满诗意追求、人性关怀与人性立场，忠于艺术与忠于人性合为一体。他从不吝于发掘美和书写美，也不惮于揭示现实对人性与艺术的摧残与压抑，他用他的笔，让美萌发，让人相信爱，看到生的希望。他的智慧不仅化成美好的文学作品，还凝聚于日常书信中。前文说过，沈从文是喜爱书信的作家，他的思考、情感都直观地展现在书信里，书信这一特殊的窗口可以展现情感与理智的另一空间。这一年，沈从文创作的可以说是他最著名的作品，《边城》和《湘行散记》都是描述湘西世界的，而《湘行书简》这四十多封真挚的见闻纪实正是《边城》和《湘行散记》的创作底本。我们不仅可以依托《湘行书简》补充理解这两部作品，而且可以以此理解沈从文。他对生命来路的追忆，对广阔自然世界的皈依，对民间百姓生命力的赞颂和对生命力遭到破坏的惋惜忧郁，对根植于生活的思想感情和文化艺术的执着，都是他做人、作文，一以贯之的精神追求。他依照心灵创作，为了美而艺术，为了生而艺术，为了人而艺术。

---

① 吴世勇编：《沈从文年谱》，天津人民出版社，2006 年，第 162 页。

理解文学不仅要理解文学作品文本，也应该了解作家是如何思考如何创作的，甚至了解他的生命经历与创作的关系，《湘行书简》的书写时间处于《边城》创作的中期，又是《湘行散记》的底本，恰恰提供了文本背后立体丰富的生命信息和思考过程，使边城之所以为《边城》，散记之所以为《湘行散记》，同时，它的审美价值也不容小觑。在橹歌飘荡的辰河上空，在"希腊小庙"供奉的人性照耀下，生命的自由、光明——显现在沈从文所建构的湘西世界里，即使在生活的边缘生存，有了这条流动的河，他的人生都朝着光与自由的方向前行。

2.照我思索，可认识"人"

沈从文的作品不仅是山水抒情诗，美好的背后展现的也是一个悲天悯人深情的世界。他发掘美，更探讨生命的意义，生存的价值。

现代社会的人有理性，压抑、规范，人不再是一个真正的"人"。"沈从文的作品的叙述者，和作品中的人物比较起来，并没有处在优越的位置上，相反这个叙述者却常常从那些愚夫愚妇身上受到'感动'和'教育'。"[1]他赞美着路途中遇到的美好的人性却依然无法避免地发现，湘西社会已呈现出变化中的堕落趋势，自然纯净的生活状态正在消逝，现代社会的社会形态意识正在袭来，虽是慢慢地渗透，但是终有彻底解体的时候。1934年的湘西，一切正在潜伏中涌动：

> 许多船主前几年弄船发了财的，近几年皆赔了本，想支持下去，自己就得兼带做点生意，但一切生意皆有机会赔本，近些日子连做鸦片烟生意的也无利

---

① 张新颖：《沈从文精读》，复旦大学出版社，2006年，第71页。

可图，因此多数水面上人生活皆很悲惨，并无多少兴致。这种现象只有一天比一天坏，故地方经济真很使人担心。若照这样下去，这些人过阵子便会得到一个更悲惨的境遇的。我还记得十年前这河里的情形，比现在似乎是热闹不少的。《过梢子铺长潭》（150 页）

沈从文在 1981 年的《〈湘行散记〉序》中解释了当时对文本背后对人事人性人生的隐忧：

内中写的尽管只是沅水流域各个水码头及一只小船上纤夫水手等等琐细平凡人事得失哀乐，其实对于他们的过去和当前，都怀着不易形诸笔墨的沉痛和隐忧，预感到他们明天的命运——即这么一种平凡卑微生活，也不容易维持下去，终将受一种来自外部另一方面的巨大势能所摧毁。生命似异实同，结束于无可奈何情形中。①

当时，这个民族正在走向一个不可知的方向，一种对现实世界的失落感终于幻化成记忆当中对故乡生活田园牧歌式的神往。那种向善和向美的文学理想，使他对城乡世界的魅力和丑陋特别敏感，企图用湘西世界保存的那种自然生命形式作为参照，来探求"民族品德的消失与重造"②。沈从文为湘西世界曾经存在的美好人生心驰神往，又为他不可挽回的必然衰落痛苦忧伤。沈从文与现实对抗的就是一种诗意的人生书写："现

───────────────

① 沈从文：《〈湘行散记〉序》，《沈从文全集·第 16 卷》，北岳文艺出版社，2002 年，第 390 页。

② 钱理群、温儒敏、吴福辉：《中国现代文学三十年》，北京大学出版社，2005 年，第 222 页。

实生活世界的中心是人，生活着的人，诗意化的世界，实质上应是诗意化的人；人的诗意化，世界才能最终审美化。"[1] 怀着对农人、士兵、水手的热爱，沈从文写着自己心和梦的历史，"乡下人"的灵魂。"我要表现一种优美健康自然而又不悖乎人性的人生形式"，沈从文要将过去与现在加以对照，用自然的纯净自由与都市的污浊压抑对比，通过对自然美好的描绘和边城人物正直与热情的赞颂重新燃起年轻人的自尊心自信心，给人以向善的力量。这是文学的底色，这是人性的底色。他在水里看着熟悉的岸边，看到了人，看到生命，看到希望：

> 一切生存皆为了生存，必有所爱方可生存下去。……这种多数人真是为生而生的。但少数人呢，却看得远一点，为民族为人类而生。这种少数人常常为一个民族的代表，生命放光，为的是他会凝聚精力使生命放光！我们皆应当莫自弃，也应当得把自己凝聚起来！　　　　　　　　　　《横石和九溪》（184 页）

这个广阔的世界最终在沈从文笔下凝聚成流动的河，绵延出文学与人性的光影。河水与生活一直朴素地流着，终究要使悲剧生出欢喜，终究要使生命继续下去，终究要有光影。

2012 年于复旦

---

[1] 刘小枫：《诗化哲学》，华东师范大学出版社，2007 年，第 50 页。

天心与人心

——以《川行书简》一则为例

我知道 1949 年对于整个中国社会来说意义有多大，但是，却无法体会对于社会中的一个个体，究竟意味着什么。在这一年，沈从文与文学告别了，这个"乡下人"要离开这个他安身立命的世界——在天地自然间寻求天心与人心交织相融的世界。从前，讷于言辞的沈先生可以把无法表述清楚的言语以一种流畅的方式凝固下来，而从那一年的翻天覆地开始，失序于破碎，游离于癫狂，死而复活的沈从文，意识到这个新的世界的喧闹已经不再需要他。新时代所要求的文学，不再是他从来以"思"为源头的创造，而是纷纷向着一个统一的要求的进行"差不多"的写作。放浪呓语狂言之后，他以更清楚的视觉了解了现状，他明白，于是，只有选择离开。

从现世的反映走向历史的陈述，恢复了的沈从文获得了新生，他从毁灭中重新凝聚起一个新的自我，这个新生的自我能够在新的复杂现实中找到自己的独特位置，进而重新确立安身立命的事业。他与现世的关系看似不再对立，但实则是更深切地融入到了现实中。① 潜心文物研究的沈从文把他深爱的文学情感转移到了日常生活里，他的书信是对官方历史的潜在叙

---

① 张新颖：《沈从文精读》，复旦大学出版社，2006 年版，第 191 页。

述，是他真心的寄托，在这样的私密空间里，沈从文展现的依然是天心与人心的交融。

　　1951 年 10 月 25 日到 1952 年 2 月，沈从文跟随北京土改团赴四川参加农村土改，离开革命大学里的规训，而在山川中接受的"教育"对沈从文来说当然更愉快。他希望能借此亲身参与历史变动的机会，尝试寻找与新时代相结合的文学方式，重新开始写作，恢复自己用笔的能力。①

　　走出封尘的历史博物馆，置身土改乡村一隅，原本就一直存在沈从文心底的对于自然、土地、人情人事的爱和理解重新触发了他的创作欲望。在这四个月里，沈从文写了大量家信，一定程度恢复了写信的习惯，也是他为增强重新用笔信心而作的一种努力。这些家书的篇幅大大超过以往，《川行书简》中，逾四千字的超过二成，且有上万字的长信。本文主要选取其中一则书信来理解他这个时期的心路历程。

　　这封信写于 1951 年 11 月 19 日，于川南内江县四区烈士乡寄给妻子张兆和。不仅记叙了他在土改中获得的关于国家的"教育"，还表达了重新拿起笔的困难与渴望，以及重新回到天地自然之间的感受：

　　　　"昨托寄《老同志》一小文，抄过了五次，不怎么完整，还落实而已。在事的行进中，言语中，还要多一点，解释还要删节点，就对了。这是我的工作学习的起始，也测验得出素朴深入，我能写，粗犷泼辣，还待学习。写土地人事关联，配上景物画，使人事在有背景中动，我有些些特长，也即是如加里宁说的，从土地环境中引起人对祖国深厚情感。至于处理

————————————
　　①　张新颖：《沈从文精读》，复旦大学出版社，2006 年版，第 205 页。

人事复杂机心种种，我无可为力。"

　　沈从文在华北人民革命大学，觉得有意义的事只有两件：一是打扫茅房，从具体实践中学习为人民服务；二是到厨房里去坐坐，帮帮忙，或拉几句家常。每天还和大厨房几个大师傅聊天，他说"听闲话和冗长抽象讨论有意义得多，也有价值得多"。这个"老同志"就是其中一位师傅，这位很寂寞的老同志，让沈从文产生了恢复用笔的冲动。[①]此时，他还处于修改此文的过程中。沈从文还是那个沈从文，善于写"朴素深入"和对土地对祖国的"深厚情感"，至于"粗犷泼辣"和复杂的事，他则选择退而避之，他明确了自己要拾起的笔触的方向，还是向善的：

　　　　"笔如还有机会能用，还有点时间可以自由支配来用，会生长一点东西的。这正和我们过崂山那时一样，我给你一种预约，保证有些东西已在孕育中，生长中，看不见，摸不着，可是理解得到。因为生命中有了一种印象，一种在生长发展的，虽入朦朦胧胧，经验上却极具体的东西。我要的只是一样，即自由处理的时间。"
　　　　"你如果记起《边城》的生产过程，一定会理解这个工作的必要性。我要的只是自由时间来完成。"

　　他在向妻子的倾诉中，明确表达了让笔生长一点东西的希望，他渴望能够把握这种有生命力在生长的内有在混沌的思维中化为文字的权利。他做出了承诺，表示对那"看不见，摸不

――――――――――
　　① 张新颖：《明白生命的隔绝，理解之无可望》，《南方文坛》2008年第2期，第68页。

着，可是理解得到"的内在精神的存在，他的写作正是基于这样的可以称之为良心的精神而延展在天地中的，他只遵循自己的思考，只遵循自然的规律及人情的真实存在。而在现在这个特殊的时刻，对于已经向文学道别，然而又无法割舍这一段依恋的沈从文来说，自由处理自己的文字，则可以说是最大的奢望。在这个年代，何谓自由？建国后的沈从文想都不敢想，而现在离开了北京，处于四川小村落中，天地把他封闭的文学良心又唤醒了，他渴望自由的时间，自由地写作。以自由的时间自由地表达自由，是沈从文封尘的希望，是他渴望的自由。自觉追忆旧事，其实是有意识地追溯个人生命的踪迹，由这样那样的踪迹而显现个人生命的来路。《边城》的产生在水边，产生在自由的流动的时间里，故事是有充足的时间扎根于自由的土壤中的，散淡的故事娓娓道来，没有束缚，没有限制，没有拘谨，有的是自由，是随性，是雅致，是自然。沈从文在1949年之后已经把对从前作品创作的野心与对当时创作环境的向往封闭了，封尘此，逼迫自己与已经看清的当下封锁的现实联系。而与社会联系的方式就是"要努力把生命和历史发展好好结合起来。绝不违反人民、不孤立、不自大"。这是多义正词严的口号啊，但又显得如此无力和伤感。

沈从文对于复杂机心的淡泊与重拾纸笔的希望还是源于一脉天地。饭前饭后，独自出去走走，看到连绵不绝的丘陵，深深浅浅的交织的绿，米粒般大小的远处劳作的人，以大山为背景的四川少了湘西的柔弱与秀气，多了宽广的厚实与灵气：

> "四望无际情景全相同。一切如童话中景象。一切却十分实在。一切极静，可是在这个自然的静默中，却正蕴藏历史上没有的人事的变动，土地还家，土地回到农人手中，而通过一系列变动过程，影响到

每一个人，每一个人和另一个人的关系！"

"三，一切都那么善良。……一切极静，可是凡是凡有人家处，都在动中……没有一个人闲着，一切脑子都在动——这就是历史，真的历史。一切在孕育，在生长。现实的人和抽象的原则都从这个动中而发展，而进展。"

"不知从万象取法，从自然脉搏中取得节奏，不会有伟大乐章可得的！"

"从早上极静中闻鸟声，令人不敢堕落，只觉生命和时代脉搏一致时的单纯和谧静。人事的动和自然的静相互映照，人在其间实在离奇。尤其是创造心的逐渐恢复，十分离奇。"

置身天地之间，沈从文陷入浓浓的宁静里。

这样的世界在他周围延伸，自在活泼的生命的"动"就鲜活地在"静"中存在，人是主体，世界也是主体，世界就以这样无边的大静包容了无数的动，世界与人相通相融。处身在一个"大时代"之中的沈从文所看到的，不仅仅是人事，而看到所置身其间的自然、天地等更广大的存在。他把"常"与"变"的相交融看作历史，多大的人事变动，都只是"蕴藏"在更为广阔的天地间，多么热闹的汹涌都会隐没在自然的无声里。在这里，自然、历史交融在一起，世间人事与之相交相融，一个广阔的世界里的风景、音乐、人事蜂拥而来，对于一个曾经局促在自己的心灵迷狂中的个人来说，他开始获得了或者说置身在一个多么广大的天地。①这样广阔的天地在他的笔下以一种庄重的姿态呈现。一般作家的文学空间是以人的世

---

① 刘志荣：《1949 年后沈从文书信的文学与精神意义》，《南开学报（哲学社会科学版）》2005 年第 4 期，第 27 页。

界、人的关系为脉络展开的，这样的空间是充满嘈杂，人事交错，让这个空间形成一种"满"的状态，而沈从文的文学空间则是置于天地，是广阔的自然空间，一个大的世界。在这样大的世界里，其中容纳的事物就可以观察得很仔细，由于这个空间的大，致使历史的变化在其中都显得很小。因为这个空间就是长久遗存延展而来的历史发生空间，所有人和事在这样的空间里，都显得很小，人与人、事与事之间的距离也拉长了，所以产生这样"极静"的状态。这个空间敞开着，"一切在孕育，在生长"。本来属于作者个人的私密空间的书信，竟然依然容纳着如此大的空间，当私密空间已经与公共空间相似，甚至比其他人的公共空间还要大得多，我无法想象，沈从文的心里存在的是一个怎样的世界，他眼中的万物又是以怎样一种"渺小"的状态在运动的？置身空间之上的高处，又贴心于日常人情，因为这一脉天地有情，所以他的文学有情。沈从文对这个世界充满大爱：

> "在那个悬崖顶上，从每个远近村子，每个丘陵的位置，每个在山地工作的人民，从过去，到当前，到未来，加以贯通，我生命即融化到这个现实万千种历史悲欢里，行动发展里，而有所综合，有所取舍，有所孕育酝酿。"

站在山顶，看到的世界是辽远的。他明晰地看到无数生命体处于历史的位置，从过去到当前再到未来，他明确地知道一个人对于一个时代，对于历史来说显得有多渺小，他希望把自己的生命融入历史悲喜中，像种子一样把自己播撒，希望他悠悠的生命能像一份庄稼，生长、发芽。他的生命已经处于被时代牵着走的交点，他选择"有情"面对自己，面对天地，表达人性的纯粹的文学，在沈从文看来才是好的文学。既然无法选择自己笃信的道路，那也只有接受自己的命运，把对文学的热爱转化为其他形式的力量。在沉默中，沈从文不但接受了自己的命运，而且从天地悠悠中感觉到对生命的哀悯感，对生存有进一步的体证：

> "我从一条顶小顶小的路上走上山顶去，路即沿着崖边，泥土和蘸了油一样滋润，新拔的茗藤沿路摊着。一到顶上，即有天地悠悠感……给我一点时间，在我生命中投一点资，这点天地悠悠感就会变成一份庄稼而成长，而成熟。但是这个看来似乎荒谬十分的设想，谁能理解，能相信？世界在动中，一切存在皆在动中……如果过去的工作，曾经得到一定的成就，这新的工作，必然还可望更加成熟，而具有一定深度，且不会失去普遍性。为的是生命因种种内外变迁，已达到了一个成熟点上。特别是一种哀悯感，从文学史上看过去的人成就，总是和它形成一种动人的结合。由屈原司马迁到杜甫曹雪芹，到鲁迅，情形相异而又同，同是对人生有了理会，对生存有了理会。"

从疯癫中走出，获得新生，对于沈从文来说无疑是困难的，经历了强烈的内心挣扎之后，他的自由写作的要求还是没有得到解决。但是，在困难的年代写作，他依然能够把苦痛挣扎转化为悲悯的爱，其实，这份美好之下有着一个人的痛苦挣扎，把生命中的苦痛转化为善意的情感，这正是沈从文的笔力，因为他的生命有大爱，他对这个世界"有情"。从隔绝中走出来，他希望自己成熟，参加土改，走进新天地，也算是他更积极地面对无法改变的喧闹压抑时代的方式之一。他的书信写作随意，从细微之处，描摹熏染天地自然、人事现实，捕捉历史情绪，但境界却有豁然开朗之感。当一个人的个人空间扩展到与公众空间无异，那么这个人真正包容了世界，一脉天地有情。

通过自己的痛苦，通过自己的笔，沈从文说："现在又轮到我一个转折点，要努力把身受的一切，转化为对时代的爱。"①

本文原载于《文艺争鸣》2011 年 2 月

—————————

① 张新颖：《明白生命的隔绝，理解之无可望》，《南方文坛》2008 年第 2 期，第 69 页。

像风雷与星光似的认识你

——读冯至《十四行集》

　　抗日战争时期，经历了战火的颠沛流转，看过了生命的艰
难与衰亡的冯至，行程几千里后，来到西南联大，将生命安栖
于昆明郊外的"林间小屋"，正是在这个栖所，他写出了堪称
中国最早的体悟生命的诗集《十四行集》。"一个人在山径上、
田埂间，总不免要看，要想，看的好像比往日看的格外多，想
的也比往日想的格外丰富。"① 于是，在 1941 年，一年的时光，
冯至这样感受着生活，写出了二十七首诗。在这十四行的诗句
里，立体着二十七个古老而崭新的世界。冯至生活着，走过一
段一段旅途，看到一些一些风景，记录下来自生活平淡的体验
和真实简单的意象，我们跟随着，或快或慢地前行和停歇。在
彗星的出现和狂风的乍起中，"我们准备着深深地领受／那些
意想不到的奇迹"，"化作一脉青山默默"的歌声悠扬，看着
"有加利树"和"鼠曲草"的成长，摇桨驶过"威尼斯"，"原
野的哭声"引领"我们来到郊外"，怀恋"一个旧日的梦想"，
"给一个战士"唱歌，怀念着一些人，"蔡元培""鲁迅""杜
甫""歌德"和"梵高"，"看这一队队的驮马"走过无数山

────────────────

　　① 冯至:《冯至代表作——十四行集》, 现代文学馆编, 华夏出版社,
2009 年, 第 214 页。

水，终于，"我们站立在高高的山巅"上，并没有忘记"原野的小路"和"度过一个亲密的夜"，我们"离别"，然后把"有多少面容，有多少语声"的存在铭记，"听着狂风里的暴雨"，凝思"深夜又是深山"，在"几只初生小狗"的吠声中，似乎回到"这里几千年前"，回神看到"案头摆设着用具"，想着"我们天天走着一条小路"，"从一片泛滥无形的水里"，你说，"但愿这些诗像飘扬的风旗，把住一些把不住的事体"。我想，那希望把住的思想除了生命意识，更多是对国不安、民不宁的忧患之思。

　　冯至的诗是体验的诗，他从生活中获得经验，提供灵感，所写都是与他的生命发生深切关联的人和事，与生命发生深切关联的情感是他写诗的动因。动乱年代，人的价值、生命的探索与自然的单纯在冯至的笔下融为一体，使得生活不再简单。"国破山河在"，更赋予了他对于生命体生成背后的沉思和悲凉，诗人没有直接叙述国难民生，而是沉入自然，以思索生命去抚慰诗心，多层次地铺陈感情，在日常事体的描绘中，向着一个更辽远、更广阔的方向漫延。正是这样，人们评价说："由27首诗组成的《十四行集》"，是中国新诗史上"最集中、最充分表现生命主题的一部诗集，它是一部生命沉思者的歌"，它使中国现代诗歌第一次具有了"形而上的品格"。[1]

　　在一次接受采访时，冯至说他的诗里没有什么宗教情绪，他说他似乎在与对面的一个"生命"对话，在向这个"生命"申诉他的内心世界。[2]冯至的申诉是虔诚的，其实，这正是一份接近宗教的人间情怀，这份情怀中，"生命"意象的外延是

---

　　① 王泽龙：《冯至的〈十四行诗〉》，《中国现代主义思潮论》，华中师范大学出版社，1995年版，第183页。

　　② 冯至：《冯至先生谈诗歌创作》，《诗双月刊》第3卷第1期，1991年7月号。

巨大的：那是一个大的生命统一体，包括灵长的人、动物、植物，有生命的、无生命的，包括一条河流、一段小路，更包括某个瞬间、某个时刻。无论是伟大的人——歌德、梵高、蔡元培、鲁迅、杜甫，还有卑微的人——原野的村童、老妇或者普通的战士，无论是作为灵长的人类还是卑微的初生小狗、鼠曲草、小树甚至昆虫，诗人都赋予其鲜活而迥异的生命形式。这种生命意识的形成缘于德国五年的留学生涯。

　　1930 年留德，接触了许多诗人，冯至"不断地从他们那里吸收养分"。1931 年，在德国求学的冯至翻译了里尔克的书简《给青年诗人的十封信》，这十封信对冯至的诗歌思维的影响是十分巨大的，冯至才明白"他在那时已经观察遍世上的真实，体味尽人与物的悲欢"[1]。于是，"他怀着纯洁的爱观看宇宙的万物"[2]，里尔克使冯至明白，日常生活并不贫乏，诗人的宝藏，就深藏在日常生活中间。日常生活出现的一切事物，构成了诗人的生命的真实。

　　"虚心地侍奉他们，静听他们的有声或无语，分担他们人们都漠视的生命……他呢，赤裸裸地脱去文化的衣裳，用原始的眼睛观看……里尔克就这样小心翼翼地发现许多物体的灵魂，见到许多物体的姿态；他要把他所把握住的这一些自有生以来、从未被注意到的事物在文字里表现出来……"[3]里尔克给予诗人冯至的是一种崭新的宗教般虔诚体验世界的方式，创作中要把握一些细微的事物。并且，情感并不是诗歌的主要

---

　　① 　冯至：《里尔克——为十周年祭日作》，《给青年诗人的十封信》，上海译文出版社，2005 年版，第 79 页。
　　② 　冯至：《里尔克——为十周年祭日作》，《给青年诗人的十封信》，上海译文出版社，2005 年版，第 80 页。
　　③ 　冯至：《里尔克——为十周年祭日作》，《给青年诗人的十封信》，上海译文出版社，2005 年版，第 81 页。

表现内容，诗人需要的是"经验"，这种经验其实是一种生命体验。

生命体验让《十四行集》生动起来，这个有生命的"生命"成为冯至的交谈对象、反思对象、描述对象，成为线索，成为核心，它，可以是一切。他在《〈十四行集〉序》中写道："有些体验，永远在我的脑海里再现，有些人物，我不断地从他们那里吸收养分，有些自然现象，他们给我许多启示。……凡是和我的生命发生过深切的关联的，对于每件事物我都写出一首诗。"① 这是整部诗集的最好诠释，体验呈现出生活的意义，在伟人不朽的精神上，在现实苦难者的啼哭中，在瑰丽的大自然里，使诗获得一种超越性，传达出一种普遍性的东西，它不是抽象虚无的，而是真实丰盈的。

生命意识的传达就从第一首诗开始：

> 我们准备着深深地领受
> 那些意想不到的奇迹，
> 在漫长的岁月里忽然有
> 彗星的出现，狂风乍起。
>
> 我们的生命在这一瞬间，
> 仿佛在第一次的拥抱里
> 过去的悲欢忽然在眼前
> 凝结成屹然不动的形体。

在《十四行集》的首篇，作者呈现了一个宏大的生命世界，定下了面对"漫长"的未知岁月里，我们应该怀着憧憬的

———————
① 冯至：《冯至代表作——十四行集》，现代文学馆编，华夏出版社，2009年，第214页。

准备心情，平静地面对生命的大悲喜。承受着奇迹，漫长的生命旅程就要开启，我们要准备着领受生命之恩。那被赞美的小昆虫们，以大悲喜结束了生命，是直接的美丽。而人类，在等待生命开启的瞬间，仿佛重温第一次拥抱的美好，期待又紧张，跃动的心跳，在准备的过程里沉淀，然后以沉静的姿态面对过去的悲欢凝结成绕不开的形体。我们要准备着，等待、迎接和承受，彗星和狂风里，奇迹的降临。

广阔的世界在眼前展开，自然的意象纷纷呈现。《十四行集》的艺术特色正是通过十四行诗的独特结构和优美韵律，在错综而又整齐的诗体上，抒发了对特殊自然意象里的生命形态而表现的。这些生命的哲思因意象的特殊性而不相同。如《有加利树》中"你无时不脱你的躯壳，凋零里只看着你成长"，就表现了生命的轮回，"有加利树"成为生命永恒的象征，诗人以此肯定人生命的自觉有为，肯定生命的坚韧充实，表现了正视生命、超越生命的哲学态度。全诗以"树"的形象展开，用朴素而贴切的语言形象化地描绘生命的庄重和永恒。在《鼠曲草》里"不辜负高贵和洁白，默默地成就你的死生"。他抓住了鼠曲草洁白的外在形态和静默的内在生存形态，一如避难于西南联大的诗人面对战乱的静默之思、洁身自好；以及反抗对自由生命发展限制的精神（"但你躲避着一切名称"），并与它们的欧洲名称贵白草（高贵和洁白）相联系，在特性中寓于了丰富的哲思与虔敬：

> 这是你伟大的骄傲
> 却在你的否定里完成。
> 我向你祈祷，为了人生。

在散文《一个消逝了的山村》中，他更具体地描绘了鼠曲草背后他看到的生命哲学："我爱它那从叶子演变成的，有白色茸毛的花朵，谦虚地掺杂在乱草的中间。但是在这谦虚里没有卑躬，只有纯洁，没有矜持，只有坚强。有谁要认识这小草的意义吗？"然后，他把鼠曲草的形象与夕阳里的村女相映照，赞美它的担当精神，于乱世中心怀广宇，担当世界："这使我知道，一个小生命是怎样鄙弃了一切浮夸，孑然一身担当着一个大宇宙。"①

"原野"是《十四行集》心灵化的主要场地（第六首、七首、十五首、十六首、十七首、十八首等），原野呈现的是这样的视域景象：它空阔辽远。散发出粗犷本真的原始气息。原野本身就是一个多层的视域，它是由千万条交错的路径和疆域构成的，从那里又延伸出无数"生命的小路"。它使诗的艺术想象和体验充满勃勃生机，使人的生命和生活于感性沉醉中获得某种超验的意义。

日常生活平淡的生命体验在冯至的诗里，升华到了哲理的高度。在《我们站立在高高的山巅》中，他把人的生命与万物的生命放在一个层面，视之平等，这是仁者之思：

> 哪条路、哪道水，没有关联，
> 哪阵风、哪片云，没有呼应：
> 我们走过的城市、山川，
> 都化成了我们的生命。
> ……
> 我们随着风吹，随着水流，
> 化成平原上交错的蹊径，
> 化成蹊径上行人的生命。

---

① 冯至：《冯至代表作——十四行集》，现代文学馆编，华夏出版社，2009年，第182页。

　　站立在高山之巅，诗人的想象幽远而又广阔。在这矗立中，那些过往的生命体验渐渐涌上来，走过的山山水水都仿佛已经内化成了自己的生命，成了生命紧密关联的一部分，正如脚下的远景、平原、路径，这些山和水，因为"我"走过，它们就有了某种联系。"人和人，只要是共同吃过一棵树上的果实，共同饮过一条河里的水，或是共同担受过一个地方的风雨，不管时间或空间把他们阻隔得有多么远，彼此都会感到几分亲切，彼此的生命都有些声息相通的地方……"① 那些在自己生命中出现过的人和事物，都已经成为自己生命密不可分的部分。最终，诗人由对生命体验的关注，转化为一种智性的思考。

　　对于生命的体验不仅是对自然的体验，还包含对爱情的关注，及时间的轮转与消逝的思考。在《我们有时度过一个亲密的夜》中："闭上眼吧！让那些亲密的夜 / 和生疏的地方织在我们心里：我们的生命象那窗外的原野，/ 我们在朦胧的原野上认出来 / 一棵树，一闪湖光，它一望无际 / 藏着忘却的过去，隐约的将来。"在生疏的房间里，生命在亲密的夜里像原野一样的交融，当下的亲密，在"一棵树和一闪湖光中"与过去、未来连接了，把爱情与自然宇宙联系了，亲密则愈深刻了。亲密之后面对《离别》，你说："为了再见，好象初次相逢，怀着感谢的情怀想过去 / 象初晤面时忽然感到前生。/ 一生里有几回春几回冬，我们只感受时序的轮替，感受不到人间规定的年龄。"重逢时的强烈的新生感夹杂着对前生的依稀记忆，远远超过了一般的恋情。而诗的最后结尾又进一步将别离与重逢看成一生里的春和冬，对于一切生命都是年轮形成的力量，远

────────────────────

　　① 冯至：《冯至代表作——十四行集》，现代文学馆编，华夏出版社，2009 年，第 182 页。

远超过"人间规定的年龄"。这结尾三行又将人生的相聚相离带到大自然轮转的高度，人的感受限制在自然的轮回中却又由于浓烈至深，而又"感受不到规定的年龄"，这样的情感已经超越了自然了，但是，自然而然的自然也使人间的离情带有通天地的超越高度。

　　一首首的诗歌，悠缓地吟唱着，跟随你，在十四行的铅字间，走过二十七个生活。这些短暂而深沉的生命体验，使冯至达到生命与艺术的豁然贯通。《十四行集》的最后一首诗《从一片泛滥无形的水里》回应了生命意识与无尽忧思：

> 从一片泛滥无形的水里，
> 取水人取来椭圆的一瓶，
> 这点水就得到一个定形；
> 看，在秋风里飘扬的风旗，
>
> 它把住些把不住的事体，
> 让远方的光、远方的黑夜
> 和些远方的草木的荣谢，
> 还有个奔向远方的心意，
>
> 都保留一些在这面旗上。
> 我们空空听过一夜风声，
> 空看了一天的草黄叶红，
>
> 何处安排我们的思想？
> 但愿这些诗像一面风旗
> 把住一些把不住的事体。

　　泛滥无形的水依据椭圆的瓶子有了形状，人面对世界的求知使无形的水依照取水人的意愿有了具体的形状。在冯至的这首诗里，对世界的认知进一步转化为要对世界有一个把握，把握是个主动行为，这是人类对于活的世界，内心深处的渴望。在第一节的结束，冯至又抛出了新的意象，一面风旗。在荒原上，出现了一面风旗，它飘扬着，在秋风里成为中心，成为远方的光和黑夜，草木的方向。这面风旗使荒原上的原本散落的事体有了联系，生命依照风旗的方向延展地回归，你希望这面风旗能记录下自然的生命和我们的思想，然而，在这样国恨家仇的战乱年代，生命都难以着落，何处可以栖息我们的思想？忧患中，你说，但愿，这些诗像一面风旗。

　　天边泛起微光，暗夜风雷与星光依旧，这些诗像一面风旗，栖息了我不愿意酣眠的心意。忽然想起冯至翻译里尔克《致奥尔弗斯的十四行诗》里的诗句，它也像一面风旗，把握住了我读冯至诗歌的思绪。像风雷与星光似的认识你，并以之为题。

　　　　啊，诗人，你说，你做什么？——我赞美。
　　　　但是那死亡和气诡
　　　　你怎样担当，怎样承受？——我赞美。
　　　　但是那无名的、失名的事物，
　　　　诗人，你到底怎样呼唤？——我赞美。
　　　　你何处得的权利，在每样衣冠内，
　　　　在每个面具下都是真实？——我赞美。
　　　　怎么狂暴和寂静都像风雷
　　　　与星光似的认识你？——因为我赞美。

　　　　　　　　　　　　　　　　　2010 年于复旦

少年之死

——试论《少年维特之烦恼》的死亡因素

> 青年男子谁个不善钟情？
> 妙龄女人谁个不善怀春？
> 这是我们人性中之至洁至纯；
> 啊，怎样从此中有惨痛飞迸！
> 可爱的读者哟，你哭他，你爱他，
> 请从非毁之前救起他的名闻；
> 你看呀，他出穴的精魂正在向你目语：
> 请做个堂堂男子罢，不要步我后尘。
>
> ——歌德《绿蒂与维特》 郭沫若译

五月鲜花盛开的田野上，随着清风奔跑的少年；六月灯火辉煌的大厅里，与少女的裙摆踏着节奏旋转的少年；七月的洒满星光的夜，枕着甜蜜爱恋入梦的少年；八月、九月无处安放的纷乱的思念，纠结着少年的心；十月出逃；而后，又是一年伴着秋意而来的九月，沉默、无奈、为爱痴狂的少年……那是维特，是你，还是我？一个年龄正好的年轻人，遇到了势利世俗的人，遇到了与秉持价值不相符的世事，遇到了他深爱却不属于自己的爱情，他应该如何？没有出路，他经历得太少，他也太美好，无处可逃，于是，走向灭亡。这种种困惑，不仅仅是维特的，还存在于你我——每个少年的心里。歌德没想到，"维特"的影响那么大，那么多的少年选择效仿维特，寻求解脱，于是，在此书再版时，歌德在卷首处加入了这首诗——《绿蒂与维特》，他说，哪个少年不多情，哪个少女不怀春，爱情应该勇敢直面，你可以为我感动，但是请坚强勇敢，"不要步我后尘"。

少年维特面对现实与理想的种种差距，从一个美好健康的年轻人变得绝望敏感癫狂，最终走向死亡，歌德用书信体的形式把维特心灵变化的点滴，展示出来。维特写信的对象威廉是个始终没有出现的人物，在阅读的过程中，我们似乎就是"威廉"，我们陪伴着一个生命，由生，入死，感触良多，唏嘘不已。生命都是如此脆弱，死亡是有千千万万种理由的，深思熟虑亦或是一念之差，生与死就是两岸，到底维特为何会选择死亡，其中的原因正是本文以细读方式试图讨论的。

一、向往自然

文章一开始，五月十日的书信里，就讲述了维特离开了烦扰的城市，前往乡村居住。"一种奇妙的欢愉充溢着我的整个灵魂，使它甜蜜得就像我所专心一意地享受着的那些春晨。这地方好似专为与我有同样心境的人创造的；我在此独自享受着生的乐趣。"[1] 他怀着欢乐走进乡村的生活，在这里他没有束缚，自由自在观察着奇妙的世界，太阳、茂草、峡谷、虫子……全都让他感到新奇，此刻的维特不仅感受到天父存在的欢乐，当他试图再现这种温切的向往时，他笔锋一转："然而我真去做时却会招致毁灭，我将在壮丽自然的威力底下命断魂

———————————
[1]　歌德著、杨武能译：《少年维特之烦恼》，浙江文艺出版社，2004年版，第50页。

销。"① 在如此幸福感受天父恩赐的时刻，维特竟然就提及了死亡，美好的自然与维特达到一种心神统一的境地，他感叹这种和谐又被这种情感震慑，无法言说，自然神圣到凡人用语言表述都是侵犯、都要毁灭。在五月二十六日的书信中，他前往瓦尔海姆游玩，被眼前的两个小兄弟嬉戏的场面所吸引，随即完成了一幅"布局完美、构图有趣的素描"，他说："其中没有掺进我本人一丁点儿的东西。这个发现增强了我今后皈依自然的决心。只有自然，才是无穷丰富；只有自然，才能造就大艺术家。"自然，又是自然，维特对自然的向往，导致他逃离喧闹的城市和喧闹的城市生活，自然能给予他恬静的广阔的生命力，能让他找寻到安息之处，他从来就向往与自然融为一体。维特把人类放在自然这个广阔的造物空间里，以造物者的智慧包容与人类的自大妄为对比，显得人类是多么的无力和渺小，"他们为求安全而聚居在小小的房子里，却自以为能主宰这大千世界！可怜的傻瓜，你把一切都看得如此渺小，因为你自己就很渺小"！

在维特死前给绿蒂的信中，有一段话，让我伤感不已：

> 眼下的事就这么定了！可是将来，当你在一个美丽夏日的黄昏登上山冈，你可别忘了我啊，别忘了我也常常喜欢上这儿来；然后，你要眺望那边公墓里的我的坟茔，看我坟头的茂草如何在落日的余晖中让风吹得摇曳不定……
>
> 我开始写此信时心情是平静的；可眼下，眼下一切都生动实在地出现在我面前，我又忍不住哭了，像个孩子似的哭了。

---

① 同上，本文引用原文皆出于此书，之后不另做说明。

　　当死亡成为巨大的无法逆转的命运，维特只愿与自然融为
一体，成为一抹斜阳，一片茂草，一个土坡……恳求绿蒂能感
知到这大自然中处处藏着他的生命，他的死会因为她的想念而
永生，生的方式正是那在余晖中让风吹得摇曳不定的茂草——
以一种自然的形态。

　　死亡便是回归自然的一种方式，他对自然的亲近和向往为
选择死亡，提供了情感的温床。

二、理想与现实的割裂

　　维特是一个理想主义者，他遇到的世界与他理想的世界，
存在太多的差异。世人觉得小孩子是无知的，他却认为像孩子
一样随性生活的人才是最幸福的；他还觉得疯子能在自己的想
象中获得现实中永远不可能得到的一切，也是让人羡慕的。周
围的人们喜爱维特的俊美、热情、有才华，但是维特却常常
看不上这些人，尤其是贵族。他无法面对绿蒂和阿尔伯特的亲
密，选择离开乡村回到城里工作，他来到公使馆工作，第一
天，"我发现，一再地发现，命运总是安排给我种种严峻的考
验。可要鼓起勇气啊"！公使是个脾气不好的人，"像他似的
吹毛求疵的傻瓜，世上找不出第二个。一板一眼，啰里啰唆，
活像个老太婆；他这人从来没有满意自己的时候，因此谁也甭
想多会儿能称他的心"。在公使馆的工作，让维特无法忍受，
只有 C 伯爵的信任才能带给他安慰，这个"令我日益最近的
博学而杰出的男子"见多识广，待人热情，重视感情和友谊，
他把维特当作少数知心朋友一样倾谈，维特也很崇敬 C 伯爵。
维特作为 18 世纪德国新兴市民阶级青年，博学好问，才情清
明，渴望能通过自己给世界创造价值而树立自身的价值。但人

生是残酷的，热烈的心性和才识并不一定就能达到自己的理想。正是这个伯爵带给维特对人生价值的极大冲击，在三月十五日的书信中，他的信心完全被摧毁了。C伯爵约他来府里吃饭，碰上当地贵族的聚会，那些腐朽的贵族不满意作为平民的维特在场，伯爵迫于无奈让维特离开。德国当时死气沉沉的现实社会是不容许维特越雷池一步的，在这样令人窒息的现实社会环境中，维特只能是处处受到压抑与侮辱。另外当维特面对专横跋扈的贵族们时，常使他对自己在政治上没权利以及在社会上又受歧视的地位非常不满，又无力改变。他身处德国当时腐朽的现实社会，在实际生活中频繁遭受种种不快，令维特发现自己的理想已经不可能得到实现，自己只能平庸地生活下去，这让原本就多愁善感、愤世嫉俗的少年维特顿时显现出悲观绝望。

维特依照他纯洁的心来行事，鄙视争名夺利的无聊人生，也不满教条传统的观念，所以他常觉得这些贵族或自命不凡的人是"愚昧无知而心胸狭隘"的。面对这样的仕途，他再次选择离开，他说："我的心才是我唯一的骄傲，才是我的一切力量、一切幸福、一切痛苦以及一切一切的唯一源泉！"这样直接干净的人，是不会被当时的社会所接受的。他的理想和现实的差异让维特的价值观割裂得愈加严重。

三、水中的爱情

爱情的散步就是天国的跳舞，少年歌德是这样吟诵爱情的。可是，当这一份美好只是镜中花、水中月时，一切念想都没有了归宿。无望的爱情是导致维特自杀最重要的原因。

维特对绿蒂几乎是一见钟情的，在舞会之前，他和女伴去接绿蒂，他见到了前所未有的最动人的情景："在前厅里有六个孩子，从十一岁到两岁，大的大，小的小，全都围着一个模样娟秀、身材适中、穿着雅致的白裙、袖口和胸前系着粉红色蝴蝶结的年轻女子。"这个善良美好的女子一下子就俘获了维特的心，而在之后的交谈中，她有魅力的个性更让维特着迷，他找到了知己。跳舞时的默契，游戏时的嬉闹，让两个年龄正好的美好的人儿相互吸引，如果绿蒂没有订婚，那该有多好。然而，他们的爱情因为绿蒂与阿尔伯特的婚约而注定无法完满。

维特在与绿蒂的相处中慢慢地陷入了爱情，这份心动让他感到每天都是新生，万物生长，满心欢喜，虽然，这是无法回应的爱情。绿蒂必然是能够感知到维特热烈的爱的，她是那么纯洁无瑕，仿佛一块水晶，她的感情一览无余，对维特的一颦一笑、一束花、身体不经意的触碰，其实都泄了密，透露了爱意。

婚约是禁锢，时代和传统的约束不能违背。歌德用一切美好的词句来形容陷入爱情里的维特的满足，然而，他能够在一瞬间感受到"不断生长而满怀欣喜的好时光"，所有的期盼也能在一瞬间崩落。当未婚夫阿尔伯特回来之后，维特的心里产生的反差，他对阿尔伯特产生了浓浓的嫉妒，"尽管他是一位十分善良、十分高尚的人，尽管我在任何方面都准备对他甘拜下风，可眼睁睁看着他占有那么多完美的珍宝，我仍然受不了！——占有"！维特开始不能用理智判断与绿蒂相关的事物了，特别是将要与她共度一生的男人不是自己，更可恨的是他竟然还是个各方面都还很优秀的男人。面对无望的爱情，歌德并没有让维特选择像他在现实中面对夏绿蒂的爱恋一样毅然决然地离开，而是愈加狂热的沉醉，这也可能是歌德对夏绿蒂现实爱恋的延续。维特开始陷入迷惘的苦恋中，难以自拔，从幸福而无法触碰的梦境中哭醒，无数次亲吻初次见绿蒂时她佩戴的蝴蝶结……维特决定离开乡村清醒一阵子，然而现实的不堪与侮辱让他再次回到乡村，寻求安慰。

> 我有时真不能理解，怎么还有另一个人能够爱她，可以爱她；要知道我爱她爱得如此专一，如此深沉，如此毫无保留，除她以外，我就什么也不知道，什么也不了解，什么也没有了啊！

维特带着他几乎扭曲了的狂恋重回乡村，原来的美好一一被打破，曾经素描过的菩提树下人家的丈夫和小儿子都去世了，两株胡桃树被砍了，青年长工被捕了……秋日里，自然的景象也趋于衰败，维特的烦恼纠结成巨大的忧伤，编者这样告诉读者：

> 愤懑与忧郁在维特心中越来越深地扎下了根，两者紧紧缠绕在一起，久而久之就控制了他的整个存在。他精神的和谐完全被摧毁了，内心烦恼焦躁得如烈火焚烧，把他各种天赋的力量统统搅乱，最后落得个心力交瘁。内心的忧惧消耗了余下的精神力量，他不再生气勃勃，聪敏机灵，越不幸又变得越发任性起来。

少年，被爱情折磨得完全不成样子了，他越爱绿蒂，得不到她，就越痛苦，甚至每一次相见，都会成为矛盾的煎熬。绿蒂为了丈夫无奈之下让维特圣诞之前不要再相见，维特前来做最后的道别，之后两人难以克制的爆发的情感也是绿蒂对维特感情最后的报答。问世间情为何物，直教人生死相许，维特极端地用死亡来让绿蒂幸福，他期待与绿蒂在天国继续未完成的爱。爱情的落幕悲伤得正如维特念到莪相的诗：

> 春风啊，你为何将我唤醒？你轻轻抚摩着我的身
> 儿回答："我要滋润你以天上的甘霖！"可是啊，我
> 的衰时将近了，风暴即将袭来，吹打得我枝叶飘零！
> 明天，有位旅人将来，他见过我的美好青春，他的眼
> 儿将在旷野里四处寻觅，却不见我的踪影……

四、面对死亡的态度

维特是不害怕死亡的，在八月十二日的书信中，他叙述了
他和阿尔伯特之间的一次"冲突"，而这个"冲突"来源于二
者对自杀的不同看法。阿尔伯特"冷静"地认为，自杀是让人
反感的软弱而愚蠢的行为，是一种罪过。而维特则"激动"反
驳以阿尔伯特为代表的"冷眼旁观的理智者"，他认为对一个
事情的判断应该先了解内情，"人生来都有其局限，他们能经
受乐、苦、痛到一定的限度；一过这个限度，他们就完啦。这
儿的问题不是刚强或者软弱，而是他们能否忍受痛苦超过一定
的限度。尽管可能有精神上的痛苦和肉体上的痛苦之别，但
是，正如我们不应该称一个患寒热病死去的人为胆小鬼一样，
也很难称自杀者是懦夫"。有勇气对自己承担的痛苦做出解脱，
决定抛弃人生担子的人，必定是下了很大的决心，也一定是被
逼到走投无路了，选择自杀是需要极大勇气的。这一次冲突，
是维特第一次对自杀表态，让阿尔伯特震惊，也让读者心头一
悸。他的执着和身处其境的设想，让我看到维特的善良、单
纯，他的年龄还那么小，就已经以如此悲悯的态度面对敢于选
择死亡的人和死亡本身，维特并不害怕，只是觉得这是一种极
大的不被理解的悲哀。所以当他满怀喜悦地把绿蒂酿造并递来

"毒死他的酒杯"一饮而尽时，他也觉得这只不过是完成了自己的旅途、受完自己的罪、饮尽自己杯中的的苦酒罢了。

随着时间的推移，维特与绿蒂的爱情越来越无望，这让维特痛苦，一步一步陷入死亡的泥沼。他觉察到一切的幸福和一切的痛苦都源于自身，他说："此刻，我的整个生命都战栗于存在与虚无之间，过去像闪电似的照亮了未来的黑暗深渊，我周围的一切都在沉沦，世界也将随我走向毁灭；在这样可怕的时刻，我还有什么可害羞的呢？那个被人压迫、孤立无助、注定沦亡的可怜虫，他在最后一刻不也鼓足力气从内心深处发出呼喊：'上帝啊，上帝！你干吗抛弃我？'"他对威廉说"仍然有足够的力量支撑到底"，但是我们可以觉察到维特的死亡意识开始萌发了，他感到无助与沉沦，但是他依然在呐喊，喊出的是耶稣被钉上十字架时说的话，多么可怜的年轻人啊，他拖着疲惫不堪的身心，依然在支撑。他在向天父靠近，"我只有在你所在之处才会得到安适，我愿意到你的面前来吃苦和享乐。——而你，仁慈的天父，难道会拒我于门外么"？他把苦恼向上帝诉说，说得恳切坦然。

而之后，在编者的叙述中，我们看到，维特完全崩溃了，昔日对话过的爱寡妇爱得发狂的青年长工把他的接替者——寡妇即将结婚的对象杀了。"这个可怕的、残酷的经历，猛地震动了他，使他的心完全乱了。霎时间，他像让人从自己悲哀、抑郁和冷漠的沉思中拖了出来，突然为一种不可抗拒的同情心所控制，因而产生了无论如何要挽救那个人的强烈欲望。他觉得他太不幸了，相信他即使成为罪人也仍然是无辜的。"维特之前为长工对寡妇的爱感动过，他明白这种狂热的无希望的爱恋有多痛苦，所以他看待这个杀人行为，更多的是对长工的同情，他想拯救长工，在另一个意义上，他其实是在拯救自己。

他向总管为长工辩护，"情辞恳切，娓娓动听"，然而这些人依然无动于衷，没有丝毫同情。维特受到严重的打击，"你没有救了，不幸的朋友！我明白，咱们都没有救了"，这句话，是维特对长工说的，更是对自己说的，他知道自己得不到解脱了，于是走向死亡。

五、结语

18世纪的德国文坛，掀起狂飙突进运动。面对着黑暗腐朽的社会现实，心怀无从实现的理想，年轻软弱的资产阶级中普遍滋生出悲观失望、愤懑伤感的情绪。青年们想要突破禁锢，解放个性，崇尚自我、感情，热爱大自然，正是在这种时代气氛下产生的《少年维特之烦恼》，反映了欧洲在法国大革命前夕的社会阶级矛盾的激化，不只述说出了年轻的资产阶级的理想，揭示了它与社会现实之间的矛盾，并让多愁善感、愤世嫉俗的主人公为这理想的破灭而悲伤哭泣，愤而自杀，以示抗议。如果有人说《维特》没有18世纪小说出色的张力、情节和悬念，那么我认为其实一定程度上则更接近一个少年真实的人生和面对的困惑，独特的叙事结构加上超时空的艺术魅力，让少年维特的魅力延续至今。歌德在《诗与真》中这样解释《维特》的影响巨大的原因："因为这篇作品到处紧抓住人心，并且也因为它刚好就是把病态的青春妄想，准确而明白地描绘出来的作品。"[①] 这样病态的青春心态或多或少都存在于这个年岁的少年心中。

爱情让他对世界绝望，而世界也使他对爱情绝望，于是造

---

① 歌德著、李咸菊译：《诗与真——歌德自传》，团结出版社，2004年版，第405页。

就了维特的悲剧。从爱情的幻生到覆灭，从怀有美好的理想到对世界的绝望，到他生命的终结。本文分析的三个因素与爱情这味药剂的综合之下，最终成为了让维特走向生命终结的毒药。

2011 年于复旦

小红花为谁开

——从《规训与惩罚》
理解电影《看上去很美》

如果失去了自由，人将为何存在？

无论是中世纪末和"旧制度"时期作为王权武器的酷刑，古典时期人道主义改革者控制灵魂的温和惩罚，还是体现了现代规训技术的监狱和规范化监视，每一个时期每一个社会，权力的展现方式和控制手段各不相同。"规训"对于统治者来说，无疑是其中最得力的手段。所谓规训，即"规范化训练"，是米歇尔·福柯创造的术语，它有与知识技能体系相关的含义如学科、知识等，亦有与惩罚相关的含义如纪律、训练等。福柯便是通过规训的多义性把"权力—知识"联系在一起，同时规训亦是权力—知识结合的产物[①]。关于规训的谱系阐释来源于米歇尔·福柯的著作——《规训与惩罚》。被福柯称为"第一部著作"的《规训与惩罚》，是他运用系谱学研究特殊权力技术的最重要的成果，也是最能代表其权力思想的作品。

"这个世界上有高高在上的规则，也有自由奔放的灵魂"，

———————————

① 余晓宏、钟曙阶：《福柯的权力观——由〈规训与惩罚〉说起》，《宿州教育学院学报》2007 年 2 月。

这是电影《看上去很美》的海报宣传词。本来应该飞舞的灵魂在一系列社会规训的面前，变得拘束而相似。个性本该作为人存在的尊严，如今却被高度统一集中的理性霸权和权力话语所支配。电影所讲述的"看上去很美"的幼儿园生活是在时间的冲刷中，我们偶尔在记忆的一隅闪现的美好，然而这看上去美好的童年生活实际上是人作为个体走进社会和体制的开始，一个个鲜活的生命体进入权力所统辖的体制中，被规训成为权力集团所希望成为的"好孩子"。电影正是围绕未满四岁的男孩方枪枪初入幼儿园的生活展开的。这个在大雪的晶莹中眨巴着大眼睛的男孩，在陌生的幼儿园环境中，因为规训的种种学前教育手段产生委屈、向往、不解、反抗的种种心情，纯真的孩子与教条的幼儿园的矛盾在电影中被无限循环，扩大到整个社会，甚至深掘人存在的意义。

从贴在评分栏里孩子的小红花到佩戴在大人们胸前的大红花，导演张元拍摄的、改编自王朔同名小说的电影，描绘的正是这样一个在童言无忌的怀旧背后隐含着沉重与无奈的具有成人童话内质的现代寓言，这个寓言与三十多年前福柯笔下的《规训与惩罚》相交映，把权力控制制度集中缩小展现于这个被高大红墙包围的小小幼儿园里。"规训"贯穿于两个作品中，成为探讨权力与自由的共同主题，电影中的种种情节恰好是理解《规训与惩罚》的生动注解。

一、纪律的建立

何为纪律？福柯首先把它定义为控制的模式：

> 它是根据尽可能严密地划分时间、空间和活动的
> 编码来进行的。这些方式使得人们有可能对人体的运

作加以精心的控制，不断地征服人体的各种力量，并强加给这些力量以一种驯顺——功利关系。这些方法可以称作为"纪律"。

纪律的历史环境是，当时产生了一种支配人体的技术，其目标是要建立一种关系，要通过这种机制本身来使人体在变得更有用时也变得更顺从，或者因更顺从而变得更有用。[①]

这个在 17—18 世纪开始从特定场所应用于更广泛的社会中的支配方式，不仅注重实施于人的肉体，还从灵魂上加以控制，使支配关系在不知不觉中分散，侵入生活的每个细节，从而达到理想的控制。纪律通过对四个方面的控制，创造出四个特点：单元性（由空间分配方法所造成）；有机性（通过对活动的编码，如制定时间表，以规定节奏、安排活动、调节重复周期）；创生性（分散的时间被聚积起来，从而能够产生一种收益，并使可能溜走的时间得到控制）；组合性（把单个力量组织起来，以期获得一种高效率的机制）。在电影里，幼儿园的纪律也是在对这几方面的控制下建立起来的。

1、空间的分配：

电影中的幼儿园就是一个相对封闭的空间，由于是军区下属的幼儿园，所以其中孩子的家庭背景都是相似的，而且采用寄宿制度，形成福柯所说"修道院模式"。在幼儿园中的个体每人都有自己的位置，每一个位置都有一个人，例如床位、上课的座位，每个孩子有固定的储物柜，这样就方便了老师每时每刻对孩子的表现进行监督。在建筑空间上，这个幼儿园被红

---

① 米歇尔·福柯：《规训与惩罚——监狱的诞生》，刘北成、杨远婴译，北京三联书店，1999 年，第 155—156 页。

墙包围，独立于外界，内部结构按不同的功能分割为教室、起居室、厕所、老师休息办公室，还有外围活动区域等，在窗户帘子的分割下，每个空间相对独立，走廊的窗户又使各个空间有了联系（监视功能），其中对坏孩子的"禁闭室"更从空间、肉体和精神上控制个体。从独立的教育空间来说，内部的结构开阔，课桌椅排列，床的排列整齐，没有遮蔽物，一目了然，其中学生"等级"的划分在空间中的位置发生流动，例如电影中按照小红花的多少确定班长的做法。这种空间既提供了固定的位置，又允许循环流动，确保每个人的顺从，又保证了时间和姿态的更加实用。[1]

2、活动的控制：

这部分规训在电影中的表现主要集中于"时间表"模式、肉体和姿势的关联这两个方面。学前教育是孩子进入社会的开始，他在幼儿园里首先学会的必定是"规矩"，这样的纪律对于天真烂漫、无拘无束的孩子来说，无疑一开始是难以适应的，学校通过一系列细则来约束和规范孩子们的行为。"时间表"首先把日常生活内容的时间节点规定下来，纪律的实行需要明确时间的规律，起床、锻炼、吃饭、上课、游戏、放学……一系列的活动都有固定的时间点，电影中一个细节是汪海若的父亲来幼儿园接孩子回家，不明其身份的班主任看着表说："现在离接园时间还有两个小时呢。"说明家长接孩子的时间都是明确规定的，还有所谓的"小朋友要养成每天早晨上厕所拉屎的好习惯""吃饭前上厕所，中途不能拉屎拉尿"等等，其实都是时间与行为关系的要求。另外，通过肉体与姿势的统一提高纪律实施的效率和速度。电影的开始，李老师在日

---

[1] 米歇尔·福柯：《规训与惩罚——监狱的诞生》，刘北成、杨远婴译，北京三联书店，1999年，第167页。

常生活进行中对孩子姿势的要求正是应用这一手段的体现：孩子们洗完手，必须双手举高，排好队，一个一个在老师处擦手通过；"加饭举右手，手掌伸直，加糖举左手，握成拳头"；大家排队上厕所时"一二三，请蹲下"……而这些命令在影片中往往通过"哨声"来施行，无论是早晨起床，还是睡前擦身体，哨声化成命令的符号，这个军事化的管理模式在幼儿园的教育中一是控制行为的节奏，给每人规定了时间标准，又是被用来培养做事敏捷的习惯，维持纪律的有条不紊。但从另一方面说，符号的泛化，让教师与学生本该亲密的交流被无感情符号的反应关系代替了。

3、创生的筹划：

这方面的体现就是整个教育体系的层层递进，从幼儿园到学前班、小学、初中、高中、大学的教育过程，是按照时间与知识难易接受所连接的，连续学习的序列化，使得知识体系递增，时间的累积，从而创造新的知识。

4、力量的编排：

纪律在这方面是把单个力量组织起来，以期获得一种高效率的机制。老师会通过对"模范"的培养来督促其他孩子，如南燕作为小姐姐，在生活上常常帮助其他小朋友，常常被表扬的于倩倩也是老师用来教育孩子们的力量，在精密的命令系统层层传递中，学生接受命令，逐渐成为老师所希望的样子。

肉体在纪律的建立中被驯顺成为权力集团所期望的样子，与生俱来的自然天性不断受到理性霸权和权利话语的专制和"殖民"，而且理性还常常以伪善的面孔、冠冕堂皇的理由出现，以掩盖其强制性规训的残酷目的。[①] 纪律的建立为规训行为的施行打下基础，更严格的纪律在规训的手段中确立起来。

二、规训的手段

规训权力的主要功能是"训练"，规训"造就"个人，这是一种把个人既视为操练对象又视为操练工具的权力的特殊技术[②]，人的个性就在规训中被扼杀。规训的手段主要分为三种：层级监视、规范化裁决和检查。

1、层级监视：

纪律的实施必须有一种借助监视而实施强制的机制，这样的监视，在电影中表现为老师的视线、同学的视线、通过幼儿园大面积窗户的透视。这部电影不是传统意义上的儿童片，其中冷色调画面，诡异恐怖的配乐，还有无时无刻存在的隐秘视线都让电影处于一种压抑的氛围中，压抑的塑造主要通过摄影机的角度来表现。模糊的、鱼眼的、被遮蔽的视线下的画面，让观众是处于一个监视者的角度来观察被监视者方枪枪的活动，这样的监视主要来自老师透过玻璃和帘幕自上而下的观察，同时还有同学直接以"口头报告"形式呈现的监督。方枪枪进入幼儿园前一直在奶奶宠溺下成长，吃穿都不用自己操心，进入幼儿园之后，他必须学会自己动手，行为上的不适应在同学的"监视"中表现出来。"南燕姐姐，方枪枪不会自己脱衣服。""方枪枪尿床啦！方枪枪尿床啦！""李老师，方枪

---

① 王小平：《规训与监控：现代性牢笼中的身体》，《鲁东大学学报（哲学社会科学版）》2007 年 3 月。

② 米歇尔·福柯：《规训与惩罚——监狱的诞生》，刘北成、杨远婴译，北京三联书店，1999 年，第 193 页。

枪没洗手。""李老师，方枪枪尿尿啦。"……一声声稚嫩的声音传递的信息是他者不符合规范的行为，孩子成了老师无暇顾及领域中最好的监视者，检举的残酷意味着惩罚的结局，从窗外投射而来的隐秘目光中，小小的方枪枪在小红花评比栏前的驻足一目了然，被监视的人却全然不知。一层一层的监视让纪律得以按照既定的方式执行，一种明确而有规则的监督关系被纳入教学实践的核心，分层的、持续的、切实的监督，使规训权力变成一种"内在"体系，成为一种可怕的隐蔽的默契。更彻底的监视则通过"全景敞式结构"进行，影片中虽然没有明显表现全景敞式主义，但是老师处罚方枪枪在全班面前演示脱衣服的场景，却似乎是一个反向瞭望塔的结构。全班同学和老师围成一个半圆，方枪枪站在圆心，被全景展现，每个人能观察到方枪枪行为的细节，他因为脑袋无力挣脱衣服束缚的困窘在孩子们的笑声中，在老师"你就耗吧，没人帮你，你什么时候练好了，什么时候下来"的训斥中，最终以尿尿的形式发泄出来。这样被目光紧密跟随，无法挣脱的对自由的束缚却就是权力规训的最简单的方法。

2、规范化裁决：

规训的裁决是围绕奖惩二元体制展开的。"小红花"是整个影片的隐喻象征。从方枪枪刚入园时不明白小红花意义时一手扔掉的绝决；到发现小红花重要，徘徊在评比栏前幻想自己也能获得小红花的向往；再到由于汪若海的部长父亲一句话而获得自己努力却从未得到的小红花时的不解；到最后逃离幼儿园看到"大红花"的疑惑苦闷……作为奖励与惩罚制度的产物，小红花是贯穿影片始终的线索。每一天幼儿园生活的最大荣誉就是获得因为"不尿床、自己穿脱衣、饭前便后洗手、按时上厕所、睡觉不说话"而奖励的五朵小红花，"一周如果七天都得到五朵小红花的小朋友下周就可以当班长"，这是多大的诱惑啊，表现得好就奖励一朵小红花，表现不好就扣一朵小红花，在这样的价值体系中，老师的喜爱、同学的羡慕会让所有孩子的行为会受到"小红花"的约束和牵引，学会按照规矩完成任务。在规训机构中无所不在、无时不在的无休止惩戒具有比较、区分、排列、同化、排斥的功能。方枪枪首先成为老师和同学培养趋同的对象，剪掉的小辫子是阉割个性的第一步，一系列的管教都以失败告终后，方枪枪被打上坏孩子的标签，关入禁闭室，被孤立，直至最后甚至故意捣乱也不再被关注的境地。规训社会的运作模式正缩影于此，一方面是二元划分和打上标记；另一方面是强制安排，有区别的分配。反过来看，教育培养出来的典型于倩倩，"一连五天早上都拉出屎"，每天获得五朵小红花，当众演示自己脱衣服，乃至回答老师"小朋友们为什么要学会自己穿衣服啊？"时回答"小朋友应该学会自己穿衣服"的机械呆滞，本该自由自在、快乐成长的孩子在进入社会的一开始，个性就被披着"善意"外衣的规训扼杀了。

3、检查：

这是对规训成果的检验手段，无论是让孩子跟着音乐背儿歌，还是请孩子站出来表演所学，其实都是"检查"，它确保知识从教师流向学生，也从学生那里取得一种供教师用的知识。规训的效果通过检查反映，在电影里李老师教唱歌时让孩子们撅起屁股检查是谁放屁的行为将检查的合理性放大至荒谬。最后，检查处于使个人成为权力的后果与对象，知识的后果与对象的程序的中心位置。由于检查将层级监视与规范化裁决结合起来，就确保了重大的规训功能，有了它，那些纪律也被仪式化了。[①]

三、结语

方枪枪重新回到小朋友的队伍里，发现大家视他如空气，于是，跑出幼儿园，跑过医院，看着在眼前喧闹中走过千篇一律胸系大红花的队伍，背景响起的是节奏急促的鼓点和铜锣声，远景虚化，不解的枪枪逐渐模糊，俯视镜头的城墙边，小小的孩子最终睡倒在石头上。枪枪自始至终也不明白自己究竟做错了什么，他努力过，反抗过，还是抵不过强大的荒谬的现实，也许正如院长说的话："你不要以为离开了幼儿园就是特别高兴的事。"影片在诡异恐怖的音乐中结束了，我起了一身鸡皮疙瘩，为的是枪枪，乃至被阉割的自由、不被理解的孤独，以及无法逃脱的规训。

张元说："我希望制造一个像寓言一样的故事。"这样的寓言化建构直指人类社会普遍存在而无法摆脱的困境，并且从我们记忆中儿时的美好构建起来，自由与父母、老师所代表的理性、整个社会价值体系的权力形成割据，电影的残酷无奈也正体现于此，这种规训制度在福柯的笔下以理论的方式冷静呈现，学校变成了小监狱，整个社会是一个大监狱，儿童比成年人更个人化，病人比健康人更个人化，疯人和罪犯比正常人和守法者更个人化[②]，这样的命运我们无力逃脱，只希望给予孩子的世界多一点自由，也许有一天新的灵魂会从禁锢中腾空飞扬。

2011 年于复旦

────────────

[①] 米歇尔·福柯：《规训与惩罚——监狱的诞生》，刘北成、杨远婴译，北京三联书店，1999 年，第 216 页。

[②] 同上。

离散主题下的人性悲喜剧

——浅析电影《斗牛》

　　即使是现在，重温 2009 年管虎的电影《斗牛》，还是会让人百感交集。不同于惯常的抗战题材的中国电影，《斗牛》并没有强力塑造民族苦难的催泪氛围，也没有刻意成民族苦大仇深的控诉或歌颂，电影《斗牛》试图还原时代。管虎历经艰难，机缘巧合地寻到山东蒙阴的马牧池，拆掉现代化的痕迹，把村民迁走三分之二，高度还原中国当下难以见到的老式乡村；又精心塑造离散环境下的各类人群，再现他们面对荒诞时代的各种反应。这些精心打造的艺术真实不是冰冷的，不动声色地伫立在遥远的时光中，而是交融着无数生命的血泪，在一个普通农民的回忆和生命中凝聚起来的。这是一个人在荒诞时代中的的抗争史，《斗牛》披着"抗战"的外衣，饱含的是人性的体温。它藏污纳垢，却让人觉得美好而打动人心，它展现了历史大环境中个体生存的命运，我们看到牛二，看到的是中国农民，看到的是中国，是人性世界。大的主题在小的个体中凝聚成打动你的那个部分，严肃紧张时大笑，滑稽粗鄙时流泪。好的电影不仅是让观众观看的，还是与观众的交流沟通。正如管虎取电影名一般，在与观众的互动，在生命的博弈间，我们看到的是，在国破家散的大地上的人性悲喜剧。

一、闪回：时间的重影与交织

管虎在这部电影中的叙事手法是费尽苦心的，电影采用了正叙和倒叙的双重叙事视角，而这两种叙事时间要素是通过闪回的叙事手段进行勾连的。什么是闪回："影片中表现人物内心活动的一种手法。即突然以短暂的画面插入某一场景，用以表现人物此时此刻的心理状态和感情起伏。"

这部影片一个很大的特点就是双线叙事，一条线是牛二回到空荡荡的村庄之后发生的事，这是整个电影的主线，另一条线是通过牛二的回忆补充他下山之前的故事。第二条线是伴随着主线的发展不断勾勒出来的，它随着牛二的视野，触发到记忆共鸣点，展开回忆来讲述，这种讲述以闪回的记忆片段与主线叙述发生交会，进而补充情节。

这样的闪回手法，第一确定的是整部影片是以牛二的视角进行的，以他的角度作为故事展开推进完善的立足点，确定影片的平民视角，民间立场。第二，闪回的情节在恰好的时间点出现，对现实进行补充，并且对之后的故事有情绪铺垫的作用。第三，牛二的视觉不是全知的，而是带着观众一起层层推进不断延展，牛二被现实触发的回忆，与观众的观影记忆发生关联，观众被调动起各种感官注意力，加深观影兴趣，在情节不断的展开中理解故事的全貌。第四，闪回不同于一般回忆及倒叙，不需要中断原来场景中的动作和节奏，而撷取最富于特征、最具有鲜明形象性的动作或细节，给观众以清晰而深刻的印象。接下来具体分析电影片头以及其中的闪回片段，其他闪回情节会在本文第二、三部分涉及。

影头首先是对牛二的脸部特写，突出沧桑、污浊的脸和惊慌的表情，然后他环绕村庄四周发现空无一人，接着手提摄像，略微仰视的视角，同样刻画了他的惶恐，他来到村里的戏台前，原来最热闹的地方如今萧索无人，这是电影中故事矛盾最集中展现的空间，导演在片头就先让观众认识。接下来的跟进寻找中，牛二发现了沟中全村人烧焦的尸体和一个女性的尸体，牛二悲痛惊慌中开始寻找什么，然后发现石壁的声响，一头黄色的荷兰奶牛破墙而出，紧接着片名出现，上面盖着重重的指印。

影片的开头，导演便设置了高潮点，他开门见山地展现给观众们一个结果：全村人都死了只有牛二和奶牛活着。同时也给观众留下了疑问，一、为什么全村人死了只有牛二和大奶牛活着？二、那个女性是谁？制造悬疑可以给观众带来强烈的观影兴趣，并且"群体死亡"和"个体生存"为故事的展开构成了强大的张力。导演在切入"只有牛和牛二还活着"的符号化情节后，就依次在每个叙事段落开端的现实时空部分讲述一件发生在牛与牛二身上的故事，在结束的过去时空中依次交代了九儿和牛二的情感关系。

发现奶牛接下来的回忆片段通过牛的眼睛看到的世界开始。牛就是开始这次闪回的共鸣记忆点。导演开始交代这头牛的出场，九儿的出场，营造了马牧池村的环境，并且由记忆中的十三叔与八路军队长签下的契约转到现实中手里的契约。导演又设置了疑问：为什么十三叔签的契约会在牛二手里呢？他的指印是怎么回事？牛为什么是哑的？身上的黄色颜料是怎么回事？之后的闪回又解释了这一系列问题，这样层层的设置悬念再解释悬念是闪回手法在本片中的一个重要应用。这样的手法让观众在观影过程中，不断地理解剥离重组，逐渐接近事件的全貌。

电影的叙事在记忆点的共鸣中汇聚又割裂，大量的闪回手法让观众在现实与回忆中游走。回忆割裂了现实时空接踵而来矛盾的平淡讲述。记忆时空中鲜活的生命嬉笑怒骂，演绎出洒脱质朴的喜剧；现实空间中村庄失温，一个人与一头牛成为这个苍茫村庄仅剩下来的寂寥悲剧。过去时空暖黄色调加上九儿时时浮现在画面中的一抹红与现实时空大多数蓝白色调交织在一起，相同的空间由于时间的闪回而更显空旷和意味深长，色调的切换让人恍如隔世。闪回中，人间的一切杀戮如同过眼云烟，只剩下牛二带着逝去生命的所有温度孤独地抗争与坚守。这些生命凝聚在一个人的身上，又在口口相传的故事里流传下来。闪回手法在本部影片中的运用，多而不杂，叙事风格和情绪变化丰富多样，让过去饱满，让现实残酷，把人性的悲喜交织在一起。

二、处处隐喻的荒诞世界

影片的空间及其中的意象值得玩味。包括村里永远不会爆炸的炸弹，最后被牛二扛到山上保护领地；永远发生着故事的戏台、吃人的狼崽子、梁上的老鼠、旗杆上的人头、国军与日本兵的合葬等等，这些相互呼应有隐喻色彩的意象相互连接、组合，构建出一个荒诞的悲喜世界。在此选取两个进行分析。

1. 牛——战争的希望

"牛"在此涉及两头牛，一是牛二原来自己养的小黄牛，二是本片的主人公荷兰大奶牛。牛一直以来都是人类的好朋友，它们含辛茹苦、不辞辛劳，在农田为农人开垦出收获与生活，无论是黄牛用来耕地还是奶牛用来哺乳，其实它们都是孕育生命的象征，然而它们的命运在影片中却是截然不同的。在《斗牛》中发生故事的背景，这个封闭原始的山村，外国奶牛对于村民来说无疑是异化的庞然大物，虽然《斗牛》与原著

《八路牛的故事》具体情节差异很大，但是一些描写还是可以补充对电影的认识的，比方说原著中这样描写奶牛的出现对山村的影响：

> 那是一头外国牛，当它进村的时候，村里的人和牛都被吓住了，特别是那些比狗大不了多少的土牛，它们做梦也不相信面前昂首挺胸站着的也是自己的同类；要是，也一定是天上下凡的牛神。

这头大奶牛"空降"到中国山东的小山村，它被淳朴无知的村民封为神，不仅因为它体型巨大，牛奶丰厚，还因为这是八路军的牛，牛奶可以给伤员补充营养。在这个著名的抗战堡垒村，八路军是人民群众的依靠对象，"八路牛"始终被强调是"部队的牛"，从一开始就包含着多重含义，它身上的群体性崇拜象征让它以牺牲全村人生命的代价存活下来，并且被牛二历经磨难养下来，而小黄牛则被日本人吃掉了。影片叙述了奶牛来到马牧池村之后的遭遇，那么它是怎么到中国的，怎么来到这个偏远的山区的，其中是否还有牺牲，这个过程是荒诞的，导演没有讲述，只插入一段说明了一切的黑白纪录片，荷兰援助的奶牛出现在最普通的中国乡村，把中国汇入世界反法西斯阵营中，最普通的农民都是抗战的一分子。这只荒诞降临被众人守护的奶牛隐喻着世界人民反对战争，渴望胜利与和平的希望。

2. 认字——二牛之墓

影片有一个片段专门讲述牛二不识字，他看不懂炸弹边牌子上的"人畜勿近"，在八路军战士的教导之下还是按照原来的观念，分不清"八"与"人"，导演为什么要花那么多时间在这个情节的刻画上呢？我觉得可能有几个原因：一、八路军代表的是人民群众，"八"与"人"意象有关联；二、为之后牛二从望远镜中辨认出"人民解放军"是"八路军"做铺垫；三、为影片结局墓碑纸片的错误排列做铺垫。解放军给牛二留下墓碑的纸片随风散开，始终分不清"人"跟"八"字的牛二，把被风吹乱的"牛二之墓"摆成了"二牛之墓"。这一阴差阳错之举，却巧妙地暗合了影片的主题，这把电影推向了高潮，人与牛的合一，男耕女织的生活是包含道家思想的，认清了归属，实现了自我的价值认同，远离战乱，保持单纯的生活才是最好的，只有自然是永恒的。"二牛"还是"牛二"已经不再重要，牛二拿到了八路军的收条和墓碑文，对于自己来说代表着乡村的坚守使命终于结束，人生无憾。

三、离散主题中的人性展现

这些隐喻的意象打造出来宏大的历史场景，终究是为了刻画人性个体在荒诞历史背景中生存的命运。历史上由于政治、军事或经济等原因造成的大规模人口流徙现象，在艺术创作中构成了离散主题。①电影的背景被管虎定义为一个大的战争环境，而不是单纯的抗日，其中有中国人与日本人的抗争，也有中国人与中国人的抗争，内外矛盾的交织让本片更具现实反思意义。对不同类型的人性刻画也是《斗牛》出彩之处。

1. 乡村坚守者群像

《斗牛》整个电影发生的场景集中于这个乡村，乡村传统和村民形象的塑造基本围绕着一纸契约。影片中契约出现的场

---

① 杨俊蕾：《"中心—边缘"双梦记：海外华语语系文学研究中的流散／离散叙述》，《中国比较文学》2010 年第 4 期，第 89 页。

景并不多，但是它的影响却一直贯穿始终，也是本片的动人之处。

这张契约是在村里的神庙里由苏队长和十三叔签下的，小庙供奉的是关公，这代表了这个堡垒村"义"的传统。契约所代表的是中国乡土的约束规范、诚信传统。影片中牛二从望远镜中看到旗杆上十三叔和老祖爷的头颅，他悲痛欲绝，想到的是自己与他们签订契约的场景。

老祖爷："按了手印就是借了脑袋，牛二今天做壮士，借头为誓，绝不反悔。"

十三叔："俺村里吧，他自古受训，咱答应别人的事，咱就一根毫毛不少咱得还给人家。"

在此，中国的乡村传统昭然。无论是拿着长鞭白发苍苍、满口之乎者也的老祖爷，还是踏实可靠的执行者十三叔，他们都是乡村秩序的维护者，老旧的乡村秩序，用抓豆子来选壮士，歧视外姓人，任意指婚，老祖爷的话和鞭子就是中国乡村口口传承下来的规矩，契约是他们以生命担保的承诺。

说到契约，就不能不提到让牛二签下契约的关键人物——九儿，她是本片中一抹红色，大胆、泼辣、个性十足，在男人堆里丝毫不怯懦，是全村唯一敢和老祖爷顶嘴的人，外姓和寡妇的身份让她在村中不被接纳，然而她的个性处处争锋，也在处处想融入这个圈子，她时时刻刻都在努力争取着自己的权利。面对不利自己的情况提高嗓门大胆地呵斥，而且还鼓动村里的其他外姓人一起来争取。这种争取不是革命意识的争取，而是为了自己的利益，还带点"唯恐天下不乱"的狡黠。当她为牛二抽到了红豆，揽下奶牛的契约，何尝不是贪小便宜和想得到尊重在村中生活下去。在老祖爷的指婚，群体的威逼利诱之下，九儿答应嫁给牛二，并且索取银镯作为信物，这是对自我价值的确认。九儿在村中女性之中无疑特别充满吸引力，对于牛二也不例外。因为九儿的形象是在牛二的记忆空间中呈现的，所以九儿的泼辣与妩媚，胆大妄为可能都会被充满感情的主观记忆变形放大，闫妮夸张的表演赋予了九儿的蛮横泼辣与乡村妇女的饱满动人。

牛二是本片当之无愧的主角，一部从头到尾几乎只靠一个演员来独自撑场的影片会是怎样的无味和乏善可陈。而黄渤用他力透纸背的深厚表演功力，把牛二表面自私胆怯内里善良老实、看似蠢笨荒诞实则憨直守信、处处危机四伏却无意间化险为夷展现得淋漓尽致。他让我们笑让我们哭，因为他的反抗并不是有意识的而是出于生存本能的反应，并且电影正是通过这样一个苦于生存，喜剧色彩的农民视野来看待这个大时代的，正是有了牛二，才有了这部动人心弦的传奇故事。在他的传奇故事中，九儿扮演着非常重要的角色，可以说没有九儿，就没有牛二的传奇故事。

在影片的展开中，前文说过，叙事是回忆与现实两条线同时推进的，在回忆线中主要表现的是牛二与九儿的关系进展，以此来回应现实中牛二与奶牛的关系进展。从一开始牛二把大奶牛想象成丰满的九儿，到九儿死后，牛二把倔强的奶牛特性与九儿联系，开始呼唤奶牛为"九儿"，到后来现实中经过日军、难民、土匪的波折，牛通了灵性在雪地里战火中俯下身来依偎在一直救助自己的牛二身边，共同经历了生死。牛二把记忆中展现的银镯信物从现实的九儿尸体上取下，戴在奶牛的鼻子上，九儿的意象与奶牛最终重合，与牛二共度余生"男耕女织"的生活。九儿对于牛二对奶牛的接受认同是关键的因素，正是因为牛二对九儿的爱才让牛二与奶牛的关系推进得那么自然，同时这种关系也是伴随着契约推进的。契约中凝聚的各种村民成为影片着力塑造的离散主题下的人民形象。

牛二答应签下由九儿代他得到的契约，他们吵闹着、羞涩的笑，处于各自私心的允诺过程是荒诞而且可笑的。这荒诞的一纸契约始终伴随他经历几场巨大的变故。途中牛二曾经想过要弃牛逃难，但这张契约却如同具有了生命一样在风中紧紧跟随他，导致他最终无可奈何地改变了自己的想法并决定回到村里重新带回奶牛。同样在片末，牛二终于见到了缺席多年的部队，当部队急于赶路而决定将奶牛留给他时，牛二仍然坚持要在契约书上留下手印，并将这一纸契约重新小心地保管好。

乡村是这样原始不堪，但是他们保存这中华民族道义传统、朴实善良，为了一个充满巧合性与个人私心的契约，却成为全村人以生命维护的道义承诺。影片没有正面展现日军的扫荡，而是侧面的以旗杆上村中话语人的头颅、烧焦的村民尸骸，和唯一存活下来的安然无恙的奶牛来表现整个村庄坚守了他们的承诺，没有一个人出卖奶牛和伤员的下落，这让人唏嘘动容。牛二回想起过去时空更坚持要拯救八路牛。八路军说过十天半个月就会回来，牛二一等就是六七年，而且解放军已经遗忘了这个山村，忘记了这头牛。只有牛二一个人在山上，默默地坚守着全村人捍卫的信念，以及他赋予在牛身上的爱情与亲情。

2. 乡村入侵者形象

如果说影片塑造了马牧池村民的形象，那就把战争里的人性单一化了，《斗牛》的成功还在于其对于反面人物性格丰富性的塑造。

在中国战争题材电影中，大多会把日本人塑造成邪恶残忍的战争机器形象，而在本片中，管虎着力还原真实的日本军队形象。其中突出塑造的是大冢和涩谷这两个士兵形象。大冢是日本军国主义士兵的典型，他时刻遵守军队命令、对驻地严密防布、在冬天坚持用冷水清洁、坚持朗读军规，还原日本军队的组织纪律性、顽强的精神和战斗力。与此同时，导演同样塑造了涩谷作为日军个体形象的补充，他温顺柔弱，自发养育奶牛，并且在大冢的命令禁止下依然悠闲放牧，他会被老祖爷的蛐蛐吸引。他在日本只是一个学生，被卷入战争之中，他不愿意杀人，在战争中显得无可奈何。导演把他从战争机器的千篇一律中还原为人，在被牛二抓到之后，他苦苦哀求，并且拿出全家合影作为最后的保护。他让人同情，但是随后牛二带着山东口音的话，朴实又深刻地道出战争的不义性：就你有家人？别人都没有？二婶肚子里怀着个孩子，你硬给人家挑了……导演想表达的反战宣言从民间立场中表达出来，真正的力量实际上在于手无缚鸡之力的普通农民心里。

在牛二救助了涩谷上山遇上了国军伤兵，由于语言不通和战争的仇恨性导致对峙时局面紧张，最终相互杀害，战争始终是残酷的。但是战争的残酷在这个片段被导演以黑色幽默解构了，牛二把这两个战争的牺牲品合葬在一起。这个结局再次表达了导演的宣扬人性的反战立场。

战争塑造了人性，也异化了人性。

鬼子走了，来的是乡里乡亲，这些看起来孱弱的乡民们，他们喝了牛奶还不满足，在生存的压力下，将屠刀伸向了一头养育着他们的奶牛。他们蝇营狗苟，自私自利，还忘恩负义，恩将仇报，连最基本的廉耻都统统放弃。[1] 在离散的环境下，人性中的动物性大于社会性，这一部分人只关注当下的温饱，如同老祖爷口中的"鼠辈"一般活着，丧失了人性道德。牛二在影片中说道："你娘喂你奶，然后你就要把你娘吃了？"最直接地道出了这种为了生存不顾任何感情道义的极端人性丑恶。他们的结局是被日军的埋伏炸死。之后匆匆出现的土匪在

---

① 鲍玉珩、权维：《抹黑与黑色幽默：〈鬼子来了〉与〈斗牛〉的比较分析》，《电影评介》2010年第2期，第23页。

给牛配种的闹剧后也在不明争斗中丧生，两者的结局也表明了导演对这种脱离人类社会性的丑恶人性的批判。

《斗牛》可以说是中国电影中把商业与艺术结合的成功典范。演员放弃形象，把战争时期底层农民的形象演绎得入木三分，再现小人物的喜乐悲苦、人性温度，喜剧因素从写实到夸张的表演中迸溅。对影片的责任感让导演精心打造离散环境中一隅，意象相互连接，逼真勾勒出战争时期人们的生存状态。电影的宣传和演员选择让人们以为这是个喜剧，看到最后却变成了悲中带喜，笑中带泪的荒诞剧。残酷的大历史与悲壮的个体生命之间荒诞地嫁接成就了《斗牛》深刻的悲喜。

影片的最后，牛二坐在山石上，龇牙笑着，喃喃道："别害怕，一切都能过去。"特殊离散时代的人性温度从影片中传达出来，我们看见历史，历史就在我们的心里流传下来。

2012 年于复旦

在香港记忆间漫游

——评电影《岁月神偷》

南方的三角梅灿烂在影片开始的第一个镜头，透着光的金鱼缸，男孩从远处走来，清澈的眼睛透过水中的游鱼，痴痴地看，仰视的目光观察着各式各样的鱼缸和金鱼，随着配乐宇宙飞船发射的倒数计时，男孩把盆子里的小乌龟偷偷放入口袋，拿起圆形金鱼缸。鱼缸折射着梦想的太阳光，闪过卖乌龟的盆子，闪过店主，闪过金鱼店里，在发射声中，童年的宇航员之梦凝聚成男孩捧在手中的金鱼缸，引领我们一起重新漫游导演罗启锐记忆中 1969 年的香港。

We'll be dancing on the moon, Its' gonna happen very soon.

影片又名《1969 太空漫游》，1961 年前苏联飞行员加加林进入太空，1969 年美国飞行员阿姆斯特朗第一次成功登月，航天事业成为当时的流行话题。小男孩在跟奶奶的对话中说长大后想当太空人，他头戴着金鱼缸，张开双臂，在深水埗永利街的巷弄里穿梭悠游，小小的玻璃缸是大大的梦想，也确立了整个电影的叙述基于一个并不现实的天真幼稚美好的孩童的视角。

20 世纪 60 年代的香港处于混乱黑暗的时期，英国殖民文化和港式传统文化不断冲突矛盾，警察乱收保护费，医院服务态度恶劣，唯钱至上，加上大陆"文革"动荡的波及，香港普

通民众的生活十分艰难。宏观的香港社会掠影透过孩子那戴着
鱼缸的视线，以光怪变形的影像表现，缓解了直面惨淡人生的
苦楚。导演正是选取了一个儿童的视角来美化自己童年的回
忆，也以此展开深水埗这户普通家庭在上世纪60年代末的坎
坷经历。用一个孩子的目光回望过去，巧妙地绕开当时的历史
和政治环境，将罗氏家庭这样一个社会最小的细胞放大，呈现
出一个微观物质世界，突出了诗意的背景。本片为香港大众这
个共同体建造了一个"想象的象征综合"，实现了"个体与群
体"之间短暂的汇集与融合，换言之，香港人可以在电影中找
回正在缺失的社会群体身份认同感和心理依靠。[1]

影片的前三分之一用了大量的时间讲述罗家和睦的生活，
爸爸做鞋，沉默如山；妈妈卖鞋，精明能干；哥哥罗进一事事
优秀，弟弟罗进二调皮可爱；两层搭制的简陋楼房，拥挤却温
馨。小弟与大哥之间的嬉戏打闹、母亲与父亲之间的默契恩
爱、大哥与芳菲之间的朦胧情愫，三段感情线索自影片开始的
瞬间就勾勒出大致的框架，也决定了《岁月神偷》在情感表达
上更为广泛，主线涉及亲情、兄弟之情、恋情三个方面，而支
线则将扩展到整个人际关系网络的各个角落。影片中60年代
带有浓厚殖民色彩的香港底层社会，缩影于深水埗的永利街，
这样的小街巷生活着各行各业的"香港人"，开赌场、做衣
服、当铺、理发、做鞋……全部都是跟生活息息相关的职业，
邻里相亲相爱互信互助，电影里常出现一条街上的众邻里将饭
桌摆在门前一起吃晚饭的情景，吃百家饭的孩子们快乐地穿梭
其间。影片还原的就是这样一个充满市井气烟火味的从前的香
港，一个质朴落后经济腾飞的前香港。

这部电影是罗启锐导演为纪念自己的哥哥、童年和过去的

① 朱翔：《香港文化记忆如兰悄然绽放——电影《岁月神偷》解析》，《美与时代（下）》2010年第9期，107页。

香港而拍摄的影片，影片中的主人公——弟弟罗进二就是他的原型，导演以个人经验以及时代记忆，在电影里重塑了自己的家庭，重塑了60年代的香港，这个香港便是导演的想象空间。影片的点滴都充斥着导演童年的记忆，泛黄怀旧的色调，舒缓悠长的音乐，营造了整部影片的氛围充满怀恋的温情。台风来时，风雨吹破房子，电台里 The monkees 的《I wanna be free》和满屋的鞋子一同在风雨中飘散，人对美好的向往总是和现实的困苦相依相伴，但是父母以自己的身体撑起了这个人生之"顶"；因为贫穷，哥哥面对女友家的豪宅时神情黯然，却还是鼓起勇气争取自己的爱情谱写动听旋律；爸爸当掉了戒指给哥哥输血，难过哽咽的母亲紧紧地握住丈夫的手轻抚深深的戒指痕迹；失去亲人这么可怕的事情也在孩子将偷来的夜光杯、米字旗、齐天大圣一一填满"苦海"的行动中得到了最浪漫的消泯。时光无情、记忆有情，情感的维系才是幸福与否的关键筹码。

这个凸显个人记忆性质的带有自传色彩的影片，正是集中通过童心童真的叙述视角得以展现，以八岁的罗进二的眼光看生活，决定了影片的观察角度大多是仰视，而宇航视角下的香港社会黑白掠影又采用俯视，儿童的视角打通了以罗家和永利街为单位的小社会和60年代的香港大社会。在八岁男孩的眼中，生活是奇妙而有趣的，他最珍视的除了自己的家人还有属于那个时代的特有文化，无论是在大伯理发店剪的蛋挞头，还是收集的明星卡，哥哥跨栏比赛赢得的奖牌，五彩斑斓的花园街的热带鱼，冯宝宝电影中的夜光杯，飘扬的英国国旗，或者寺庙供奉的孙悟空……像所有的美好在金鱼缸的视觉里，与残酷的现实形成奇妙的反差，而命运的悲哀在哀婉的音乐与怀旧的色调里，又被年少无知的懵懂和家人齐心的温情所减弱，和暖委婉得动人动心。生活的欢笑和血泪在孩子眼睛里放大和消

泯，直接传达与感染着观众。这部影片最独特的部分正在于
孩子的叙述角度，而其中更通过儿童视觉外的金鱼缸视觉来表
现，在双重带有虚幻色彩的视觉下，现实与记忆的割裂得到缓
解。成人世界的生命无常，贫富差距，社会黑暗的惨淡现实，
导演让孩子通过双重视觉一一凸显。整部电影，导演在五处地
方凸显了罗进二头戴金鱼缸，幻想自己是飞行员的鱼缸视觉。
这五处情节都对整部影片的发展和结构起到关键的作用，既推
动故事的发展，又是导演的用心之处和影片的出彩之笔。以下
以拉片的形式分析这五处的鱼缸视觉片段。

　　片段一

00：01：01　片头字幕出（音乐）三角梅空镜　移动
　　　　　　镜头

00：01：05　字幕：在幻变的生命里，岁月，原是最
　　　　　　大的小偷……

00：01：09　切换鱼缸空镜头　百条鱼游动

00：01：17　一个模糊的小孩子的身影走近鱼缸　透
　　　　　　过鱼缸可看到孩子的神态

00：01：27　切换近景　小孩脸　小孩看着鱼缸里的鱼

00：01：34　切换小孩45度侧面　身边出现一个男人
　　　　　　移动镜头：鱼缸上面写着鱼种类的名
　　　　　　字——七彩神仙、金玉满堂

00：01：46　交代鱼店男人正在给拿盛满水的塑料袋
　　　　　　装好鱼

00：01：49　切换男孩正面特写　低头　看铁盆里的
　　　　　　乌龟

00：01：56　切换男孩侧面特写（充满向往的神情）

00：01：58　男孩手伸向搁满乌龟的水盆　偷出其中

一只乌龟　悄悄地放进自己的口袋

画外音:(男声)五

00:02:06　切换镜头　男孩儿手迅速拿起一个鱼缸

画外音:四

00:02:07　切换游满鱼的鱼缸

画外音:三

00:02:09　搁满乌龟的水盆

画外音:二

00:02:12　小孩拿起鱼缸避开鱼店老板视线　冲出
　　　　　镜头画面

画外音:一　起飞

鱼店老板依然聚精会神和鱼店里的孩子
们交流着

00:02:16　切换　白屏

音乐起:我们将要在月球起舞……

00:02:17　男孩头戴鱼缸张开双手进入画面

切换正面(开心地笑)

00:02:26　透过玻璃鱼缸　男孩观看身边环境的主
　　　　　观视角

移动镜头　港街小巷　人流　从下而上
的破旧贫民楼

00:02:36　切换孩子快乐地戴着鱼缸进入熟悉的居
　　　　　民区

经过玩耍的小孩　聊天的男人们　拿着
扇子乘凉的老人　靠着墙边打牌的邻居

00:02:40　透过鱼缸的小孩的主观视觉　移动镜头

00:02:42　学校里学生跳远

00:02:44　切换孩子兴高采烈地拿着乌龟正在回家

　　　　　　　　的路上
00：02：48　特写乌龟
00：02：50　久年代场景　切换香港纪录片
00：02：54　孩子特写　侧脸张嘴
00：02：57　孩子手里拿着乌龟
00：03：09　孩子立定站住　拿下头上的鱼缸
音乐停　　环境音：市井人群嘈杂声

　　开篇五彩斑斓的灿烂，让观众迅速进入泛黄的童年记忆
中，孩子天真无邪的举动，唤起了我们心底最纯真的记忆，乃
至童心童真。角色扮演的对未知世界的模仿和向往，在音乐中
悠悠漫游，欢乐的气氛四处蔓延，弟弟罗进二调皮可爱的性格
在开篇这一幕中表现出来，为之后讲述市井居民贫穷却欢乐的
生活奠定了基调，其中插入的泛黄纪录片段也从侧面展现了当
时香港社会的缩影，带着生气的记忆力最美好的香港。

　　片段二
00：52：56　远景　永利街景　罗记皮鞋
　　　　　　　　聊天的男人　玩耍的孩子和老人　父亲
　　　　　　　　在家里看电视　弟弟拿着金鱼缸在屋顶
　　　　　　　　背景音乐起　舒缓
00：52：59　切换近景　弟弟头戴金鱼缸趴在屋顶上
　　　　　　　　抬头
　　　　　　　　弟弟内心独白：人人都说要走，芳菲姐
　　　　　　　　姐说要走，奶奶也说要走
00：53：03　切换黑白香港纪录片场景　贫民区景象
　　　　　　　　搬尸体　用水桶接水　飞机起飞　香港
　　　　　　　　上空

弟弟内心独白：我问奶奶要去哪儿，她
说她的日子快到了，要去苦海那边看爷
爷，我问，苦海在哪里，可是她说的我
又听不懂。
音乐停
00：53：24　切换近景　特写瓷盆里燃烧的纸钱

　　在欢乐的一系列情节之后，故事开始转入悲剧部分，哥哥
带着自己省下午餐才得以买下的一尾红彩雀去看望喜欢的女
孩，却面对女孩豪宅里的巨大鱼缸。"你的鱼好美哦！水也很
好啊！""还好啦，一般般。"贫富悬殊深深刺痛了哥哥，也刺
痛了观众。他的病情开始恶化，考试不合格被父亲痛斥，一直
夺冠的跨栏比赛也只获铜牌，芳菲全家将移民去美国……影片
色调转冷，矛盾暗生。面对失落的哥哥，弟弟在避风港屋顶躲
进金鱼缸中漫游，思考无法制止的离别。

　　哥哥与芳菲的告别之后，风雨中飘摇的罗家房屋，飞扬的
音符和散落的鞋，命运在孩子的哭声中更显得冷酷无情，父母
用自己的身体支撑着"最重要是保住这个顶"的信念，雪上加
霜，哥哥最终倒在废墟里。

　　在这之前的片段中，香港受英国资本主义文化影响显得很
平常却又很突兀。崇英美意识是社会要求的主流意识形态，而
同时香港固有的东南沿海的粤文化依然是民间的主导地位。在
这两种文化的夹缝之间生存的香港人对自己的身份认同是犹豫
而困惑的，他们向往优越的资本主义生活，类似芳菲的豪宅，
类似得到英国警察的庇护，但是心里又讨厌自己的懦弱，为生
活感到无可奈何。这种矛盾着混杂着中国文化与英国文化的片
段，生动又无奈地散落在电影的每个角落，完整的香港便从这
样复杂多元的土壤中诞生出来。

片段三

01：07：33　近景　房屋内邻居挤在一起看电视直播
　　　　　　罗进一的问答比赛
　　　　　　父亲镇定　母亲失望茫然回看父亲　弟
　　　　　　弟生气
　　　　　　弟弟："切！"

01：07：42　切换近景　弟弟头戴金鱼缸　抬头向上望
　　　　　　金鱼缸表面反射出香港街景
　　　　　　弟弟内心独白：自从哥那次不懂答问题，
　　　　　　爸妈就到处问人怎么答。

01：07：47　切换服装店内
　　　　　　母亲焦虑咨询卖衣服的上海人何伯　父
　　　　　　亲坐在一旁
　　　　　　弟弟内心独白：但那些人都不知道回答，
　　　　　　蠢死了。

01：07：50　切换印刷店内
　　　　　　父亲问老人：你知道怎么治癌症吗？老
　　　　　　人表情惊诧

01：07：53　切换街旁赌场门口
　　　　　　坐在藤椅上，母亲焦急地问女人：你知
　　　　　　道有好医生吗？

　　父母得知儿子患血癌之后，焦急、慌乱，到处访医寻治，最终决定去北京看病。
　　不明所以的弟弟还以为是去玩，孩子美好的世界与残酷的现实在这个片段由父母的谎言和大伯的出资联系在一起。在北京医院的走道里，下雪的窗内，是母亲担忧的面容；窗外，是哥哥陪伴在弟弟身边，第一次让他直面的现实——染红白雪的死亡。

首都北京的意象作为大陆的凝聚突然地以清冷雪白的色调出现在影片之中。选择来北京就医其实也带着心底对祖国大陆的认同，在香港走投无路之时，会想到也许大陆的中医，这种带着玄幻神秘感的医术是否能拯救孩子的生命。大陆文化在此作为一种依靠坐标出现在影片之中，但是当医治宣告无效，夹杂在两种文化之间的香港，无计可施，无可依靠，只能悲哀地回到原地，维持生命，这种无处靠岸的状态真真切切地表现了被殖民时期香港的漂泊感。

　　片段四

01∶29∶51　　母亲穿着父亲特制的鞋子走远，回头看，
　　　　　　再走远。
　　　　　　母亲台词：难一步，佳一步……
　　　　　　弟弟内心独白：一步难，一步佳……
　　　　　　声音重叠，母亲音渐弱

01∶29∶55　　镜头切换至金鱼缸向外看的视觉
　　　　　　母亲走远　周围街景逐渐模糊

01∶29∶56　　镜头切换　香港社会纪录片
　　　　　　骑自行车的人　山路上开跑车的人　贫
　　　　　　民区　银行场景　特写　桌上的钱
　　　　　　弟弟内心独白：难又一步，佳又一步，
　　　　　　妈妈整天教我唱这首歌，我跟妈说，这
　　　　　　首歌都不好听，阿妈就说，等她看完哥
　　　　　　回来，就教我唱另一首，不过那晚，她
　　　　　　好晚都没有回来。

01∶30∶24　　切换鱼缸视线下倒转的士多店真实街景

连续镜头　逆时针90°旋转至正景　虚
景变实

01：30：30　切换近景　躺在屋顶上的弟弟翻身抬头
把一旁的金鱼缸戴上看向远方

01：30：46　切换远景　趴在屋顶上的弟弟头戴金鱼
缸向远看
左下角　亮着的鞋店招牌

　　哥哥住院之后，香港当时医疗的黑暗压迫得底层人民走投
无路，在苦中作乐的是父母的将生命支撑下去的"信"与爱，
母亲把父亲为自己特制的皮鞋分别命名为"难"和"佳"，一
步难，一步佳，人生福祸相依，他们企盼苦痛终结，美好的
生活早日降临。而金鱼缸折射的黑白影像则深刻地投射出香港
严重的贫富差距的社会问题，在这次漫游之后，情节推向了高
潮——哥哥死亡。

片段五

01：48：39　远景　仰视
从远至近　弟弟头戴鱼缸背着书包走过
水边的长堤
弟弟内心独白：奶奶说，如果你肯放弃
最心爱的东西
背景音乐起

01：48：47　切换波光粼粼的水面
弟弟内心独白：全都扔进苦海里，将苦
海填满

01：48：51　连续镜头　向右延伸　弟弟头戴鱼缸手
拿书包　站在码头上

弟弟内心独白：就可以和亲人重逢了

01：48：59　镜头切换　近景　弟弟低下头　从书包
里拿出夜光杯　扔进水里
弟弟："啊"

01：49：11　切换　水面激起水花　夜光杯下沉

01：49：13　切换　（回忆）哥哥跨栏胜利被众人庆祝
抛起的画面

01：49：18　切换　水面　孙悟空佛像下沉
弟弟："啊"　入水声

01：49：21　切换　（回忆）特写　哥哥灯光下做功课
的侧脸
镜头推进　转到弟弟看着哥哥的特写
（眼神充满崇拜和爱）

01：49：34　切换近景　弟弟头戴金鱼缸低头从书包
里拽出英国国旗扔入水中

01：49：42　切换国旗落水　漂走
弟弟："啊"

01：49：45　切换兄弟在北京医院的打闹场景

01：49：52　切换近景　弟弟脱下金鱼缸　手捧它依
依不舍低头看　用力扔入水中
弟弟："啊"

01：50：08　切换鱼缸向远处漂去的水面　与弟弟望
向水面的画面重叠

01：50：19　特写弟弟依依不舍的表情

01：50：25　切换茫茫的水面

音乐停　　背景音：水流声

悠扬的长笛背景音乐伴随着波光向远方漫延，无边的苦海，因为宝物的下沉荡漾开的涟漪也同样浮现在弟弟的眼眸里，美好的回忆与想见亲人同样美好的愿景重叠，一个小孩子经历了生死，学会了承担，开始成长。弟弟与自己珍藏宝物依依不舍地离别，而后扔入苦海的决绝都幼稚得让人心疼。当最后，他取下想象与现实的最后屏障——金鱼缸，久久地捧在手中，扔入"苦海"，那种成长的疼痛如一把利刃直入人心。孩子的童声依然稚气地讲述人生，时光真的偷走了所有，那一去不复返的岁月却是"永远有效"的承诺，伤感美丽，镌刻在记忆里。

　　哥哥墓上的三角梅灿烂地庇护着年轻的生命，也是导演对哥哥怀恋的安慰，一直盛开到记忆的起始，影片的开幕。梦幻般的回忆，让电影有种不真实的漫游感，像影片插曲所唱的，就让我们随着孩子带着各自关于童年的回忆，在月球上舞蹈吧。罗启锐像一个诗人把电影的光影化作笔墨晕染出太多太多被岁月偷去的记忆，书写出立体饱满的香港故事。让幻觉与现实交织交错，然后亦梦亦幻的像针尖一般或轻或重地扎入人心的深处，漫游在香港记忆间的每个角落。导演在采访中谈到这部电影再塑了香港记忆，宣扬了香港精神，这是一种刻苦耐劳、勤奋拼搏、开拓进取、灵活应变、自强不息的精神。民间香港正是靠着这样的精神，一步步生机勃勃，生生不息。《岁月神偷》的真诚之处便在于，它收敛了悲戚，流露了笑意，始终在守候着一份淡淡的希冀，填补了情感的空白。正如影片最后，形如哥哥般优秀的弟弟，始终坚持"做人，总要信"的母亲。正如风雨后隐藏在彩虹之外，终于显现出绚烂的隐秘彩虹。

2011 年于复旦

传递所有生命能量
——陈思和小札

在陈思和儿时居住过的四平路老工房周围有一家酱园。里面放着几口大缸，工人们把腌过的咸菜一层一层铺下去，站在上面一边光着脚使劲地踩，一边还用苏北腔高声唱小调。陈思和不理解，认为用脚踩出来的咸菜不卫生。童年的启蒙老师——外祖父告诉他："人的身体是最干净的，人脚踩出来的咸菜就像用手包的饺子，有人气啊。"童年的故事萦绕在陈思和的记忆中，与其他所有经历交织交融，如今回想起来，才发觉，外祖父说的"人气"，用今天的话说就是有了人的生命信息。

这些言传身教，为日后成为文学批评家的陈思和的精神成长点燃了第一抹火种，生命信息的传递从此开始启程。在一个甲子的岁月中，在每个知识分子的岗位上尽心尽力，如星星火焰，逐渐燎原。

一、教书育人：薪尽火传

陈思和曾说："我的职业首先是教师，其次才是评论家什么的。对于教师来说，他的工作价值只在于帮助年轻一代及时发现并利用自己的才华，使中国知识分子的事业在目前的处境下真正做到薪尽火传。"

1. 贾植芳的"人字"写端正

人文传统的传承很重要的一环是通过教育来进行。陈思和在复旦大学大师们的耳濡目染中成长起来。当然,对他影响最深的还是他的导师贾植芳先生。

1955 年,胡风和他的朋友们被诬陷为"反革命集团",贾植芳被审讯与胡风的关系。他不卑不亢地坚持自己与胡风是朋友,结果带来了 25 年牢狱之灾。1978 年,大一新生陈思和在中文系资料室与贾先生相遇,当时贾先生还没平反恢复教职,只能在资料室里工作。贾植芳先生历经战火、牢狱和各种精神磨难,却不改其刚强乐观,一生坚持知识良知和社会批判精神,努力"把人字写端正"。陈思和在《我与贾植芳亦师亦友三十年》的采访中回忆:贾植芳曾经在参与学术委员会评职称的时候为一个批判过他的老师求情,说那时该老师还年轻,可以犯错误,而且现在学术水平既然已经达到了,就应该通过。学生陈思和向老师表达自己的不解,贾植芳给出的答案是"历史是残酷的",只有使人格变得美好,才能抗衡历史的残酷。

"文革"后贾植芳回到复旦大学中文系,他的课堂,更多设在自己家的书房、客厅里。他乐意跟他喜欢的学生在一起,聊学问、谈专业。他相信传统的师承关系,先教学生做人,再教学生学问。

陈思和的教育理念就是在老师们的影响下形成的。他如今还能清楚地记得八十多岁的朱东润老师晚上独自拿着手电筒来学生寝室谈话聊天;记得周斌武老师满腹经纶,毛笔手抄的古代汉语教材;记得吴中杰老师的智慧锋芒;记得潘旭澜老师的悉心提携……在前辈身上,他感受到的是对人格的追求、学术的坚持和对教师岗位的热爱。他把这些融入生命中的信息同样以传统的师承方式毫不保留地传递给学生们。

2.令人羡慕的师生关系

陈思和上课不仅风趣幽默，旁征博引，还特别善于引导学生参与讨论。作为博士生导师他给本科生开的基础课"中国现当代文学史"和复旦学院核心课"中国现当代文学名著十五讲"永远最受学生们欢迎，因为教室位置有限，旁听的学生常常直接席地而坐。陈思和为人随和，虽然工作繁忙，上课却西装革履，充满热情。有一次雨天，他去买书从楼梯摔下扭伤了脚，学生让他在家休息未果，提议上课时搬张椅子放在讲台上给老师坐着讲课。他虽满口答应，真正上课时仍然坚持全程站着给学生们上课。下课后，学生搀扶着他行走，怪他不听劝告，他却憨然一笑，"老师坐着上课不好"。

3.生命能量的投射和提升

桃李满天下，陈思和骄傲地看到指导的硕士生和博士生大多数都成从事着教育工作，或文化领域内的佼佼者，譬如张新颖、王光东、宋炳辉、王宏图、孙晶、李丹梦、谢有顺、何言宏、姚晓雷、戴从容等。陈思和一直以来对自己的严格要求正是为了给学生们树立一个典范，就像他在贾植芳老师身上感受到的做人和做学问的纯粹。当年，陈思和在贾植芳老师身上看到了自己的未来，心踏实了。如今，他希望也能把自己的生命能量投射到其他生命中，以致改变、影响、提升他人的生命。生命的信息便在一代又一代的薪尽火传中，绵延下来。

二、研究视角：由"我"及"他"

陈思和不仅通过言传身教传递了生命的能量，还通过白纸黑字把自己的思想争鸣传播开来。

陈思和关心现实生活，关心世界，他的文学研究不从理论出发，而是在实践中提出问题，发现面对的文学有什么问题。只有发现才能去解决。作为学术研究者，他所涉及的领域是多样的，主要分为巴金研究、文学史研究、比较文学以及当代文学批评几个方向。

1. 带着自己的疑问阅读巴金

巴金研究是陈思和的学术起点。大学期间与同学李辉合作撰写巴金研究的文章，从 1980 年第一篇发表的文学评论《怎样认识巴金早期的无政府主义思想》到 1986 年第一本出版学术专著《巴金论稿》，到如今，《人格的发展——巴金传》《巴金晚年思想研究论稿》《巴金图传》等学术著作和研究文论的问世，陈思和把巴金的作品读透，以自己的生命融入巴金一生的知识分子实践当中研读其奥义。

回溯陈思和为何走上研究巴金的道路，不仅源自他童年时期读《憩园》中寒儿对父爱追寻的感同身受和对巴金作品的喜爱，更出于自己的困惑。因为，巴金是个无政府主义者，"无政府主义"这个概念在"文革"当中名声不好，《人民日报》把打、砸、抢的流氓武斗、违反党纪国法全归咎于"无政府主义"。于是，少年思和对巴金产生了浓厚的兴趣和疑惑："写了那么多好小说的巴金怎么会是'无政府主义'？"为了寻找自己的答案，陈思和带着疑问开始系统阅读巴金。

与研究巴金一样，陈思和所做的每一门学问，写的每一篇文章都是从"小"入手，为了解决自己的疑问，自觉地开始深入挖掘，剖析作家、作品乃至整个时代的精神脉络，他的研究由"我"及"他"。

2. 打通现当代文学范畴

从"自己"出发不仅是从自己的疑惑入手研究，还是把自己放入文学的传统中，从学统的立场来从事文学研究。

因为胡风是鲁迅的学生，贾植芳又是胡风的朋友，多年以来每当鲁迅先生生日，许多旧时老友仍会保持习惯到贾老师家里坐坐，共忆当年，纪念先生。身处于源远流长的传统中，陈思和的身上自然也沾染了"五四"以来"鲁迅—胡风"知识分子的生命信息，他有意识地把中国新文学传统看成一个仍然在发展的整体，1985 年提出了著名的"新文学整体观"，打通了中国现代文学和当代文学的范畴，奠定了他的学术"经纬"：把 20 世纪中国文学史作为整体来研究，不断发现文学史上的新问题，并努力通过理论探索给以新的解释。于是在三十年的研究生活中，他从文学史中不断从解决自己的疑惑出发，提出了"无名与共名""潜在写作""知识分子在社会转型期的三种价值取向"等等新颖的文学理论，独具一格又自成一家。

3. "民间理论"概括当下新现象

1988 年，陈思和与王晓明联袂倡导"重写文学史"在学术界引起热烈讨论，"这次践行建构了全新的中国现当文学学科话语，从对于革命史传统教育的从属状态中摆脱出来，成为独立、审美的文学史学科"。1999 年，陈思和主编的《中国当代文学史教程》出版，打破了传统以文学史知识为主型的文学史，以共时性的文学创作为轴心，构筑新的文学创作整体观。同时因为"整体观"，他把中国当代文学也放入"五四"以来的传统中研究，新文学的传统仍然在不断发展、扩大，他自觉地关注当下文学的新现象，提出的"民间"理论，恰如其分地拓展了一个生机勃勃又藏污纳垢的文学空间。陈思和一直处于当代文学的现场，最早关注贾平凹、莫言、张炜、韩少功、王安忆等如今已成为中国文坛标杆的作家，尽心尽力参与他们文学活动，同他们一起成长。

陈思和在《中国当代文学史教程》的前言中这样说："20世纪文学仅仅是现代文学的第一个阶段而已，它所隐含的现代知识分子的人文传统，就仿佛是一道长长的河流，我们这几代的研究者做的是疏通源流的工作，让传统之流从我们这一代学者身上漫过，再带着我们的生命能量和学术信息，传递到以后的学者那儿去。"

三、知识分子岗位：传递精神

陈思和自觉地把自己的生命投射进中国现代知识分子的传统中，作为其中的一抹火种，从出版人到中文系主任，再到图书馆馆长，他尽自己所有能量来实践知识分子的岗位意识，点亮所有可能。

1."火凤凰"丛书推出年轻批评家

出版的基本功能是"传"——把"非物质的信息""人的精神状态"从一处传递到另一处的过程。文化的传承自古以来就是中国知识分子的职责，孔子首先育人教书，其次便是编纂《易》《诗》《书》《礼》《乐》《春秋》等"六经"。教书和编纂同样是"传"，都是生命能量的传递，都是中国文学传统的传承。

上世纪90年代以来的中国，发展大大提速，社会急剧转型，现代化图景隐然已现。转型期中国社会出现了大面积的精神崩溃和人格堕落，知识界也不例外，以致引发了90年代中期全国性的人文精神大讨论。身处于此，陈思和积极参与了人文精神大讨论，并且试图通过自己的生命能量为时代做一些实事。他首先选择了"编辑"这一自己的兴趣作为实践的第一步。他先是为台湾业强出版社策划、主编了"中国文化名人传记丛书"和"青少年图书馆"。1994 年，受一位企业界朋友赞助，陈思和筹划出版了"火凤凰新批评文丛"，他想通过出版学术著作，来推动学术研究，鼓励和保障学术研究，给学人以信心。火凤凰涅槃，当时推出的一批青年批评家，如郜元宝、张新颖、王彬彬、罗岗等如今都成为了当下著名的文学评论家。之后陆续主编的火凤凰"文库""青少年文库""遗产丛书"等系列，在 90 年代成为了文坛中栖息着学人思想与生命信息的希望火种。

2.《上海文学》：走通两仪，独立文舍

2003 年 4 月，陈思和接受上海市作家协会党组委托，出任《上海文学》主编。他面对家人、亲友的反对，这样解释："1990 年以来，我一直在探讨市场经济时代知识分子应该如何发挥其作用，也有意关注了教育、出版以及人文学术思想的传播，我觉得这是三位一体的构成了知识分子的理想岗位。于是最终决定接受这一职务，去牛刀小试。"担任主编，三年有余，提出了全新的办刊方针："走通两仪，独立文舍。""走通两仪"意谓"走通国内东西部，也走通中西"；"文舍"借用了沈从文将文学看成人性的神庙的观点，"文舍"即神庙，"独立文舍"意思是要以独立于市场的审美精神来办杂志。在这三年中，《上海文学》重新焕发了生命活力，成为文坛重镇。

那段忙碌的时光里，陈思和常常奔波于上海作家协会的美丽花园和学院的象牙塔之间。他在实践知识分子出版事业的同时，依然坚守着安身立命的校园工作。

3. 12 年系主任：重树"读原典"风

2001 年，陈思和出任复旦大学中文系主任，仅仅在半年时间里，他雷厉风行地推行了两件实事：一、"系务改革"，实行系务决策民主化和公开化。二、"课程改革"，重新建立以原典精读为核心的中文系课程，把最优秀的教师，投入到一年级的本科生课程里去。傅杰讲《论语》、陈引驰讲《庄子》、陈正宏讲《史记》、骆玉明讲《世说新语》、郜元宝讲鲁迅、张新颖讲沈从文……让学生们回归经典，老老实实掌握一门"本事"。陈思和在系主任的岗位一做就是十二年，中文系的一草一木都留下了陈老师的精神信息。2007 年，复旦中文学科被教育部评为国家一级学科重点学科，其中甘苦，思和自知。

4. 图书馆长：回到 40 年前的原点

2012 年系主任让贤之后，陈思和于今年出任复旦大学图书馆馆长。1974 年，20 岁的陈思和分配到淮海街道图书馆工作，如今 40 年过去，他绕了一个圆，又顺着贾植芳老师的生命轨迹从中文系主任变成了图书馆长。在新的岗位上，陈思和又要开始践行知识分子理想：提升图书馆的服务职能，寻求更高的服务内涵——与学校的科研发展结合起来，为学术服务，从而使图书馆成为大学中融服务、教学、科研三位一体的学术机构。——最近中华古籍保护研究院的成立，这只是他在图书馆岗位实践的第一步。

从教师到学者，从出版人到中文系主任再到图书馆长，陈思和似乎对世界怀揣着满腔热血，投入不同的知识分子岗位。

在生命信息传递的旅程里，一步一个脚印向前，带着全部的生命能量以一种决绝的姿态，纵身跃进中国知识分子传统的长河里，他手举火把，溅起不灭的闪耀水花。

本文原载于《文汇讲坛》2014 年 12 月 6 日

图书在版编目（CIP）数据

旦兮集 / 相宜著． -- 北京：作家出版社，2020.5
ISBN 978-7-5212-0535-0

Ⅰ．①旦…　Ⅱ．①相…　Ⅲ．①文艺评论 – 中国 – 当代 –
文集　Ⅳ．①I206.7-53

中国版本图书馆CIP数据核字（2019）第093271号

旦兮集

作　　者：相　宜
责任编辑：史佳丽　李亚梓
特约编辑：赵　蓉
装帧设计：守义盛创
出版发行：作家出版社有限公司
社　　址：北京农展馆南里10号　　邮　　编：100125
电话传真：86–10–65067186（发行中心及邮购部）
　　　　　86–10–65004079（总编室）
E–mail:zuojia@zuojia.net.cn
http://www.zuojiachubanshe.com
印　　刷：北京玺诚印务有限公司
成品尺寸：142×210
字　　数：203千
印　　张：8.5
版　　次：2020年5月第1版
印　　次：2020年5月第1次印刷
ISBN 978-7-5212-0535-0
定　　价：39.00元